ちくま文庫

葡萄酒色の夜明け

（続）開高健ベスト・エッセイ

開高健
小玉武 編

筑摩書房

目次

葡萄酒色の夜明け——（続）開高健ベスト・エッセイ

1　初めての〝自己紹介〟——若き日の手紙から

昭和二十九年　埴谷雄高宛て

初めてお手紙を書きます。いつも佐々木（基一《きいち》）さんを煩わして「近代文学」に寄稿させていただき、貴重な誌面を汚しています。私は仕事の関係上、二月に一度、必ず上京しますが、そのたびに佐々木さんをお訪ねし、いろいろと噂の折に貴氏のことなどお聞きします。さいきん、お体は如何ですか。この手紙のさしあたっての要件は九月号六十一頁の下段右、十月号の予告欄に、私の名であろう作者名が「開　吾健」とあたかも第三国人であるかの如き印象を与える誤植をされていることについてなのです。私の姓名は、「開高　健」と刷られるべきで、kaiko takeshiと訓読みして下されば戸籍簿的に正しいのです。どなたか、編集の事務面を担当しておられる方に、おついでの折にお伝え下されば幸甚です。珍しい名前ですが、私の故郷の村の名は中野重治氏の「斎藤茂吉ノオト」の後書に記されている作者の故郷の村の名と一致します。福井県高椋《たかぼこ》村という寒村です。つまらぬ詮議だてをして、恐縮に存じます。失礼の段は御海容下さいますよう。

同封したのは生業上に於ける私の「作品」の一例です。私はウイスキーやぶどう酒やジン、リキュール類などの会社の宣伝部に席をおいて、日夜、酔っ払いのマスプロを心なくも行って罪を重ねています。シャレ気をだして絵心もいくらかあり、このパンフレットのカットのあるものや装幀には私自ら参加しています。何かの折に、御厳評頂ければ幸甚です。しかし、氏にしてもしも、新聞、雑誌、ラジオ、テレビ等々、その他何らかの意味に於いて直接、もしくは間接に小社の宣伝文句に暗示を得られてウイスキーなり、ぶどう酒なりを今までにお買いになったことがあったとすれば、それは全く私の舞文曲筆の罪であって、喜ばしくも又、かなしいことでもあるのです。又、サントリーについて一般世間の人たちが抱く心理状態、もしくは信頼感の半ばにも私は責任を感ずる次第なのです。くれぐれも御注意くださいますよう……

七月号にも寄稿させて頂きましたが、佐々木さんから百号記念と聞いて厚顔にも十一月号にも、と思って原稿だけはお送りしました。いずれ紹介下さった佐々木さんにごめいわくをかけそうな拙劣さで、まことに辱ずかしい気持ちです。私自らの口では云いだしかねますので、もし何かの機会に佐々木さんにそう御伝声下さいましたら、幾らかでも気が休まると思います。今後とも私は辱《はじ》の上塗りをつづけてゆく覚悟で、ただただ、「近代文学」の諸氏及びその読者がしばらくは私の欠陥を眼高手低の仮のもの、として下さるだけの寛容さを抱かれることをねがうばかりです。何卒、皆様によろしくお伝え下さい。

初めてのお便りを何だかべたべた厚顔無礼なものにしてしまったと思います。御加餐《かさん》の程、祈り上げます。

開高 健拝

埴谷雄高様

（封筒に1e23sep,55と記されている——編者）

昭和三十三年　中村光夫宛て

とつぜんお手紙をさしあげる失礼をおゆるしください。じつは今日『文學界』の編集の部の人に、昨年暮れ読売新聞紙上で「裸の王様」をベストスリーのひとつにおとりあげになった由、聞きまして、自分のうかつさと事の大きさ、素朴な表現を借りますと〝仰天〟してしまったのです。昨年の暮れ、私は流感やら次作原稿のためなどで、自宅にひきこもり、すっかり世間と没交渉になっていたものですから、今日まで御推選の事実を知らずにすごした次第です。

尚、文芸家協会からの便りで〝パニック〟が創作代表選集に入ることになったのも知りました。

「裸の王様」について発表当時、読売の学芸欄で御批判頂いた文章は、私としてもよくのみこめ、自分ながら感じていた脆弱部を、はっきり指摘されたと思って、くやしいながらある安心感を抱いていたのですが、それとベストスリーというような場にお持出しになったと聞いたとき密着レンズが、とつぜん望遠レンズにかわってしまったような不安と狼狽をおぼえました。この心理的負担を独立的に排除できるほど、私は老成していませんので、ひどく苦痛を感じます。

いまでも半信半疑というのが実情です。明日、読売の人に聞いてもう一度たしかめてみようと思っているくらいなのですから、私の狼狽ぶりはおよそ御賢察頂けることと存じます。あわてて書きました。あらためて新年の御祝辞申しあげます。

開高　健

中村光夫様

（消印＝一月八日——編者）

昭和三十九年　広津和郎宛て

『松川事件と裁判』お送りくださいまして、ありがとうございました。全部読んでからと思ったものですからおへんじがすっかりおくれてしまいました。

このないだ『中央公論』編集部の人が来て、戦後二十年間の主要な諸論文を再編して特集号をだしたいとのことです。ついては広津さんの『真実は訴える』をその一つにのせたいから短いコメントを書いてみないかということでしたので、恥じ入りつつ何事かを書きました。

そのとき私は編集部の人に力説したのですけれど、いわゆる最近旺《さか》んなナショナリズム議論のなかで、日本国と日本人を再検討するにあたって松川事件をどうして知識人たちは見て見ぬふりして通過してしまうのだろうかということでした。世界史に類のないこの運動をいわゆる〝進歩派〟側でない人びとはどうして直視しようとしないのでしょうか。長すぎるので困るのでしょうか。知らなさすぎるので遠慮するのでしょうか。〝アカ〟と見られてマスコミからはじきだされることを恐れているのでしょうか。この運動を無視した日本人論を一切私は認めまいという気持ちになることがあるのですが、なぜか知識人たちは素通りし、アレコレと書斎にとじこもってなけなしの人生体験から出発する雲の上の演繹法による日本人論にふけっています。おごそかに糾弾し、すばやく変り、すみやかに忘れる日本人論、煙のような言葉の数かずです。

ときどきお会いした講演旅行の宿屋で、しばしば広津さんは、淡々と、こんなに人間を信用していいものかと思うこともあるくらいだとおっしゃいましたが、私は、毎日、揺れて暮らしています。ときには人間は信じられると思い、ときには人間は信じられないと思いこみます。いや、あまりにしばしば人間が信じられなくて、フグのような孤独におちこんで衰えます。その衰えからでてくる反作用の声は、皮肉、罵倒、雲がくれにしかならないので、つくづく自分がイヤになります。あと何年これがつづくのかしりません。このイヤらしさに耐えることに意味があるのかないのか、それもよくわかりません。この心理に錘りをおろせばおろすだけ、広津さんの業績にはうなだれるしかないわけなのです。

固苦しい文面になりました。

またどこかでお目にかかれることがあるかと存じます。

御加餐のほどいのりあげます。

開高　健

広津和郎先生

（消印＝九月二日——編者）

印象採集——デッサン集（抄）

密漁者

ふと、彼はたちどまった。気配がする。空気の流れが変っていた。たしかに何かが起ったのだ。彼は灌木の茂みのなかに入り込むと、びくびくした兎のように身をちぢめて予感を待ち受けた。微かに胸がはずんでいる。温い午後の空気が淀んでいた風上の空気は微かな叫び声や逃げまどう足音で不穏に揺れていた。その波はだんだん近づいてくる。草をふみしだく小さな密漁者達の逃げまどう姿が、ふらふら揺れている釣竿やチカチカ光る釣糸等の閃めきといっしょになって池のふちを立木に見え隠れしつつ、彼の前をよこぎって行った。彼らの後ろには半裸の、麦稈《むぎわら》帽を冠った男の姿が自転車にのって悠々と少年達に追い迫っていた。

彼は、枝の繁みから、遠くに見え隠れする赤く陽に焼けた姿をじっと眺めつつ、用心深く釣竿の尖《さき》を折らないように、こっそりそこを抜けた。キラキラ反射する眩《まばゆ》い陽の波や生温い藻の匂い等が跳びこんで来て彼の判断を助けた。彼は逃げなかった。今までの経験から割り出した奇妙な自信とお先廻りの狡智から、ゆっくりしなければならないことを知っていたので、慌しくあたりを見廻すと、竿を、水辺の草の中へ押し隠した。彼の友人達は皆逃げて、今まで笑い声や叫び声で揺れていたあたりの空気は、俄《にわ》かに静まり返っていた。

彼は気むずかしい表情で池の向うを眺めているふりをした。それから、そそくさと、足を返してそこを立ち去ろうとした。すると、土堤の上に一人の男が自転車を止めてじっとこちらを眺めているらしいのに気が付いた。男は半裸で、逞ましい筋肉が赫く陽に焼けていた。——彼は心臓をつかまれたような気がした。鍔《つば》の広い麦稈帽の蔭で小さな鋭い眼が意地悪く光って、気むずかしさを示す太い筋が固く頬を刻んでいた。彼は全身にまつわる男の視線を感じた。軀の自由が利かなくなり、喉が重苦しく圧さえられた。

彼は上眼遣いに男の、威圧するような肉体を窺った。そして、頭の量に比して著しくその均衡を破っている肩幅の異常に筋肉的な逞ましさや広さや、又、松の根のような上《じよう》膊《はく》部等に、ぼんやり無智を感じて、どこか、反感——軽蔑を感じた。彼は、傲慢に唇をねじって、無関心なふりでぶらぶら歩き出した。そして殆ど声に出そうな調子で何度も呟いていた。

——魚釣じゃないんだ。ヒシの実を探してるんだ。……ふん釣竿は持ってないぞ。……魚釣じゃないんだ。

男はやがて水辺を引きあげると後も見ずに、さっさと遠ざかって行った。男の赤い背中が小さく消えて行くのを見送りながら彼は、軽蔑が再びひろがってくるのを感じた。嗤笑《ししょう》が次から次へとこみ上げて来た。彼は大股に竿を隠した場所に近づいた。そしてそれを引き出した。どこにも異状はなかった。——が、突然彼は見事にワナに掛けられたことを知った。今までの思い上った軽蔑や自尊は忽《たちま》ちみじめな屈辱に早変りした。彼は頬を赤らめて苦々し気に糸を喰い切った。

——釣針は、餌につけた蛙の腹の中で三重に折り曲げられていたのだ。

男は彼より狡《わるがしこ》かった。

狒々

狒々《ひひ》は三匹居た。

陽当りのよいみすぼらしい模造岩の頂からあたりを睥睨《へいげい》し乍《なが》ら不精げに寝転んでいるのは中で最も大きい雄であった。

檻の間から投げこまれる落花生や蜜柑の皮等をせっせと拾っているのをみれば彼等が決して食慾をみたされてはいないことが分った。それでも、その雄が、擦り切れて黄色く汚れた、長いマントのような房毛をふり乱して岩の上に寝そべったまま悒鬱《ゆううつ》げに、狭い額の皺の中に黄色い瞳を光らして動こうとしないのは、

——貶《けな》されることを知っているんだぜ。

中学三年の彼は三つ下の従弟にそう説明し、ちょっと笑った。

全く、二匹の雄と雌は始終からかわれ通しであった。彼等は、きょときょとと飛んで来るものを片端から、その小さな黒い皺だらけの掌でひょいひょい握った。そして近視でもあるかのように彼等はそれへ、小さくしかめた額を近づけて行っては、……失望に見舞われてぽいと横へ放り出すと、又しても飛来する南京豆の殻を素早く握り、テストする。その馬鹿げた勤勉さと滑稽な忠実さに檻の外の人間達が愚かしげな笑声をたてどよめくと、彼等は持て余したようにいらいらした様子で、うろうろ歩き廻るのである。彼等はその悲しげな身振りの最中にも、横眼で餌を狙い、まやかしの南京豆や蜜柑の皮に不承無承跳びかかることを忘れはしなかった。……

彼は、それを見ているうちに、自分が奇妙な寂しさに侵されているのを感じた。猿の莫迦げたしぐさに何か、みじめな業のようなものを感じた。だがそれは、排泄物や蜜柑の皮などで不潔に穢れたコンクリートの床の上を盲目に、慌しく這いまわっている彼等の貧しい肉付だとか、皮膚病に荒されて毛が落ちたまま桜色に爛《ただ》れている臀部等から滲みでてきたものかも知れなかった。彼は目の前に動いている痛々しい赤肌を眺めながら、やりきれないみじめさに綻びかけている自分の弱さをどうしたものか、当惑していた。

するとす、突然、岩の頂で眼を光らせていた雄はむっくり起き直ると、四つ這いに、のそのそ糞で汚れた岩肌を降りてきた。そして、うろうろ這い廻っている雌に近寄ると、いきなり手をさしのべて、その部分を、まさぐり始めた。

彼の皺だらけの手は、みすぼらしい、彼女のその部分を、仔細に点検している風だった。そして、やにわに……押し拡げ、上体を起して、荒々しく凭《よ》りかかって行った。雌はどこか空をぼんやり瞶めていた。雄の狂暴なしぐさに比してそれは余りに悲しい従順さであった……。

——意味をさとった瞬間彼は正視に堪えない痛烈な皮肉を感じた。そして、俄かに醜悪さと不潔さが立ちこめて来て、はげしい嘔気を感じた。

それは囁き交わされる人々の舌打ちや猥笑や罵り声や下卑た嘆き声等に対しても一層そのはげしさを加えて来るようだった……。

めぐり合い

ただその表現が異様に盛り上げた長髪だとか、度外れに肩の張った背広だとか、裾で著るしく縮まった明色のズボンだとかに呆れるほど誇張され集中されている、という理由だけで小心な勤人達からひそかな軽蔑や憎しみや反感を買っている二人の若者が、いよいよ傍若無人にゴムを嚙みちらしたり落花生の殻をバラまいたりして朝も陽の移った十時頃の郊外電車にのさばり返っていた。

彼等は肘を突っ張ればどこまでもその主張を容れてくれ、又、股を広げればほとんど最大限にまでその余地を許してくれる隣近所の臆病な善良さに奇妙な興味を見出し、ちょっとした拷問の気分を享《たのし》んでいるらしかった。

もっとも、人々の反感はこの思い上った若者達が時々チラつかせる、人を喰ったようでどこか許し兼ねる放埒さと越境に刺戟されて自らその熱を高め、この無頼の徒から、決して実用にはならないがどうしても必要な、彼等の虐げられた自尊心の拠り所を探し出そうとして——新聞の蔭や眼鏡の隅や眦《めじり》の横から、彼等をじろじろ窺うのだった。するとひとびとは、彼等の思想内容の呆れる程な貧弱さ加減やそのために五つも若返って見えるかと思われる流行歌の奇体な切れ端やよく見れば全くこけおどかしにすぎなかった衣装の安っぽさだとかにたちまち安心し、顎を引いて悦ぶのだった。

窓外の風景は——若者達によって完全に黙殺されてはいたが——稔った稲田の遠い森蔭に白亜・赤スレート・フランス窓の文化住宅が小綺麗に化粧して澄まし返っている、そして田圃のところどころには相も変らぬ仁丹、中将湯、ライオン歯磨の広告がうらぶれてのんびり立っている。——秋の好日和である。白々と流れこむ陽差しが無数の銀の埃をチラチラ舞わせて静かに動いているのも安穏な光景で、遠くに赤煉瓦の、それと一目の拘置所も恰好な風景……と云えば、赤や青の、野に散らばって三々伍々立ち働いている一団も所を得た眺めである。

やがて気付いたらしい二人も、話のきれめにはチラチラと外を窺っていたが、いきなり一方のリーゼントは向き直ると慌しく窓を押し上げ、じっと視線を凝らした。そして連れのラバシューズを突っついた。

——おいおい。見てみい、あれ。山田と違うか。山田や、山田があんなとこにいよるぜ。

長身のラバシューズは、ぐるりと向き直って腰をずらすと窓べりに喰い付いた。

——あ、ほんまや。山田や山田や。おい。呼んで見たれ。

リーゼントはちょっとはにかんだようであった。が、次の瞬間勢よく窓から頭を突き出すと、風に声を散らした。

——おおい、山田ァ。何してんねん。

二三人顔を上げた彼方の囚人服の一人は、こちらを向いて一寸ためらうように見えたが、すぐに返事は風に乗って来た。

——何やぁ。

頭をひっこめたリーゼントとラバシューズはこの時、思わず顔を見合わせると、声をそろえて、窓べりにのけぞる程に哄笑した。気むずかしい勤人達は朝陽の中で初めて、顔を見合わせると白い微苦笑を、眩しげに、ひらひらこぼしあった。

空気は急に炸《はじ》けて眩ゆくなった。

遊蕩

彼は年上の友人と一緒に夕景の街を歩いていた。ネオン・サインや電飾や、果実や香水壜、卓上鏡などが眩ゆく多角に反映している人ごみの中を歩いていた。

ポケットに手を入れて薄ら寒げに肩をすくめて……この安っぽい繁華街の向うにある花街へ行く姿にしてはいささか悒鬱の気配が勝ちすぎる風態であった。

友人はふと立ち止ると、マントの肩を聳やかせてふり返った。

この街へしばしば通う不潔さが沈んでその顔は垢じみ、角立って、鈍い鉛色に皮膚は褪せていた。落ちた眼窩に灯影がさすと、暗いなかに沈んだまま光っている白眼の部分は、硬質な陶器の肌のように見えた。

——目蓋が下りて来て睫毛が翳をさす。そして、ついぞ見覚えのない色が動いて、硬い、チカチカした影を作って視線が鋭く細まった。

——おい、ほんとに行くかい。

彼は無理な笑いを頬にゆがめた。

——ああ。

友人は悒鬱げに、暗い眼をじっと細めた。

どこかに憫れみの影が射していると思った。

彼は肩を上げると、大股に歩を運び始めた。

彼は決してこの街へ来なければならないことはなかった。——虚勢である。

この年齢に通有の、自分以外のものになろうとする漠然とした衝動。

「斯《か》くなる」ということの自分が堪まらない古さで、鼻持ちがならないという不安な気分である。そこから浮草のような軽挙・盲動が発生した。そして、その危険な状態へ未知な世界が片鱗の影を落して彼を唆《そその》かしたのである。彼はいらいら周囲を眺めた。

——不安になったのだ。

彼には、はげしい筋肉労働や精神的重苦で殆ど肉をそぐようなことをやっているこの友人が、昼の血の代償を夜の内の消耗へ売り渡そうとする生活が了解出来かねた。そして、友人の薄くすり切れた眉や埃の附着した睫や、又、油気の失せた髪の毛や苔のようにべったり貼りついた不精髭等に、軀の芯を暗く疲れさせられるような重さを感ずるのだった。

……彼の足は鈍った。花街の入口がそこにあった。中のけばけばしさに比してそこは陰翳に満ちていた。

嫖客《ひょうかく》や娼婦が暗い表情と思いきり喰いちがった狂騒で、ひょいひょい高足駄ですり抜ける出前持ちなどにまじってざわめき、光線は気狂いじみて揺れ、屈折し、レコオドは盤の軋むような金切声をふりしぼって呻《う》めいている。陰翳と光線と。頽廃とそして、哀傷と……。

――やり切れない感傷の安売りさ、下らん。

友人はそう云い捨てて煙草を買いに行った。

彼は、忌わしい病に対する迷信的な恐怖や誇大に劣視される自分の脆弱さを中心に立ちこめる不安などにさいなまれて、うろうろしていた。近寄って行った娼家の嵌め鏡に映った彼の顔には悒鬱を吸った不快げな皺が蒼白く浮んでいた。そして瞳《め》は全く暗い孔となって翳をひろげていた。友人はやがて戻って来た。彼は、二三歩近寄った。そして、立止った。瞳は暗いなかにキラめいた。

――おい、俺、帰る。

そのまま踵をめぐらすと彼は殆ど駆け出すような勢で、肩を打っつけ合ってはののしられながら人ごみの中を、ネオンに染まって逃げ出した……。どういうはずみかその時彼の混乱した頭には後れ毛を見せた母親の映像が浮んで消えた。みじめさはしかめた眉の慌しい動きに暈《めまい》となって落ちかかってきた。

――全く純真なものサ。

話の終りにその友人は苦笑して煙管《キセル》を灰皿に叩きつけた。そして伸びをするとちょっとため息をつき、肩を落した。

——その友達は翌くる日、嗤ったかい。

彼の方をチラと見て友人は煙草をつめ直した。そして、ぼんやりマッチの火を眺めながら云った。

——ふん、奴は取っ憑かれたさ。

そして煙を吐き出した。

——見ちゃ居れん。

2 都市で呟き、荒野で叫ぶ――「足」で書いた断章

大阪

めし屋

大阪の町を歩いていていたるところでお目にかかる看板。虚栄《みえ》も体裁もなく、ものそのモノをブッつけて〝めし〟。むかし林芙美子があこがれた。〝大衆食堂〟よりも安くて味がある。〝食通〟気取りもときどきおしのびでやってくる。

ゲイ・バー

〝一見紳士風〟という御年配がせっせとかよう。かよってなにをする。ふつうの酒場とおなじこと。手をにぎったり、お尻をツネったり、キスしたり。法螺を吹いたり、空約束をふりまいたり。そのあとは、さて……

ここでは〝ママ〟が男で、〝パパ〟が女。ママはときどきストリップをする。女よりオンナらしいとコンニャクたちがお世辞をいう。

浜吉ふぐ屋

食えばアタるというのでふぐは〝鉄砲〟とか、〝てつ〟とか呼ばれるが、すばらしくうまい。大阪の人たちの大好物の一つ。寒い冬風の夜に〝てっちり〟の鍋をフウフウ口とがらせてつつく楽しみはなんともいえない。頭と心が胃袋にそっと席をゆずる。

この店では一日に、なんと、百五十貫もの鉄砲をそろえて客を撃つそうである。

TVスタジオ

人気番組。

「やりくりアパート」

「番頭はんと丁稚どん」

超近代設備のコンクリート部屋のなかに間のぬけた、舌たるい大阪弁の老獪な笑いがおこる。なにがそんなに面白いのや。なんや知らん面白いのや。アホ。

大和屋芸者学校

二回めの卒業生には武原はんもいるそうである。創立して七十年というから、日本の近代が始まって以来ずっと求められつづけてきたということになる。今日も逆立ちしてヘラヘラ踊り。英語のレッスンもあるそうである。

女であることの哀しさ?

おきなはれ。そんなことというまえにお金だしはったらどうです。

釜ケ崎

二十年も以前に武田麟太郎という作家が大阪のカスバといったが、いまでもやはりおなじことである。ここの住人には食うに窮して〝アタリ屋〟を敢行するものが何人もいる。走ってくる自動車に体当りしてひっくりかえり、さアどうしてくれるというのである。

子供が塀に落書きした。「ぱん二つ　かいにいった」。「おこめ」と書いてあとはつづかなかった。「パンパン」と書いてすぐ消したあとも見える。

旧砲兵工廠跡

大阪の心臓にコンクリートと錆鉄の赤い砂漠がある。面積は三十万坪余。ここにはかつてアジア最大の兵器工場があった。あなたの父や兄がその製品を持って家をでてゆき、ふたたび家にもどらなかった。あとに石ころと屑鉄の広大な荒野がのこり、いまだにのこりつづけている。石。瓦。砂。礎石。ペンペン草。そして、城。生きている。

新世界

東京でいえば浅草である。ジャンジャン横町という胃袋がある。めし。しる。カレーライス。すし。天ぷら。うなぎ。大福。黒砂糖湯。串カツ。ホルモン。にぎりめし。てっちり。すき焼。ビール。日本酒。ウィスキー。焼酎。泡盛。どぶろく。映画に、ストリップに、女剣劇。ヒロポンに、賭麻雀。おかまと失業者……

下等である。が、下等なゆえの栄養はある。それをどうしたらいいかわからないで、〝通天閣〟のしたではアミーバー群が膨脹に膨脹をつづけているのである。

御堂筋

ホワイト・カラーの区《カルチエ》。会社、商社、銀行などのビル群が銀杏並木の両側にならび、夕暮になるとコンクリート箱のすきまというすきまに自動車、自動車、自動車。金属とガラスの川が流れる。歩道には老人の掌のような枯葉が走り、靴音が海のようにひびいて、風のようにどこかへ散ってゆく。魚の眼をしたサラリーマンたち。月曜、火曜、水曜。一月、二月、三月。九時から五時まで。タイムレコーダーの鳴るたびに血管がすこしずつ衰え、こわばってゆく。

ネオンの集落

パチンコ屋。酒場。映画館。喫茶店。夜光虫の氾濫。いうところの〝東方的〟殷賑。「玉が出る出る　こんなにたくさん」はいかにも大阪らしくムキだしのくそリアリズムであるが、それだけ気勢をあげているのが片一方では「東京にもない洋酒の殿堂」というのはどうしたことだろう。戦後の大阪は〝大阪〟でなくなって東京とまったくおなじになってしまったのにやっぱり〝東京〟に気がねしているらしい。いじらしいようでもあるのだが……

中之島公園

この寒いのに御苦労な。
冬の川に漕ぎだした。
灯は水にゆれて
他人《ひと》はいないか
風はチリチリ
肉はブルブル
それでも

なんでも
二人でひっそりいたい？
この寒いのに御苦労な。

顔四つ

「丼池《どぶいけ》へ買出しに来た。在所へ持って帰って儲けたろ。荷は小さくて肩は痛いが、ナニくそ、デパートに負けてたまるか」

「松竹見てえらい笑《わろ》たら、私《うち》、おなかがへった。キツネ食べよか。かやくにしょうか。それとも、ア、ちょっと、あのひとのスーツ見てごらん。偉そうな顔して、あんなもん着て！……」

「私《わて》の若いときはこんなアホらしいもん買いとうても売ってへんかったのにナ。あんた、買うなら、よう考えてからにしなはれ」

「……今晩は、ひとつ、あの子と、ウム」

法善寺横町

誰の墓があるのか、なにが祭ってあるのか、誰も知らないが、とにかく提灯があって、香の匂いがとなりの小料理屋の三味線のひびきにゆれて、わけはわからないが手をちょ

っと合わせてみたら、

「儲かるような気がするやないか」

源聖寺坂

大阪は煙と水と金の街だが、坂の街でもある。くちなわ坂、源聖寺坂。いろいろな名の坂がある。忘れている人も多いが、坂はやっぱりのこっている。古い大阪のひとかけらがよどんでいる。夜は暗くてひっそりしている。坂のむこうに♨がたくさんあるので、石段はいつのまにか紳士靴と婦人靴の踵ですりへらされている。夜は暗くてひっそりしてるんですがね、それでもね、いつとはなく……

マンモス・アパート

「大衆社会《マス・ソサイエテイー》だね」

「線と量だよ、コンクリートとガラスと鉄枠。庭の黒土がない」

「……人間が原子化されてゆくんだ」

そうでしょうかね。

でもやっぱり、ふとんが干されて、シャツ、股引き、おむつ、シュミーズが窓にかかっておりますよ。人は人、日本人が住んでるんですよ。

淀川の落日

鉄橋をこえて人が入り、鉄橋をこえて人がでてゆく。奇怪複雑な街に風は葦原をわたって入ってゆき、葦原をわたってもどってくる。水が光り、舟がたゆたい、物の影が、つぶやく。ついに自然しかない。君はここへもどってくる。いつかは、きっと。

ほんとにそうか。

それでいいか。

声の狩人

ごぞんじのようにパリにはいたるところに広場がある。大きなのもあれば小さなのもある。そのまんなかに公園を持っているのもあれば、鳩の糞だらけの彫像が一つきりというのもある。パリ市の俯瞰図を見ると、複雑な血管の網のあちらこちらに大小さまざまな瘤《こぶ》ができたみたいである。

どれでもよいから一本の道をとって、たんねんにたどってゆくと、そのうちにきっとどこかで、この〝丸い点〟に入る。昼でもたそがれたように薄暗い、しめってくたびれた壁のなかを歩いていると、とつぜん石の腸のなかから広場へ踏みこむことになるのである。この感じが好きだった。垢と時間で灰緑色に錆びたような壁のなかから、キャフェや肉屋や家具店などのキラキラ輝く赤、金、緑、黄、黒、また、物音や、人声や、香りの縞などにみたされた丸い井戸の底に入りこむ、このときの、華やかな不意の一撃の印象はたのしいものである。ひとつひとつ窓のなかをのぞきこみつつ点のふちをゆっくり一周してから、気まぐれな出口をえらび、ふたたび灰緑色の腸のなかへ入ってゆく。道はあらゆる方向へ放射され、夜になると、ときにはトンネルの入口のように感じられる道もある。そこへ入ってゆくときは、暗くてつめたい水のなかへ一歩ずつ入ってゆくような感触が、寒さや湿りとともに体をおそうのである。しかし、しばらくすると、また不意に明るく華やかな一撃がやってくる。主題が気まぐれにたくみにかくされた何かの音楽をたどっているような気がしてくる。京都や、北京や、レニングラードなど、道が正確に方形にまじわりあった都市では設計者のあきらかな秩序の感覚の意図、そのあきらかさにふれるひそやかな快感があるが、ここのように一本の道をたどっていて交互に凝集と拡散の感覚が自分の内側に起るということはない。たえず交互に、いま人の群れから離れつつあると感じたり、いま人の群れにちかづきつつあると感じたり、それを暗さや明るさ、暖かさやつめたさのなかでくりかえすのは、この町だけのたのしさである。

ところが、いつ歩いてもたのしいこのコケットな広場が、ある場合にはとんでもない無残なこととなる例を味わった。反右翼抗議集会がバスチーユ広場でおこなわれたときのことである。このとき、パリの国警の何小隊かは放射線状にこの大広場に走りこむいくつかの通りの入口という入口をみんな閉ざしてしまった。あけてあるのは二つだけで、その一つからデモ隊を入れ、その一つからだすようになっていた。あとは警官隊と警察車で完全に蓋をしてある。地下鉄も用意怠りなく閉鎖し、まわりのキャフェというキャフェも客を追いだして電灯を消してしまった。なかには手早く鉄扉をおろしてしまった店もあった。こういうところへなだれこんだデモ隊はどうなるか。水族館のイワシの群れである。あるいは袋のなかのネズミである。または投網のなかの魚である。なぐろうが、蹴ろうが、まったく先様の意のままなのだ。そして、事実はそのように進んだ。一三〇人負傷し、三五人は重傷で病院にかつぎこまれた。この負傷者の三分の二は女性である。その弾圧のあさましい無差別ぶりがわかっていただけよう。日比谷公園や国会議事堂前あたりならまだどこかに逃げ道がありそうな気がするし、ころんだはずみに棒キレか石コロをつかむという器用な真似は日本の道ならゆるしてくれそうだが、アチラはごぞんじのとおりである。フランス大革命や、普仏戦争や、今次大戦のレジスタンスなど、パリの石畳は何度となく掘りかえされてバリケードとなり、弾丸や血を浴びているけれど、デモのさいちゅうに走りながら素手でこれを掘りかえすことはできない。イワシの一匹となって必死にサン・タントワーヌ街へ走りおちていきながら、いやフランス人もむつかしい土俵で喧嘩していることだと、つくづく思わせられた。日本へ帰ってから新聞を読んでいると、このあいだ二月八日にはふたたび反右翼抗議集会がおこなわれ、警察の弾圧で八人死に、一二〇人負傷したという記事があったけれど、その光景はまざまざと眼に浮かぶようだった。パリ大学の国際政治研究所にいて私たちとサルトルとの会見を計らい、また、通訳して記録にとってくれた田中良君は、去年の十月のアルジェリア人のデモのときの形相を話してくれた。彼によれば、そのとき推定二万人のデモ参加者のうち、検束された人間が一万一五三八人（いったいどこへ収容したのだろう……）。国警は自動小銃をデモ隊に向かって乱射し、また、気絶したアルジェリア人をかかえてセーヌ川にほうりこみ、溺死させたと。はじめ警察側は「死者二名」と発表していたが、セーヌの下流に日がたつにつれて溺死体がポカポカ浮いてくるのでどうしようもなくなったと……

アルジェリア問題については、パリは、いや、フランスは、ほとんど〝内乱〟状態にあるといってよいのではないかという気がしている。東京もパリもおなじだ。国会前もバスチーユ広場もおなじだ。こういうことを書きつづっていると、ハテ、『自由、平等、友愛』とはどこの国のスローガンであったかしらと、あらためて言いたくなってくる。世界にさきがけて〝近代の人間解放〟をやった大革命はどこの国の事件だったかしらと、つぶやきたくなってくる。

さぞかしフランス人はつらくてはずかしいことであろう。

「……あなたがたは国内で最低の野蛮さをつくりだしつつ、世界には、いわゆる〝最高級文化〟を輸出しているのですね」

「……」

「十九世紀だと思いました。フランスも警察国家だと思いました。あなたがたの文化は矛盾の結合ですね」

クリスマスの晩、夜食に招かれて私は七区のアナトール・フランス河岸に住む友だちのシュザンヌ・ロッセ夫人のところへあそびにいった。廃兵院《はいへい》と外務省がちかくにあって静かなところである。窓からは、遠く、マドレーヌやエトワール広場あたりの灯の輝きが森の暗い梢のうえにゆれているのが見えた。

彼女は英語、ロシア語、中国語、日本語を読んだり話したりする。ハーバードに二年、日本に二年いた。ハーバードではライシャワー氏についたらしい。よく噂をする。読むのも話すのも日本語より中国語のほうが楽だといっている。日本語は漢字、ひらがな、カタカナの三種があり、しかも日本の作家の文章は明晰でなく、擬音詞、またはそれに類した発想法が多いのと、文法がヨーロッパ語や中国語とちがうので閉口だといっている。私の顔を見るたびに、明晰に書くのヨ、よくって、明晰に書くの、フランスで本を出版したいのなら明晰に書かなければダメよ、といって英語で不平を鳴らし、叱るのである、彼女は学生時代に『聞け、わだつみの声』を翻訳してnrf版(フランスの文芸雑誌——編者)で出版したことがある。私の小説と旅行記を翻訳して出版社に持ちこもうとしてくれたのだが、小説のほうは読まないさきから日本の小説なんてどうせ十八世紀なんでしょうといわれ、旅行記のほうはずいぶんいいところまでいったのだけれど中国関係のルポルタージュはフランスではゴマンと出版されているからつぎの小説に期待しようといわれて、彼女はくさるし、私はなにやら面目ないやらはずかしいやらで、二人ともイライラしていた。

私がバスチーユ広場の大乱闘のことを話して、もうちょっとで頭を割られそうになったというと、彼女はウィスキーを飲みながら

「……すばらしいじゃない。どうしてぶたれて病院に入らなかったの。たいへんな宣伝になったのにね。惜しかったわ」

鼻に皺よせて笑った。

辛辣なのは好きだが、負けるのはくやしいから、フランスも十九世紀であり、警察国家であり、その文化は矛盾の結合でありましょうと、切りかえしたわけである。事実ではないか、まぎれもなく。

シュジーはだまりこんで、グラスのなかのウィスキーを眺めた。くちびるをかんで、

言葉をさがした。しばらくして、言葉はどうやら見つかったらしいが、あまり自信を持っている様子はなかった。さきほど私をたのしそうに刺したときのようには、その猫のような瞳は金茶色の前髪のなかで輝かなかった。彼女は顔をそらしたまま、のろのろとつぶやいた。

「……そう、そのとおりだわ、たしかに。だけど、矛盾はどこの国にでもあるものじゃないかしら。フランスだけの特産じゃないわよ。そのはげしさは注目すべきものだけれど。それに、アルジェリア問題は外国人には理解できない部分が多すぎるのよ」

つぶやいているうちに彼女はだんだん熱くなってきて、猫の眼が輝きはじめ、あの政党はどうだ、この政党はこうだと、フランスの全政党をかたっぱしから槍玉にあげて批判をはじめた。聞いているうちに、あまり複雑怪奇なので、私は茫然としてきた。そのあやしげな眼つきを見たのであろう。シュジーは書斎に入っていって一冊の本を持ってきた。そして、これはいい本だからあなたが読めばきっとタメになるわよ、といい、ウイスキーのグラスをとりあげてふたたび熱い議論をつづけた。私はソファのうえでまごまごしながらその本の題と出版社のアドレスを手帖に写しとり、やっぱり女は男より回復力が速いのだなと、妙なことを考えたりしていた。

それに、シュジーは特別なのだ。シャンゼリゼーをあるとき映画を見たあと散歩していて彼女がつぶやいた。

「フランスの女はバカで、恋愛しか知らないのよ」

「男が愛しすぎるからじゃないかナ」

私がつぶやくと、彼女は肩をすくめ、のどの奥でひくく笑ってから、答えた。

「私は政治に興味があるの。政治はおもしろいわヨ。大好きだわ。シモーヌ・ド・ボーヴォワールはすばらしいわよ」

男一人、女二人、彼女は三人の子の若い母親でもある。

さて、十二月十九日の夜。

田中良君が前日の十八日の夜に電話をマチュラン屋旅館にかけてきた。ここは、昔、リルケが下宿していたことがあるという逸話つきなのだが、食事ぬきの素泊りお一人様千フランで、円にすれば八百円か九百円。便所は廊下へでて共同のを使わなければならず、暖房は深夜になると部屋のなかでオーバーを着こんで仕事していてもいっこうに苦にならぬという程度。電話があることはあるが、呼びだしだけであるから、いちいち五階の階段をコウモリのように飛んでいかなければならない。階段の踊り場ですれちがう女中のジョゼットがいつものように笑って小さく叫んだ。

「モン・ブラン！」

スキーはかいもくだけれど
「回転競技《スラローム》！……」

叫びかえして飛んでゆく。

田中君の電話によると、明日十九日、サルトルと会うはずだったけれど、バスチーユ広場で反右翼抗議集会がひらかれることになり、サルトルはそこで演説するはずで、とてもいそがしくて会えそうにないという秘書の連絡があったと言う。集会は何時からだと聞くと六時半からだと言う。ではそっちへいこうということで、その場で二人の意見が一致した。電話を切りしなに、田中君は、ＯＡＳ（秘密軍事機関）の爆弾が破裂するかも知れないからデモのときは下を向いて歩き、新聞紙包みがおちていたらいちもくさんに逃げなければ命は保証できないよ、と言った。また五階までコウモリのように飛んであがる。よごれた股引のうえに半オーバーという恰好である。もっとも、この旅館では、日曜になるとカナダの女子大生がナイト・ガウンをひっかけただけの姿で薄暗い廊下を鼻歌まじりにうろうろしていたりするから、いっこうかまわないといえばかまわないようなものなのだが……

翌日の朝、ねぼけ眼でいつもの町角の店へ三日月パンを食べにでかけると、店をでしなに一人の学生がだまってビラをわたしていった。読むと、十一時からパリ大学の中庭で抗議集会をひらくから、テロリスムに反対するすべての学生は集れ、と書いてある。昨夜おそくまで本を読みすぎたので、まだ眠くてならない。これは遠慮することとした。ぬけだしたばかりの寝床に這いもどって、エビのように毛布のなかで跳ねつつベッドを暖めることに私がいっしんにふけっているあいだ、戸外では労働組合による十五分間の抗議ストライキがあり、バス、地下鉄、タクシー、その他、パリの全機能がしばらくの仮死状態に入っていた。

ＯＡＳとそのプラスチック爆弾にはいくらかの知識がある。一年まえに東欧からの帰りにパリにたちよったとき、壁という壁のいたるところに『ＯＡＳ』、『若き国家』などという落書きが見られた。この頃はまだ爆弾騒ぎまでにいたっていなかったようである。シュジーがいろいろと説明してくれたが、とくに記憶にのこっているのは報道統制のことである。ド・ゴールにとって致命傷となるようなアルジェリア問題についての積極的な言論活動がきびしく検閲され、記事はかたっぱしからボツになるという話である。また、フランスの映画監督は、国民の最大関心事であるアルジェリア問題に主題をとることを許されないでいる。したがって、しょうことなく、毒にも薬にもならぬエロ、グロ、スリラー映画に身をやつす、ということであった。まるで戦前の日本のような話を聞かされた。

「けれど左翼は公的な活動を許されているるし、みとめられているのでしょう？」

「そう、左翼は活動はゆるされていますし、みとめられてもいます。フランスは共和国ですからね。けれど、それも、あくまで制限つきの自由なの」

それから八カ月ほどたって、去年の八月、イスラエルからの帰りに、またパリにたちよった。けれど、このときは夏休みの季節で、ほんとにパリには誰もいなかった。いないといったらほんとに誰もいなかった。テロリストも、リベラリストも、コミュニストも、みんなそろっていっせいに田舎や海岸へ日なたぼっこにでかけたのである。あちらこちらのキャフェや料理店は閉鎖され、パリはまるで博物館の鯨の骨のように壮大でがらんどうであった。輝ける廃墟。それ以外の何物でもなかった。シュジーもどこかへいって、いなかった。しようがないからヴェルサイユの森へ『大噴水』と、『夜の祭り』という花火仕掛けのルイ王朝物語を見物にでかけた。市内では廃兵院の中庭で『音と光』というだしものがピエール・フレネェの朗読で〝ナポレオンの遺骸がセントヘレナからこの廃兵院へもどってきた日〟というのをやっていた。技術と着想は卓抜であるが、本質はなんのことはない、靖國神社の再来だ。

ところが、OASとそのプラスチック爆弾はこの期間にすっかり活発になっていたのである。四月にアルジェリアでサラン将軍たちが青年将校と結託してド・ゴールに対してクーデターを試みるという事件が起った。アルジェリア駐屯軍の〝パラ〟とか〝ベレ〟とか呼ばれている連中（落下傘部隊・フランスのサムライども）がいまにもパリ上空におりるのではないかという騒ぎになり、ド・ゴールが悲壮な大時代がかったふるえ声で、叫んだ。『……おお、フランスの男よ、フランスの女よ、われを助けよ』。叛乱軍の内部分裂もあってこの騒ぎが三日天下で鎮圧されたことは日本でもよく知られているが、この失敗以来、どうやら右翼は大手をふってのりだすことにきめたらしい。プラスチック爆弾をパリ市内に持ちこみ、あっちこっちでドンドンぱちぱちをやりだした。ド・ゴールとFLNに対するいやがらせだと言われている。彼を第五共和制の〝王様〟にしたのは、たしかに第二次大戦中の〝レジスタンスの闘士〟という古い信用状が一般国民に訴求したからだが、いっぽうでは軍部の実質的な、強力なバック・アップがあったからだ。そのド・ゴールが、泥沼の行きづまりと世論の大義に追いつめられて四苦八苦のあげくアルジェリアの実質的独立をみとめようとする〝民族自決〟の原則をうちだし、叛乱軍を鎮圧した。これをサランや青年将校たちは彼の〝裏切り〟だとした。サランの〝OAS〟という組織は、正しくは〝秘密軍事組織〟と呼ばれ、〝哲学〟も〝ロマンティシズム〟も暗示しない、まったくむきだしの技術的な名称であるが、同様にその行動もきわめて技術的である。プラスチック爆弾を仕掛ける。手榴弾をキャフェに投げこむ。ピストルを発射する。ナイフを飛ばす。ブリジット・バルドォに脅迫状を送る。もっとも、実質的な殺傷のテロ行為はアルジェリアでド・ゴール派とFLNに対しておこない、フランス本土、たとえばその集中的表現のパリ市内での行動は、どうやら、人心擾乱《じょうらん》が目的であるらしい。私の聞いたせまい範囲では、まだプラスチック爆弾でじっさいに、故意に、計画的に、結果として人を殺傷する、ということはしていないらしい模様であった。しかし、その爆弾の炸裂に、偶然、人体がふれることがあれば、あきらかに肉は飛散してしまうのである。テロリスムであることには何の変りもないのである。右翼団体には東西を問わずつきまとってくるロマンティシズムを、彼らは、その、『若き国家』のスローガンに匂わせているように私には思える。ロワの『アルジェリア戦争』(鈴木道彦訳、岩波新書)には偏執狂的なフランスの青年将校の横顔が描かれている。アルジェリアを手放すことが〝自由ヨーロッパ〟とフランスの決定的な敗退であると思いこんでいる青年である。アルジェリア人の民族主義に対抗するためにフランス人の民族主義を彼は体内に燃やしている。昔日のフランスの〝偉大と光栄〟を回復し、生活圏を確保しようと決心している。私が危険きわまりないと思うのは、彼が自分の〝生活〟を注視しようとしないで、〝思想〟に眼を走らせようとする、そのロマンティシズムの特性である。自分と自分の生活を破壊してまでも〝思想〟に殉じようとする、その〝純粋さ〟が兇器《きょうき》なのではあるまいか。これは他者を考えない。まったく、考えない。アルジェリア人のどんな積年の、また現在の、〝懊悩〟も、その生活も、眼に入らない。自分の行動と〝理想〟が誰を益するためのものであるかという、別の他者への自分の現実的な機能についても、まったく考えようとしないかのようである。かつての日本の青年の情熱とまったくおなじだ。この点については。

約束の『デュポン』というキャフェには六時頃にいった。この店はあちらこちらに出店を見かける、大きなキャフェである。店に入ると、入口すぐのところの席に大江君がわっていた。ご自慢の、スポーツ用品大特売場で買った暗褐色の皮のコートを着こみ、鹿角のボタンをいじりながら紅茶を飲んでいた。どうして連絡がついたのかわからないが、『毎日新聞』の草壁久四郎氏がそのよこにいた。カメラを二台持っていて、その一台をよこし、私に写真をとるようにといった。窓から戸外を眺めると、一台一台と警察車が警官を満載してやってきては、広場のあちらこちらにおろしてゆく。鉄カブトに自動小銃に棍棒、ピストル、という完全武装だった。

田中君が警官の群れをかきわけてやってきた。サルトルの秘書とは何度も連絡をとったけれどだめだったと言った。秘書の話から想像するところでは、サルトルは昨夜からこの集会の作戦打合せに走りまわっているのではあるまいか、というのが田中君の推測であった。コニャックを飲んで体を温めながら彼の話を聞く。フランスのデモは日本のとすこし変っていて、指定の広場の入口あたりでみんなうろうろしていてから本隊がやってきたときにドッとそれに流れこむ。流れこんだらたがいに腕を組みあって、広場の中心へ進む。そこでサルトルが演説するかも知れない。くれぐれも〝アン・プチ・パッケ〟(小さな包み)に注意してほしい。妙な新聞紙包みがおちていないともかぎらない。見つけたら逃げること。とにかく、いちもくさんに逃げること。このあいだサルトルが反右翼の演説をしたとき、OASから予告があって十二時十分に警戒しろという電話だった。演説は十二時に終った。十分後に爆弾が演壇のしたで炸裂した。さいわいそのときサルトルは会場をでていたので一命をとりとめたが……

「おどかさないでくれよ、もうたいていビクついてるんだから。戦争中も戦後もどうやら生きのびてきたのにこんなとこでやられたんじゃたまらない」

「いや、ほんとなんだ。まじめな話なんだ。責任は持ちませんからね。あなたが消されてもぼくは知らないよ」

「日本文学がまた百年おくれるよ」

「いや、大江さんを入れて二百年かな」

「映画はどうなるんです、映画は。日本映画は何百年おくれます？」

しゃべりあっているところへ、タキシードを着た、堂々たる給仕長があらわれた。テーブルのそばにたち、手をもみながら、トマトのように血色のよい顔へいっぱいの微笑をうかべた。そして、いんぎんに頭をかるくさげて言った。

「警察の命令で店をしめなければなりません。電灯も消します。あと三分ぐらいはいいのですが……」

愛想よく戸外に蹴りだされた。うしろで窓のなかがたちまち暗くなった。歩道を歩いてゆくと、警官が棍棒のさきでお尻をこづいて追いたてにかかった。ぐずぐず歩いてゆくと、ある薬局のおじさんが大急ぎで鉄扉をおろそうとしてクランクを巻きにかかっているのを見た。慣れているようでもあり、あわてているようでもある恰好がおかしかった。

地下鉄もバスもタクシーも、みんな閉鎖されるか、とめられるかした。広場のあちらこちらから追いたてを食った人たちがアンリ四世通りの入口に集ってきた。歩道も車道もいっぱいで身うごきならなくなってきた。水門にひしめく魚の群れのようだった。いつのまにか人ごみのなかで田中君や大江君からはぐれてしまった。まわりにいるのは学生、労働者のほかに、ふつうのおかみさんや、お嬢さんや、勤人風の男たち。武装警官の新しい一隊が警察車で到着すると、みんながいっせいにからかいはじめた。

「ポーリース！」

「ポーリース！……」

とつぜん歓声があがった。どこからともなく横幕のプラカードをかかげたデモ隊があらわれた。字を読もうとすると、まわりの人びとがいっせいに叫びつつ走りだした。

「アルジェリアに平和を！……」

その率直な激情の流れのなかでつめたく佇んでいることができなかった。私はカメラを半オーバーのしたにかくすと、みんなの走る方向について走った。しばらく走ってふりかえると、田中君と大江君の走っているのが見えた。三人で腕を組んで隊列のなかに入った。誰かがビラのかたまりを暗い夜空に投げた。

「ＯＡＳ、人ごろし《アッサッサン》」

「OAS、人ごろし……」

「アルジェリアに平和を」

「ファシズムを通すな！」


あちらこちらで誰か一人が声をあげると隊列のみんながいっせいに合唱するのである。学生や女子大生にまじって門番風のおかみさんや銀行員風の中年男なども叫んで歩いていた。酔っぱらった一人の老人が体をよろよろさせながらもみんなのあとについていこうとあせりつつ叫んでいるのを見た。老人はついいまさきまでそこらの町角で一杯ひっかけていたのにちがいないが、叫んでいる顔はまじめだった。私はうたれた。この夜の群集は全パリ市民の総人口にくらべれば、ほんのわずかなものだといってもよいと思うが、その顔と声はいままでにこの町で見たどれともことなっていた。キャフェや、市場や、学生街や、画廊、宮殿、河岸っぷち、応接室、駅、映画館、劇場、ストリップ小屋……どこでも見かけるフランス人と、まったくちがっていた。彼らは肩をすくめたり、下くちびるをつきだしたり、利口な眼を速くうごかしたりしなかった。オ・ラ・ラと言ったり、人生テソンナモノサと言ったりはしなかった。疲れてもいず、倦んでもいず、〝没落〟してもいなかった。〝まなざしのごとくすばやく、たわごとのごとくからっぽなフランス人〟ではなかった。過剰な感覚や過剰な内面生活がそのあげくにかならず生みだす冷笑癖や、むなしい芝居がかった身ぶりがなかった。

小さな新聞包みはどこにもおちていなかったが、たちまち警官がおそいかかってきた。広場の中心までは、〝ＯＡＳ、アッサッサン〟の掛声で調子よく進んでいったのだが、そのあとがいけなかった。そろいもそろって柔道三段くらい、肉厚で、完全武装した、胸も肩も橋脚のようにたくましい連中が棍棒ふりあげてなだれこんで来た。そして、ものも言わず、かたっぱしから人をひっつかまえては殴ったり、蹴ったりをはじめた。老、若、男、女、カモシカのようなお嬢さんも、酒樽のような酔っぱらいもなかった。ひたすら全身の力をふるって殴りつけるのである。舗道にころがった若い娘を殴ったときは、ほんとに頭の骨のきしむ音が聞こえるかと思ったほどだった。見るなり、キャッと叫び、たちまち組んでいた腕をほどいて走りだした。どこへ逃げてよいのかわからない。あちらへうろうろ、こちらへうろうろしながら、みんなの走るあとについていちもくさんに走っていった。これが水族館のイワシである。あらかじめ警官隊があけておいた、たった一つの出口へそのままなだれおちていったのである。

みんなは狭いサン・タントワーヌ街を走っていった。はじめのうち、ちょっと走ってはたちどまってもとへもどろうとし、警官に殴られる。またちょっと走っては、たちどまり、もどろうとする。また殴られる。レインコートを着た門番風のおかみさんが、走りつつうしろをふりかえって

「……ゲシュタポ！」

と叫んだ。

みんなはそれに声をあわせ

「ゲシュタポ！」

「ゲシュタポ！」

いっせいに合唱した。

おそらく、フランス人の警官にしてみれば、それは、東京の警官が〝番犬〟とののしられるのよりもさらに痛烈なことであろう。骨身にひびくにちがいない。ナチス。〝ナチ〟という言葉をつぶやくときのフランス人のはげしい侮蔑の表情は私も何度か見ている。

この合唱のなかで皮ジャンパーを着た青年の一人が、夢中になってゴミ捨てのドラム缶を足がかりにして街灯によじのぼった。

「バスチーユ広場へもどれ。バスチーユへいけ、バスチーユへいけ……」

彼の曾祖父が叫んだにちがいない言葉をくりかえし、くりかえし、叫んだ。が、このとき、群集はもうすっかり圧倒されて、ちりぢりバラバラになっていた。狭い街路の壁のうえにはつぎからつぎへとなだれおちて逃げ走る靴音が、さわがしい、長いこだまとなってふるえているだけだった。迫ってくる警官の姿をみとめて、皮ジャンパーの青年は街灯からとびおり、猫のようにどこかへ走っていった。

サン・タントワーヌ街のはずれでウロウロしていると、田中君が逃げてくるのに会った。しばらく二人で、つめたい風に吹かれていると、大江君がどこからか飛んで来た。あまりさむいので、三人でちかくのキャフェに入り、ラムを飲んだ。外国人でこのデモについて走ったのは私たちだけではなかったらしい。そのキャフェにイギリス人の建築家が入ってきて、いっしょのテーブルでラムを飲んだ。お金は私たちが兵隊勘定で払ってやった。彼は昂奮して、警官の非道を非難し、パリの警察力の四〇パーセントが動員されたとはなにごとだ、とくりかえしていた。

一時頃、旅館にもどって、寝た。

新聞を読んで、いくつかのことを知った。田中君も説明していたことだったが、この抗議集会は共産党が提唱し、それに対して労働組合、全学連、社会党各派その他が応じ、いわば厳密な政治的教義をこえた、普遍的な立場からの抗議を共同戦線でおこなったものである。集会許可の届けを内務省にだしたが、不許可となった。つまり、〝非合法〟になったのである。このことについて、警官の組合が内務大臣に懇請している。OASに反対なのはわれわれでもおなじことなのだからこの集会がみとめられないとなるとわれわれはまったく立場を失ってしまうではないか、というのである。しかし、結局、その抗議も容れられなかった。何日かしてからシュジーに会ったとき、こんな話を聞いた。パリには二つの警察がある。国警と市警である。市警の警官はマントを着て町角にたち、お婆さんと犬が交叉点をよこぎるのを助けてやったりしている。おおむね善良で、職業にユーモアを持ちこむことを忘れていない人間が多い。ところが、いっぽうの国警というもの、これは説明するまでもないでしょう、あなたがたっぷり味わったとおりよ、ゴリラだわ……

「この家のちかくの市警のお巡りさんにこないだ聞いたんだけどね、オレたちはサンドイッチのハムみたいなもんだっていったわ。右と左の両方からハサミうちになってどうしようもないというわけヨ」

新聞には、また、セーヌ県の県議会に警視総監が呼びだされ、十九日夜の件で全議員から総攻撃をうけてつるしあげられた、という記事もでていた（けれど、この二月八日にバスチーユ広場でまた大弾圧があって死者八人という事件を起しているところをみれば、これがいっこうにききめがなかったばかりか、ますます悪化をたどっていると言えそうである）。

会うたびにシュジーが金茶の髪のなかから猫のような眼を輝かせてフランスの泥沼政治と各政党の反応、およびその背景につき、私を啓発にかかってくれるのだけれど、何度聞いてものみこめない。話を聞いているあいだは複雑怪奇ながらもよくわかったような気がするのだけれど、しばらくすると、たちまち糸がもつれてしまって、なにもわからなくなってくるのである。

音をあげて
「……ああ、わからない」
と言うと、彼女は
「あたりまえヨ」
澄まして、キメつける。
遠くから眺めて簡単すぎるデッサンをつくってみると、三つの力が浮かんでくる。ド・ゴールと、OASと、FLNである。これがアルジェリアをめぐってあらそってきた。そして、この三つのうち、どの一つもがそれぞれ他の二つを、〝敵〟と見ている。ド・ゴールはOASとFLNを、OASはド・ゴールとFLNを、FLNはド・ゴールとOASを、ということである。それぞれ自分のなかに分裂の要素は持っているらしいけれど、まずこの三角形の構図はまちがいのないところだと思うのである。しかし、これでは、私の記憶が説明しつくされないばかりか、いや、この三角形もゆがんで見えてしようがないのである。と、いうのは、もしド・ゴールがほんとにOASとFLNを〝敵〟としているのなら、なぜあれほど苛烈に反OAS抗議を弾圧しなければならないのか、説明がつかなくなるのである。あそこの広場ではFLNに対する敵意だけがさらけだされていた。OASに対する敵意でその力が二分されているという気配は爪の垢ほども感じられなかった。警官のあさましい獰猛さのなかには、あきらかに、〝非合法〟

集会を鎮圧する職業的熱中以上のものがあったように思えてならないのである。ド・ゴールは行政者で警視庁は司法者であるから問題は別けて考えなければならない、という意見がでてきそうに思うが、それは〝理想〟の三権分立で、私には納得のいかないことが多すぎるのである。ほんとにド・ゴールはOASを〝敵〟としているのか？　また、逆に、ほんとにOASはド・ゴールを〝敵〟としているのだろうか？……

ある夜ふけ、あの乱闘の夜にビラをまいていた者がいたことを思いだし、寝床から這いだしてズボンのポケットをしらべてみた。地下鉄や映画館の切符にまじって青いビラがでてきた。読んでから、訳してみた。『若き抵抗』というグループがバラまいたものらしい。右翼が『若き国家』をとなえるから、それに対抗してそういう名をつけたのではないかと思われた。

「数カ月来、フランスではファシストたちが騒々しく、しかも大手をふってうごいている。彼らは政府に保護され、助けられている。

各政党、企業組合、民主主義運動団体などは、これが自分たちだけの問題だと考えるべきではないことを理解して反撃にでているが、この脅迫に対しては防衛的な反応しか示していない。

それでは不十分だ。攻撃しなければならないのだ。

ファシズムの源は、大植民地主義者と、職業軍人と、彼らの戴く政府とによってひき起された植民地戦争にある。

攻撃しなければならないのは彼らである。〝若き抵抗〟こそは攻撃的な反ファシスト運動を起した最初の人間であった。

八年来、権力とたたかいつづけているFLNとの積極的な連合により、たとえばフランスの革命的な諸勢力を導いて自ら戦争をやめさせ、また、OASに対するたたかいのみならず戦争の機械の全面的停止によってファシズムへの道をとざすことを試み、また、継続してきた、そのさまざまな活動により

事件の中心にあって抵抗を組織しなければならない。

OASのブルジョアの責任者たち、彼らに資金をあたえている人間たちを攻撃しなければならない。

戦争の可能性を破壊しなければならない。

◉鉄道員諸君、波止場労働者諸君、兵士と資材の輸送も積みこみを拒みたまえ。

◉学生諸君、労働者諸君、農民諸君、あらゆる手段をつくしてこの運動を支持したまえ」

これはバスチーユ広場でひろったビラである。暗かったので誰がまいたのか、わからなかった。ほかにもビラはまかれているように思うが、私のひろったのはこれだけだった。どんなグループなのだろうか。どんな活動をこれまでにしてきたのだろうか。共産

のだろうか。

党の論旨に似ているように思うが、関係はあるのだろうか。あるとすればどんな関係な

フランスの左翼は、これまで、アルジェリア問題については、ある分裂を意識していた。つまり、アルジェリアの民族解放と独立ということについてならFLNと完全に握手しなければならないのに、それが、かならずしもそうではなかった。いつかサルトルがどこかでその態度を非難しているのを読んだような記憶がある。フランスの左翼の心性のなかにも原則と反する心性があるというのだ。〝フランスのアルジェリア〟という伝統的な感覚の呪縛から完全には解放されていないのである。FLNを支持するまえに十ぺんくらい〝よきフランス人〟であることをくりかえしたうえでなければ握手ができないというのである。シュジーも似たことを説明してくれたことがある。彼女は〝ラディッシュ〟という比喩を使った。〝赤大根〟というのだ。外皮は赤くて、中は白いというのだ。おなじ傾向をさして言ったのではないかと思う。サルトルはアルジェリア問題に関するかぎり左翼はナショナリズムを捨ててインターナショナリズムの立場に立ち、FLNと完全な握手をして大義をつらぬこうという主張をしていたように思う。たしかにシュジーの言うとおり、アルジェリアに対するフランス人の内面の、感覚的な反応については、外国人旅行者にとって臆測の困難なものがたくさんひそんでいるようだ。『若き抵抗』のグループが植民地の苦悩を解放して独立を推進するフランスの諸勢力の

統合に成功することをねがうばかりである。狂的な国粋主義の兇悪な幻影が消えることをねがうばかりである。私の希望は、それ自体は、単純素朴なものなのである。おそらく、もう、FLNの実質的な勝利は、時間の問題でしかなくなっている。おびただしい懊悩と流血の果てに……

クリスマスの夜は彼女の家へいった。乾いて、つめたい夜だった。舗道を歩いていると、石の町に特有のつめたさが足から這いあがり、腸を浸して、骨にしみこんだ。学生も勤人も、みんな休暇をとって田舎へでかけ、ふたたび夏のように町は鯨の骨となって暗い空のしたにおちていた。赤と、金と、黒の輝く飾窓を画廊のようにひとつひとつのぞきこみながら歩いていった。サン・ミシェル通りに廃兵たちのひらいている夜店は、いつもの歓声や空気銃の発射音が消え、テント張りの小屋の棚にならぶ人形や酒瓶が埃りをかぶっているようだった。ひとかたまりのあたたかい霧が鼻さきをかすめたので、そちらによってゆき、焼栗を買った。これは白ぶどう酒にいいのである。キャフェに入って四杯ほど〝風船玉〟で飲んだ。乾いた馬小屋のような匂いのする安煙草のけむりのなかで、何人かの人びとが、ガラス玉のような瞳を瞠って、放心していた。あるいは、肩をすくめてみせ、また下くちびるをつきだしてみせていた。あたたかくて、うつろで、どこか疲れた下着を思わせる。使い古され、よく慣れた家具がならんでいるようでもあった。先夜の、あの叫び声はどこにもなかった。人びとは疲労か機智かにふけっていた。

あの広場はつい目と鼻のさきにあるのだが、ガラス窓と虚無にさえぎられてすっかり沈んでしまったかのようである。ふしぎでならない気持がする。酒が肉の内側をつたっておちてゆくとき、すこし酸っぱくて、すこし熱い水が流れてゆくような感触を味わった。

シュジーに会うと、いくらか、治ったようだった。レコードを聞いて私は彼女といっしょにおなかをかかえてソファのうえで笑った。酒は、もう、熱くて酸っぱい水のようには流れていかなかった。声色芸人が持ちまえの茶目を発揮してド・ゴールを皮肉りたおしているのである。〝オート・シルキュラシオン〟（自動交通）という題である。〝民族自決《オート・デテルミナシオン》〟にひっかけているのだ。泥沼状態のアルジェリア問題をパリのどうにもならない交通地獄に見たて、ド・ゴールが演説をぶつ、という趣向である。王様は、悲壮な、大時代がかったふるえ声で文明の災厄を市民に訴える。おお、フランスの男よ、フランスの女よ、われを助けよ。するどくて、奇抜で、笑わずにはいられなかった。笑っているうちに、ようやく私は、さきほどの店で出会った感触を忘れることができた。

シュジーがたずねた。

「ねえ、どう、この物真似？」

私が答えた。

「おもしろい。フランスの政治がもっとよくわかっていたらもっとおもしろいだろうと思う。わからないことのほうが多い。けれど、ド・ゴールがこれを聞いたら、ユーモアの感情と一種のさびしさをもってうけとるでしょうね」

彼女が答えた。

「彼がユーモアの感情でうけとるだろうということはそのとおりだと思うけど、さびしさなんてないわヨ。彼は自分がフランスの宿命だと思ってるんですもの。ド・ゴールは完全な自信家だわヨ」

彼女の夫がつぶやいた。

「……おれは、もう、君のように若くないんだ。議会には十五もグループがあって、何が何やら、さっぱりわからない。おれはくたびれたよ」

そう言ったあと、ドイツ語で、ひくく、カプート!……とつぶやいた。もう、ダメだ、と言うのだろう。シュザンヌは、肘掛椅子に沈みこんだ、まだ四十歳くらいの夫を、じっとだまって、眺めていた。

荒野の青い道

毎日、ここでは、朝の七時すぎに夜が明ける。明けるときは短くて、たちまち晴れた朝になってしまう。明け方と黄昏と、どちらが短いかとなると、文句なしに明け方である。気がついて体を起し、タバコに火をつけて、さてゆっくり眺めようと思ったときにはもう朝になってしまっている。けれどその短命なたまゆらのなかにも光耀の一瞬というものはある。血と紫を流したような、しのびやかだが精悍なスミレの光彩が窓に射して、顔をあらわしたつぎの瞬間にはそれは消える。夜は朝と永い抗争や交渉を持たず、劇をちょっとほのめかすだけで去っていく。

朝になるとたちまち騒音である。ホンダである。スズキである。ヤマハである。シクロマイであり、トラックであり、バスであり、ジープである。その轟音は切れめなしにつづき、シエスタ（昼寝）の時刻になるとちょっと低くなり、三時半から四時にはふたたび旺盛になり、夕方から夜にかけて激烈をきわめ、十二時のカーフュー（外出禁止時刻）になってやっと仮死してくれる。目下私が暮しているレ・ロイ通りのホテル──アパートか下宿《パンシヨン》というほうが正確だが──その一室にこもったきりで一日中をすごすなら、工場の宿直室にいるような気がする。

叫喚と煤煙と激烈な直射日光のなかで路上の生がひろげられる。道路はエンジンとタイヤのものだが、歩道は手や足のものである。その光景は私の記憶するかぎりクーデターと、公開銃殺と、デモと、テロの年であろうと、テロと市街戦の年であろうと、休戦調印後の年であろうと、ほとんど変ることがない。並べられる品がいくらか変ったという程度にすぎない。人びとは歩道で暮している。歩道とは、ここでは、通行人がまっすぐに歩きたいままに歩いていけるパリやニューヨークや東京とはちがう。それは暑くて、くさくて、腐っていて、いつもむんむん何かが分解する旺盛な匂いをたてている。歩道とは新聞をひろげて売るところであり、しゃがみこんでタンメンを食べるところであり、ジャスミンの花輪を売るところであり、コオロギを喧嘩させてバクチをするところであり、眠りこけるところであり、口論、商談、密談、冗談、占い、バクチ、いっさいの場所である。洗濯場所であり、食堂であり、小工場であり、市場であり、ときには画廊でもある。子供がはしゃぎながらころげまわり、両手の指が十本ともなくて、足が薪のように細くて、しかもそれがヨガ行者のようにねじくれた乞食がカメのように這っていく。全身がヒゼン（疥癬——編者）に犯されてボロ布のようになっている。眼はほぼ完全に狂っていて焦点がない。ひょっとしたら獄門島から釈放された政治犯ではあるまいかと思うことがしばしばだけれど、たしかめようがない。

道ばたの椅子に腰をおろして什錦湯麵（ゴモクタンメン）を食べたり、〝ニョクチャダー〟（氷入りのお茶）をすすったりしながら私は歩道の生の混沌を眺め、ぐずぐずすごしている。回想にふけったり、比較したり、眼を凝《こ》らしたり、しばしば乞食が前方からやってくるのを見るとあわててその眼を映画館の看板にそらしたりする。靴をはいているとしつこくタカられるが、ゴム草履をはいているとそれほどでもないので、たいてい私はゴム草履をはくことにしている。〝足もとを見る〟ということは日本でもここでもまったく同様に通ずる原則であるようだ。ただし、このことば、日本ではいささか抽象的に使われるけれど、ここでは鋭利をきわめた、具体に徹した、痛烈なプロの鑑識眼においておこなわれるという一点が異なるのである。

ぐずぐずとニョクチャダーをすすりながらも遠方についてのおぼろな関心がないわけではない。それがおぼろなままで毎日過ぎていくのは米軍撤退後にわかに最前線の取材がきびしくなって、これまでならいきたいところへいって観察にふけることができたのに、いまはたいていのことがほとんど許可されなくなったから、道ばたでお茶でも飲むしかないのである。休戦調印後、もうそろそろ三カ月になるが、あちらこちらでの流血はいっこうにやみそうにない。週を追って少しずつ減っていき、また地域が固定化していくという傾向はあらわに見られるけれど、血が流れるということ自体は、その血を流す人にとっては決定的な事態であり、どうまぎらしようもないことである。けれど、それを観察しにいくことはできないし、そのことを観察することを目的としてやってきたはずのＩＣＣＳ（国際監視委員会）は開店休業である。したくてもできないのだ。何ひとつとして手のつけようがないのである。代表たちは機会あるごとにそのことを声明しつづけている。カナダ代表は事あるごとに引揚げるといい、それにつれて、インドネシア代表もついに匙を投げて、引揚げるといいだした。ほのかに洩れてくるところを聞くと、四国の代表たちは会議場でうんざりしつつ輪になって紅茶をすすり、こまかいこまかい手続きのことについて七通りの異なることばでいいかえることにふけっているという。しかもそのあいだにインドネシア代表の一人がホテルの窓から飛降り自殺を試みたり、ハンガリー代表団から伍長が一人、亡命させてくれといってオーストラリア大使館にかけこんだりする。

先日、カナダ、インドネシア、ポーランド、ハンガリー、それに解放戦線の将校二人がヘリコプターに乗って視察にでかけたところ、二機のヘリコのうち一機が〝あちら側〟に熱線ミサイルを射たれて墜落し、それを見てあとの一機は不時着した。ラオス国境近くのラオ・バオというところである。〝あちら側〟はこれはあらかじめ通達してあったコースからヘリコがはずれたために起った〝事故〟であると主張し、生きのこったアメリカ人のパイロットはけっしてコースからはずれていなかったと報告している。その現場を視察にいく議論が、目下、こまかいこまかい手続きの細目について、おそらくは七通りの異なることばで、おこなわれているはずである。コンゴでも、キプロスでも国際監視組織はまったく無力であったが、おなじことがここではもっと手のこんだやり方でおこなわれているように思える。アラブとイスラエルの六日戦争は、一つには国連の監視軍が引揚げたために発生した真空状態、それを引金として起ったはずと私は記憶しているが、ここではどうなるのだろうか。何が引金となるのだろうか。この国の現実を考えればどんな政治と軍事の素人《しろうと》でも国際監視組織がまったく無力であるか、つぶさに眺めれば悲しい喜劇の役割しか演じられないことは、はじめからわかりきっていたのだが、だからといってほかに有効な手段が何ひとつとしてあるわけでもない。このことをいいかえるならば、いかにこの国では〝第三者の証言〟が至難のことであるか、ということになる。しかも至難とわかっていながら、いかにそれ以外に何も発明できないか、ということでもある。観客席にすわって議論にふけることのむなしさが同時に示されているとも、思われる。そのことがわかってきたとき、観客席はからっぽになっていた。観客たちは決勝戦を見ないで家に帰っていった。めいめい各自の意見に満足し、うっとりと少し体重を増して……

ところで。

サイゴンからは国道が何本も放射している。あるものはカンボジヤ国境に向かい、あるものは海岸に向かう。あるものは高原に向かい、あるものはデルタに向かう。調印前後に双方の旗たて戦争、陣取り合戦がそれぞれの国道をはずれたところでも、国道上でも、激烈に展開されたが、現在までのところ、13号国道をのぞいてすべての国道が政府軍によって打開された。しかし、13号国道は切断されたままになっている。それもサイゴンからあまり遠くないところで切断されている。ベン・キャットの前方のボゥ・ロンかチョン・タンのあたりで切断されている。そのさきのアン・ロックは激戦のためにすりつぶされて瓦礫の野原と化し、政府側に奪回されはしたものの、点となって孤立し、補給は空からしかできない。

この国道のことを少し私は知っている。八年前にベン・キャットの陣地で暮していたからである。いっしょの小屋で寝起きしていたヤング少佐は、このあたりはホッテスト・ホット・スポットです、将来もそうでしょうとよくいったものだが、正しかった。もともとこの国道は数字からくる連想のまま《死の13号国道》という異名がついて久しくになるのだが、事実それはそのとおりであった。しじゅう待伏せ、不意討ち、小戦闘、大戦闘があり、輸送隊はどれほど先頭と後尾にタンクやウェポン・キャリアをつけて防衛しても襲われるのだった。道路の両側には何十メートルおきかに小石の山がずっとつながっているのが眺められたが、それは地雷であけられた穴をすぐその場で埋めるためであり、襲われたときの弾よけの地物とするためでもあった。この道路の両側は畑、田、沼沢地、ゴム林などであるが、すぐのところにカンボジヤ国境をこえて張りだしてきている広大なジャングルがひろがっている。それは《Dゾーン》とも《鉄の三角地帯》とも呼ばれ、解放戦線の強固きわまる聖域で、当時はその樹海のどこかに司令部があるとされていた。当時もその後もこの国道が重要なのは解放戦線側から眺めれば大部隊を収容できる聖域から首都への最短距離であり、また、もっともいい道であるからでもあった。六八年に「総反攻、総蜂起」の大号令を発し、〝道はただ一つサイゴンをめざすのみ〟と叫んでおこなわれたテット攻撃は全土で展開されたのだったが、サイゴン攻略を指揮したチャン・ド少将はベン・キャット周辺のどこかに司令部を移して、そこから総指揮をとったものと思われる。部隊は四方からサイゴンめざして迫っていったがそのうちの最精鋭部隊は13号国道上を、またはそれに沿うかして、おりていったと思われる。それがあったのは二月で、私は八月にヨーロッパから南回りでサイゴンへいき、第三波の攻撃を待ちながら朝日の支局で以上のことを知った。朝日の支局には厖大なドキュメントのコレクションがあったので、私は毎日少しずつ読んですごしたのである。ロケットにそなえて窓ぎわに高く砂袋を積みあげたホテルの部屋は昼間から薄暗く、ときには床へじかにマットレスを敷いて寝てみたりしたが、読むことにはほとんど倦《う》みをおぼえなかった。ヨーロッパから持ってきた倦怠はかつてのこの国での経験から根ざしていると感じられ、全身のいたるところにしぶとくからみついてはなれようとしなかったが、読むことには倦まなかった。

その年にはベン・キャットにはいかないでデルタのバナナ島へいったのだったが、今度きてみると、ベン・キャットと13号国道はあいかわらずであった。二月の某日に取材にいったカメラ・マンはベン・キャットの一つさきのライケにロケット弾が十発たてつづけに落ちるのを見たと教えてくれた。これは〝あちら側〟のソヴィエト製のロケットである。そこで私は二月の末にでかけたのだが、その日は何事もなくて、指揮官のトン少佐に会って状況を聞いただけだった。ところがそれからあと、三月の某日にでかけたべつのカメラ・マンはベン・キャットの手前で13号国道にタンクが出動して銃撃戦をやっているのを目撃した。三月末にちかくなって某日、私が二回目にいってみると、タンクの姿はなかったけれど、ベン・キャットは一〇五ミリ砲を切れめなしに射ちつづけていた。兵と副指揮官の話を聞いてみると、一人の兵の話すところではICCSの分所のつい百メートルほどのところへロケットが落ちたことがあるということであり、副指揮官の話すところでは射たれたら射ちかえすのだということであった。第一回めにいったときの指揮官のトン少佐はこのときビン・ドゥオンにでかけて留守だったが、副指揮官の話によるとトン少佐はきわめて有能、機敏であり、敵をよく知っているので、適切なときに適切な砲撃を命令する。もし少佐がいなければベン・キャットはとっくにやられてしまっていただろうということであった。これで〝あちら側〟も〝こちら側〟も双方が〝射たれたら射ちかえす〟を繰り返しているらしいということがわかったが、念のためにICCS代表に会って〝第三者の証言〟を得ようとしたところ、これもビン・ドゥオンにでかけて留守であった。ICCSの分所のほかに解放戦線と政府軍両者の代表で構成するJMC（合同軍事委員会）の分所もまたここにはあるのだが、面会の許可はもらったものの、会うことはできなかった。そこで、四月十八日、これで三回めになるが、またまたでかけてみた。この国の戦争には女のヒステリーみたいなところがあり、いつ、どこで、何をきっかけとして発生するか、いっさい予断ができず、それればかりか、どこへ飛火するか、それもまた予断ができないのである。あればあるで、あったということなのであり、なければないで、なかったということなのであり、だからといって明日もまたないであろうということはいえないのである。

すると、三回めは、ちょうど昼食後の時刻で、トン少佐はビン・ドゥオンへ会議にでかけて留守であり、副指揮官は昼寝をしているところだというので、誰にも会うことができなかった。こないだ会ったときの副指揮官は若いけれどしっかりしていて、沈着なところがあり、鋭敏で明晰な話しかたをした。そのとき、家の壁と屋根をふるわせる砲声のなかで、上官のトン少佐の有能さを説明しつつ、少佐は敵を非常によく知っているので、昼寝をしていてもふいに眼をさまして起きあがり、いま、どこそこへ射てというような命令を下したりする。あとでしらべてみるとそれがきわめて有効であったということがわかったりする。そういう挿話を副指揮官はしてくれた。少佐のインスピレーションの発生のしぐあいは少佐本人でないとわからないことであるし、あるいはそういう微妙なことは口にだして説明しきれるものではあるまいと思われるので、しばらくおくとしても、その結果が有効であったかなかったかはどうして調査するのだろう。いちいち〝あちら側〟へスパイをやって調べさせて確認するのであろうか。そこを今回はつっこんでたずねてみたかったのだが、シエスタとあれば、踏みこむことはできない。門のところで暑熱にうだってグッタリとなっている兵にたずねてみると、二月と三月はさかんにロケットをたたきこまれたし、近くのラク・バプが攻められたときはこことの連絡を切断しようとしてとりわけはげしくやられたけれど、いまは何もない。ひっそりしている。静かなもんだ。という話であった。事実、その日、ベン・キャットは吠えもせず、煙もたてず、ギラギラする白い輝きのなかでうとうとと眠っていた。町の井戸のまわりでは屋台に何人かのタンク兵が群がって砂糖キビのジュースなどをものうげにすすっていた。道ばたの道祖神の祠《ほこら》にはいつ見てもおなじ長さであるような古い線香が半燃えのまま崩れのこっていて、『天官賜福』と書いた紅唐紙は八年前そっくりに朽ちるままになっている。

この日は国道をいけるところまでいってみた。ベン・キャットのさきはライケだが、ここから横道にそれる。ゴムの木の好むラテライトの赤い土である。舗装も何もないガタガタの道で、ところどころに古い軍靴や迫撃砲の殻が落ちていたりする。右に雑草の荒野がひろがり、左に広大なゴム園がひろがる。ゴム園は低い土壁で守られ、ところどころに銃眼や監視塔があり、砂袋にかくれてタンクが砲口をこちらへ向けたままになっている。砲塔に陽よけの布を張ったり、砲身にシャツを干したり、ゴムの木と木にハンモックをつるして兵が眠りこけていたりする。この赤い道をどんどんいくと、やがて13号国道にでる。そこに小さな前哨陣地があるが、兵たちは、バオチ（記者）だというと、ニコニコわらって手をふったきりである。二月末にきたときよりもはるかにくつろいでいるようである。ここからさき、道は荒野を走る。ひからびてしなびた雑草の茂る荒野が右にも左にもひろがるままにひろがっている。この国道のここまでくる風景のなかにしばしば荒野があらわれて、八年前にコンヴォイ（輸送隊）防衛のためのパトロール作戦についていったときに目撃した光景とはずいぶん異なるように思えてならない。アムブッシュ（待伏せ）をやられないように灌木林や叢林を枯葉剤で掃滅したのかもしれないと思う。昔は荒地があるにはあったけれど、この国道の左右は危険きわまりない木と葉に蔽われていたように思う。それと、地雷穴がなくなったこと、膏薬を貼ったように道が傷だらけであったのがすっかり治っていること、道の両側にあったバラストの小山の列が消えていることなどに私の新しい眼がうごく。

もともとこの国道はビン・ドゥオンからさきはベン・キャットの小さな町があるほかはミトとかタイニンといったような大きな町がなくてカンボジヤ国境までいってしまうので、車の往来の少ない道路なのだが、このあたりまでくると、完全に車も人も見えなくなる。野立看板もないし、村もないし、バナナや林もない。電柱もないし、祠もない。ただぼうぼうと荒野がひろがり、そのなかをたった一本の青い道がつらぬいているきりである。ここに広大な黄昏がくれば道はほの白く見えるであろう。そこをこちらに背を向けて山高帽の小男がドタ靴をはいてステッキをふりふり、チョコマカと右に入ってみたり、左に入ってみたり、あげく、どちらにも入れないでひたすらまっすぐ、あわただしく、踊るようにして地平線のかなたに消えていくなら、政治を主題にしたチャップリンの最高傑作の一つのラスト・シーンとなる。

地図では点があってボゥ・ロンという名の見える地点にくるが、町はないし、村もなく、それらがかつてあったという痕跡もない。ただ荒野が左右にひろがり、少し大きな前哨陣地があるきりである。鉄条網と、地雷原がある。ここでこの国道は中断され、これからさきは〝あちら側〟である。

「VC（「南ベトナム解放民族戦線」の蔑称——編者）の旗が見えますよ」

「……」

通訳が自動車からおりて前方を指さす。前方の道路上にはロード・ブロック用の鉄条網がころがっていて、人も鳥も見えず、しんとしているが、はるか向うに青い旗が二本たって風になびいているのが見える。あの旗は青と赤の二色に金星をおいているはずだが、遠いので、青の閃くのが見えるだけである。

「……二月の末にきたときはここにたくさんの人がいた。ジュースを売ったり、タバコを売ったりしていました。一日に一回、向うのチョン・タンと往来ができるということで、途中の二カ所か三カ所で〝あちら側〟がでてくる。税金もとらず、チェックもしないが、二十分ほど演説をするとのことでした」

「何を演説するんですか？」

「休戦協定を守ろうというようなことだそうです。私は日本人でバオチだからべつにどうってことはないだろう。いきたければいくがよろしい。けれど責任は持たない。この陣地の下士官がそんなことをいいましたね。ホンダでつれていってやろうというおっさんがいましてね。千五百ピー（ピアストル）だというんです。値切ったら千ピーになりましたね」

「それで、いったのですか？」

「いや。いかなかった」

「今日はどうなさいます？」

「サイゴンにいそぎの用があるんでね」

「やめますか？」

「いつでもいけるから」

「そうですね」

通訳とそんな会話をしながら佇んでいると、ときたま思いだしたようにホンダが人と荷物をのせて〝あちら側〟めざしてとんでいく。ささやかな交易をしにいくのであろう。人びとは貧しいし、いそがしいし、生きていかなければならない。商売ができるならどこへでもとんでいかなければならない。

ちょっとはなれたところに道ばたで二人の娘がジュースを売っている。何人もの兵が木箱に腰をおろし、M-16銃を地べたにころがして、雑談にふけっている。声をたててわらいあっている。娘たちはベン・キャットからきたという。私設酒保をひらきにきたというところらしい。大胆なものだ。

兵の一人に、

「夜は陣地で寝るの？」

とたずねると、

「そうさ」

ニコニコわらって答える。

「クィー(幽霊)がでるんじゃないか？」

私はお化けがでるといったつもりだが、通訳がすばやくそれを〝VC〟といいかえてしまう。少し頭の回転が早すぎる。

「………」

「………」

兵たちは口ぐちに何かいって、屈託なさそうにわらいあっている。二月末にくらべるとよほどのんびりしているし、やわらいでいる。ジュースを一本買い、しゃがんですすり、お釣りを娘の一人に進呈した。手を口にあててはにかみ、〝カモン・ニューラム（たいへんありがとう）〟とつぶやく。いつまでもそうやって微笑していられたら、いいのだが……

二月末にベン・キャットにきたときには感動をおぼえた。近頃の私にはあまり起らなくなっていることだが、体内に音楽がわきあがるのをおぼえた。井戸、屋台、雑貨屋、道祖神の祠、その古い線香、その朽ちかかった紅唐紙がすべて八年前のままだった。陣地には門ができたり、小屋がたくさんできたりして、少し顔が変っていたけれど、私と朝日の秋元啓一とが寝起きしていた小屋はそのままのこっていたのである。その波型トタンの屋根はあいかわらずギラギラした青い白熱にさらされていた。《大作戦》を観察するためには現場へいって何日も何日もただ寝たり起きたりして待ちつづけなければならないので、毎日サウナ風呂のようなその小屋のなかで私は汗みずくになって昼寝をしたり、本を読んだりしていたのである。ガーネット訳の『チェーホフ短篇集』を読みおわってドストイェフスキーの『白痴』を五分の一ぐらい読んだところでDゾーンのジャングルへの浸透作戦がたてられた。毎日、夕方になると小屋をでてアメリカ兵と馬蹄投げをして遊んだり、ヴェトナム人の将兵と遊んだりし、夜は九時まで映画を見たり、ラジオを聞いたりしてすごし、それ以後は消灯になるのだが、たいてい毎夜、野戦服のまま、靴をはいたままで寝た。一〇五ミリ砲や一五五ミリ砲が吠えると小屋がベッドごとゆさぶられるのだが、すぐに慣れて、しまいには平気で眠れるようになった。恐怖はさまざまなものから分泌されるが、最大、また、最深のものは想像力からくる。迫撃砲が〝あちら側〟からとんでくる音がしたらやにわにベッドからとびだして塹壕まで走るようにといわれつけたけれど、小屋の屋根はブリキ板一枚なのだから、音がしたときはやられている。まっ暗闇のなかで私はそういう覚悟をきめこんでいたのだが、これにはいつまでも慣れることができなかった。全身が冷たい汗でぐっしょり濡れることがしばしばあった。

八年前にここで暮していたこと、パトロール作戦やDゾーンへのグランド・オペレイションに参加したこと、なつかしくなってやってきたことなどを告げると、トン少佐は自室へ招いてくれた。その古い、貧しい、薄暗くてみじめな家もよく記憶している。

「……あのころここにいた兵たちはどこへいきましたか？」

「私がここへ転任してきたのは一九六七年ですから、よくわかりません。あなたがいたのは一九六五年ですから、もうすっかり兵たちは変っていたはずです」

「当時の指揮官はグエン・ヴァン・トゥ中佐でした。ごぞんじですか？」

「いや、私は知りません。私がここにきたときはもう死んでいました。噂でしか知りません。グエン・ヴァン・トゥではなくて、チャン・ヴァン・トゥではなかったですか？」

「どこで戦死したのですか？」

「よくわかりませんが、〝鉄の三角地帯〟の作戦だと聞いています。作戦中に死んだということです」

トン少佐はおだやかに微笑しながら欠け茶碗に茶をついで私にすすめてくれた。そして近頃、〝あちら側〟は迫撃砲を射つとき、最初に警告として三発つづけて射つので、その音を聞きのがしさえしなかったら兵も住民も塹壕へとびこんで無事でいられる。だから被害は少ない。これがここの最近の特徴だ。というような話をひっそりとつづけた。その話を聞きつつ、茶をついでくれる骨ばった手があるので眼をあげると、思わず声をたてそうになった。八年前に毎日、毎日、食事の用意をしてくれた当番兵ではないか。おなじようにやせこけ、おなじように暗くだまりこみ、ひそひそと足音をしのばせて歩き、そのまま戸外へ消えてしまった。あまり口をきかず、あまり陰鬱な男なので、アメリカ兵たちがみんないやがっていた、まさにあの当番兵ではないか……

サイゴンにもどってその夜ふけ、ウィスキーをすすっていると、私は影響された。つぎからつぎへと、とめどなく記憶が更新されて、まるでネズミかイナゴの大群のようにわきおこってきた。あの日の午後、ジャングルのなかで米の貯蔵所を発見してグエン・ヴァン・トゥ中佐がいつもの豪傑笑いをしたこと、その直後に四方八方から乱射乱撃を浴びせられて中佐は蒼白になり、アリ塚のかげへとびこみ、そこへ兵たちや私が這いこもうとすると赤い眼を怒らせて〝ディ、ディ！　ディ、ディ！（いけ、いけ）〟と叫んで追いちらそうとしたこと、夕方になって本隊と合流して撤退するときまったとき、たった三人のアメリカ兵に向かって、君たちはよく訓練されていて強いから最後尾についてわれわれを防衛し、今夜ここにのこってくれ、明朝迎えにくるからといったこと、それを聞いてラスカー大尉が憤怒と絶望で口もきけなくなったこと……などがよみがえった。中佐の笑い声や叫び声が、さまざまな場所でのそれが、とめどなくよみがえってきた。中佐はジャングルのなかを逃走するとき、左右と背後から乱射を浴びせられると部下をかきわけおしのけて走り、ゴム園のほとりの村にたどりつくとみんなを戸外にほったらかしておいて自分だけさっさと家のなかに入って寝たのである。

　中佐にはダラットの本妻に九人、サイゴンの妾には六人、計十五人の子供がいるとのことであった。そしてその妾なのか、本妻なのか、それともべつの情婦なのか、よくわからないが、毎夜、若い女が陣地の中佐の部屋へやってくる姿を私は見ている。おそらく彼は部下に率直に語らせたら〝ナンバテン・タウ！（とことん最低）〟、その一語につきる人物かもしれなかった。野戦服よりはパジャマ、ジャングルよりはベッドがふさわしい人物であるのかもしれなかった。もし私がジャングルでの中佐の行動をあらかじめ知っていたら、面白いグランド・オペレイションをやるからといって誘われたとき、一も二もなく〝Choi Oi!〟とつぶやき、〝No can do!〟とつけたしてことわったことだろうと思う。ただ歳月のためにあの日の陰惨、下劣、怯懦《きょうだ》、残酷、悲惨はことごとくいたましく甘美な優しさに変貌してしまったのである。おそらく中佐は軍墓地に埋められたことであろうと私は思うことにした。この国に独特の習慣であるが、墓ではときどき《紙の花》（ブーゲンヴィリア）がコンクリート蓋の四角い穴に植えこまれることがある。それは根を張り、棺をやぶり、死者を吸って、みごとな満開を見せる。それは無数の花と涼しい影で墓を蔽い、生者にある痛烈な覚悟をあたえ、きたえてくれる光景である。これまでに目撃したいくつかの墓を私は思いだし、中佐は花を咲かせていると想像することにした。八年もたてばそれはみごとな開花ぶりを見せていることであろう。中佐にアリ塚のかげから追いだされた兵たちも花になった。最初の銃声を聞いたとたんに重機関銃をかついだままへたへたとすわりこんでしまった老兵も花になった。昼食のあとで誰かがオニギリを捨てたら素早く〝ヴェトコン・イート〟とつぶやいてひろいあげた老当番兵も花になった。ジャングルをぬけ、沼地をわたり、灌木林をくぐり、まっ暗なゴム林のなかを歩きながら私が肩をたたいて水をくれといったらだまってキャベツのかたまりをわたしてくれた、あの顔も名も知らぬ兵も花になった。おぼろ月の国道をぞろぞろ足をひきずって歩いていくと砲兵将校だと名のるのが寄ってきて、たどたどしく英語で、〝スミマセン〟といったあと、〝私ノ国、戦争デス〟といってすっとはなれていったあの若者も花になった。

死者の体は淋しくよこたわる
寺の屋根の下に
教会の廊下に
廃屋の床《ゆか》に
おお、春よ！
死体は畑を肥やし、溝を香らせる
おお、ヴェトナムよ！
死体は未来のために大地に生を息吹かせる
未来への道はけわしくとも
死体がそれを易しくしてくれよう

チン・コン・ソン『死者へのバラード』

サ・エ・ラ

一人のイギリス人がナポリの狭い裏町を散歩していたら、突然、ある家の二階のバルコンからブタが降ってきて、それが頭にあたって件の紳士は死んだという。日本人ならさっそく、これがほんとのトン死というものだと駄洒落をとばすところだが、そういうとぼけた挿話がグレアム・グリーンの愉快な短篇にあった。けれど、これは小説なのだから、事実ナポリでは人間とブタが一つの家に棲んでいるかどうか。そこまでは断言できないのだけれど、東南アジアやアフリカの田舎で私は何度も人間とブタがいっしょのところで寝起きしているのを見たし、何度か私自身もそういうところで寝たり、焼酎を飲んだりしたことがある。

ブタといっしょに寝たと書くと、私が雲古のなかで寝たのかと思われそうだが、ブタはああ見えてなかなかの清潔好きである。私の観察するところではブタは元来、他のほとんどの動物とおなじように清潔な動物である。自然は彼に極端なまでの適応力をあたえたので、それを人間が極度に利用することとなり、その結果としてブタは心ならずもスカトロ派の代名詞となるような姿態を演じているのであって、けっして本意からではあるまい。自然児としての彼は体のどこにも雲古や泥をつけていず、つやつやと輝いて、清潔な動物である。けれど、メコン河の支流に浮かぶ小島の、ヤシの葉で葺いた小屋でハンモックをつるして昼寝していると、すごい鼻息の音をたてて彼がすぐよこを通りぬけていくが、その眼を見ると、ギラギラ血走り、爛々と輝き、猛獣といいたくなるような凄さである。とてもブタ饅屋の看板のようになまやさしいものではない。意外さにもうたれて、ギョッとなるほどである。『動物農場』のなかでオーウェルがブタに〝ナポレオン〟という仇名をつけ、全体主義体制の兇暴凄惨な独裁者に仕立てたのも当然だと思いかえされる。

　カオダイ教の本山のあるタイニンへいったとき、町のラーメン屋で昼食をしたあと、トイレを借りたが、そこで眼がささやかな経験を味わった。薄暗くてびしゃびしゃ濡れたり、匂ったりしている家のなかを通りぬけると裏にでるが、そこにセメントを張ったたたきがあり、胸までぐらいの壁で仕切ってある。その壁のしたに小さな穴があいている。たたきはたたきだけで、便器もなければ足をのせる煉瓦二コもおいてない。何もないのだ。雲古も御叱呼もいきなりそのたたきへいたすのである。そしてそのあとすみっこのカメから水を汲んでじゃあと流すと、物そのものは壁の穴からとなりへ消えていくのである。この国ではごくふつうのことであり、むしろセメント張りのたたきがあるあたり、この家はしっかり小金をためこみ、米もためこんでいるのではあるまいかと思われる。ところがそうしていると、壁のむこうで何やら気配がするので、のぞいてみると、巨大なブタが二頭いた。彼らは狭いところへぎゅうぎゅうにおしこめられ、寝そべるしかないのだが、その寝ている鼻さきへ雲古と御叱呼が流れてくる。それを寝そべったままでむしゃむしゃと憂鬱そうな音をたてて食べているのだった。のぞきこんだ私の眼と見上げたブタの眼が、ふと会って、思わず私は顔をそむけてしまった。こう書きながらもまざまざとその血走った猛獣の眼を私は思いだすことができそうである。凄惨なまなざしであった。

マクラにしてはちょっと長くなったが、ブタの話を書くのが目的ではなかった。これから書きたいと思うコトがコトなので、諸兄姉をいきなりそこへお誘いするよりは、ちょっとトレーニングをして頂いてからと思って、ブタに出演してもらったのである。ゴリラやチンパンジーはいらいらしたり、怒ったりすると、それを表現するために樹上からやにわに雲古をするということが動物学者のフィールド・ノートによく書いてあるし、いつか上野の動物園の飼育係の人からも似た話を聞いたと思う。週末になるとたくさんの大人や子供がやってきてわいわいガヤガヤとやるものだから憂愁の帝王ゴリラは焦燥にかりたてられて下痢を起す。日曜が終って見物衆がいなくなるともとにもどって下痢が止まる。けれど何日かたってつぎの週末がやってくると、また下痢を起す。毎週毎週それの繰りかえしだというのである。スウィフトは人間憎悪から徹底的に醜怪・下劣・陰惨な類猿人ヤフーを創りだし、これでもかこれでもかと憎悪と嘲罵をたたきつけたが、このヤフーもいらいらしてくると樹上から御叱呼と雲古をひりかける癖があると書いてあったと思う。これはスウィフトの想像なのだろうか。それとも猿を見ているうちにヒントを得たのだろうか。

小説を書くようになってかれこれ十七年になるが、その間ずっと私の後門はヤフーであった。のべつなのである。毎日、毎週、毎月、春も秋もなくであった。週末になったからとか、ウィーク・デイになったからという変化が起らない。のべつ流出のしつづけであった。ときには止まることがあるし、薬を飲めば止まるということもわかっているが、あまりの頑疾であり、常態となってしまったので、たまたま止まることがあると、おや、調子がいいなと感ずるよりは、かえって逆に、何かが狂ったのじゃないかと思うほうがさきにたつのである。人間ドックに入ってパーツをしらべてもらうと私の大腸は平均よりも短く、かつ左によじれているとのことで、だから内容物が長逗留していられないんである。神経性の慢性下痢だが、大腸過敏症とも呼ぶ。べつに命には関係のないことだからほっておいてもどッてことないですとお医者はいった。

これが〝神経〟からくるものであることは自己診断でよくわかる。原稿を書きはじめるとたちまち小さな拳が後門の柔らかい内壁をトントンと叩きにかかるが、魚釣りに山へでかけると湖についてから二時間めぐらいにはピタッと止まってしまうのである。それでも止まらないとなると、心が湖に到着していない証拠である。何か傷があるのだ。心の傷から私の場合はあれが膿汁となってでてくるのである。山をおりて帰ることとなり、電車が荒川放水路をわたる頃になると、ふたたび小さな拳があらわれてトントンと叩きはじめる。きまってそうなのである。調子のいいときだとじつにクッキリとその明滅がわかる。日本にいるときも、外国にいるときもきまってそうなのである。田舎を歩いているると健便で、都市にくると流下である。その田舎も戦争をしてるようだと緊迫があるから流下である。そういう特殊例をのぞけば、おおむね私は眼よりも後門でその国の文明度、抑圧度、ストレス度が測れるように思う。スモッグを嗅いだり、タイヤの軋りを聞いたり、ネオンを見たりするより、五官のどれよりも速く私の後門は不定愁訴をおぼえるらしいのである。人間は粘膜動物であるという説は私に懐疑を起させない稀れな説の一つである。

そういうわけだから下痢といっても細菌や内臓疾患によるものではなく、いわば健康な下痢（？）なので、老廃物が流出するだけだから、いくらつづいてもやせるということがないのである。太りもせず、やせもせず、ただ流出するだけなのである。しかし、たとえば永くてつらい、何カ月も部屋にたれこめて机にむかうだけの、書きおろしのような仕事にとりかかると、日に日に流出がはげしくなっていく。終末に接近する頃になると、トイレからもどったばかりなのにもうたちあがりたくなり、そうなればでるのは水のようなものばかりで、しばしば一滴の水もでないのにただ小さな拳だけがひくひくピリピリと内壁を叩いてせめぎあうこととなる。後門が紙ですれて充血し、赤く腫れあがり、苦痛はかなりのものである。机にもどってお茶をすすると、それが食道から胃へ、胃から腸へ、腸から後門へとぐるぐる螺旋管のなかをまわりつつ気泡を浮かべて落下していく気配がありありとわかる。薄暗いなかで便器にまたがって苦しんでいると、自分が頭と管だけになったような気がしてくる。火星人のようなぶわぶわしたクラゲ状の頭に一本の柔らかい、細い管がつながっているきりで、骨も、筋肉も、手も、足もない一頭の脆弱な生物を感ずる。一本の管のなかを茶や、米粒や、うどんや、菜ッ葉が流れていくのがまざまざと目撃できるところまできてしまうのだけれど、老廃物といっしょに何かの有効な液も腸壁からしぼりだされて流失してしまうのだから、疲労、衰弱というもののはげしくて、朝から部屋のなかには黄昏の蒼暗がたちこめるようなのである。

編集氏がけわしい眼で

「何枚いきました?」

とたずねる。

私はうなだれて

「お尻に聞いてください」

と答える。

薄暗いなかでロダンの『考える人』とはちょっとちがう肘のつきかたをしてしゃがみこみ、そうやって抑圧が粘液となったり、水となったりして流れていく物音を聞いていると、それが下水管をつたいつつ流れて東京湾に接近していくありさまを考える。さらに一条の縞となって東京湾に流れこんだあと、外海へ漂っていき、やがて黒潮の水流に吸いこまれて太平洋を旅する光景を考える。サイゴンでこの姿勢をとるときまって背に南シナ海を感じたし、ラゴスでは大西洋を感じた。テル・アヴィヴでは地中海を、西ベルリンでは北海を、ワルシャワではバルト海を感じた。私の抑圧は七つの海の富栄養化にいささか努めるところがあった。プランクトンとなってイワシかニシンの体内に入ったそれはいま缶詰となって東京湾岸のどこかの保税倉庫に大回帰しおわったところであるか。黄禍論はいささか弱まったであろうか。

去年、一九七三年は二月から七月まで、ちょうど一五〇日ほどヴェトナムで暮し、一度帰国してから秋に安岡章太郎氏といっしょにヨーロッパへ一席のお粗末をしにでかけた。第一次和平協定が成立すると、それまでかなり忘れられていたヴェトナムがふたたび思いだされ、人びとも新聞も、コミュニスト側が〝勝ち〟、アメリカが〝負け〟だといって拍手喝采の論を書き、それと同時にあの国についてはピタリと語ることも、書くことも、嘆くことも、罵ることも止まってしまった。勝ツとか負ケルとかいうことは事態が決定的に最終段階を迎えてからのちに下される評語だろうと私は思うし、現代にあっては勝敗というものもちょっと視点をズラせばたちまち朦朧となってくる特性があり、何が真の勝利で何が真の敗北であるかは容易に決着がつきかねるものと観じなければなるまい。相撲に勝って勝負では負けたとか、戦闘には勝ったけれど戦争には負けたとか、戦闘でも戦争でも負けたけれどその結果国民の大半が勝つより負けたほうがよかったのだと感ずる事態が到来したとか、じつにさまざまなのである。現代における勝敗は小学生の算術計算程度の〝正義心〟ではとても評定できるものではないという程度の大人《おとな》の疑いなり認識なりを私たちは敗戦と〝その後に来たりしもの〟によって得たはずだったのだが、遠い他国のこととなるとたちまち気楽に荘厳になれるのだった。

もしわが国の知識人たちが拍手したようにコミュニスト側——耳ざわりなら〝あちら側〟といってもよろしいが——が勝ったのなら、こちら側のサイゴン政府というものは存在しなくなったのであり、したがってそれと争うために生ずる戦死者、戦傷者、まきこまれ死者、まきこまれ負傷者、家なき流民、夫なき寡婦、囚人等々々……といったものはいっさい発生しないはずである。まったく見かけられなかった論だけれどももし〝こちら側〟が勝ったのなら、〝あちら側〟は存在しないのだから、これまた同様である。けれど事実は誰も勝たず、誰も負けなかったのである。アメリカ兵や韓国人の姿はサイゴンから消えたけれど、ただそれだけのことであって、高原、水田、海辺、いたるところで戦闘と戦争は、何ひとつ変ることなく続行され、おびただしい数の死者、負傷者、まきこまれ難民は発生しつづけたのである。ヴェトナム人はヴェトナム人でありつづけ、ヴェトナム戦争はヴェトナム戦争でありつづけた。しかし、この国はふたたび、いや、三度めか、四度めか、またしても忘却されてしまったのである。サイゴン郊外のビエン・ホアの軍墓地へいって停戦協定後に発生した死者たちの眼がチカチカしてくるような死臭を嗅ぎ、弟や妹たちが土まみれになって慟哭、叫喚してころげまわる姿を見てサイゴンのアパートに引揚げてから、東京から送られてきた新聞や雑誌を読むと、そこにあるのはおきまりの〝勝チ負ケ〟論ばかりであって、読みたどっていくうちに、怒りとも、侮蔑とも、絶望ともつかぬものがおしよせてきて、あまりのひどさにときには叫びだしたくなることもあるのだったが、遅かれ早かれ、アホらしいの一語につきてしまうのであった。空虚のなかでやがて潮のように澱み、濁って、腐敗していった。夜ふけに戒厳令の静寂のなかでやわな出来の、水がでたりでなかったりする便器にかがむと、背に茫洋とした、とろんと輝く南シナ海が迫ってくることはいつもとおなじだけれど、水よりはもうちょっと手ごたえのある段階のディング・アン・ジッヒ（物自体——編者）が捨象されたのは意外であった。怒って抑圧がたちこめているはずなのにそれは何だったのだろう。

秋になって安岡氏といっしょにヨーロッパへ講演旅行にでかけたが、ひどい神経性流出に苦しめられた。初日のロンドンが〝キャフェ・ロイヤル〟といって宴会専門に十九世紀末あたりに建てられた超A級の館で、そこの〝ナポレオンの間〟というのにつれこまれたところ、これが床には赤のカーペット、壁には大鏡、天井にはおなかのぶっくりふくれた天使が笛を吹いてとびまわり、シャンデリアがギラギラ煌々と輝くという凄さで、小説家が一席のお粗末をお伺いするというよりはヴェルサイユ条約でも調印するのにふさわしいという構えであったから、私の敏感な後門はたちまちダウンしてしまった。

デュッセルドルフ、ブリュッセル、パリと、以下似たようなものであったから、ほとんど十分おきに一回、私は〝パルドン〟だの、〝ビッテ〟だのとつぶやいて小さな別室にたつこととなり、最終地のパリへくると、衰弱のあまり、とうとう一日寝こんでしまった。ところが安岡大兄は一貫してよく飲み、よく食べ、しばしばシャンソンを放吟し、講演といえば頭も尻ッ尾もないような落第話をうだうだとやり、ケロリとして平気なのであった。怪しみたくなるくらい平然として、花のように衰えたりなさらない。下痢をしないゴリラはすでに憂愁の帝王ではあるまいから、もっぱら私は犬養大姉と話をすることにした。大姉はデュッセルからビリュッセルへいく列車のなかで私とはまったくあべこべにツマってどうしようもない体質なのであると告白し、それからあとはじつにおたがい話が通じあった。結滞と流出はまったく逆だけれど、人知れぬ苦心や苦痛にはおたがい通じあうものがある。少くとも下部構造が上部構造を支配するという理論のその一点においては誰よりも感情移入ができあえるのだった。大姉は丸薬を飲んだり、宵は早く寝たり、ホテルの給仕に頭ごなしに命令をぶっつけたりして存在の細分化と流出にそれとなく腐心していらっしゃった気配で、それはようやく根拠地のパリへ帰ることで完成されたらしき様子であった。大姉が凄みのある成熟した美貌の眉をかまうことなくしかめて訴えられるところでは、存在の量が高まるとその呼気が上部構造を犯しにかかることがあり、頭がガンガン鳴ってくるとのことであった。大姉はわが流亡をうらやみ、私は私でときあって大姉の団結をうらやむのだった。同病相憐レムは真実かもしれないが、相反する同病というものもあるのだった。

今年の私は鳴きもせず、飛びもせずだった。一月九日に矢来町のS社のクラブに原稿用紙と万年筆のほかにシャツ、パンツ、靴下、パイプ、服、ズボンなどごたごた一式をかつぎこんで長期決戦の覚悟もいいところを見せた。このクラブは私にはたいそう居心地がよくて、三部作の第一部も第二部も書きおろしとしてここに籠城して仕上げることができたのである。第二部のときには通算して五カ月たてこもって四〇〇枚をほぼ一気通貫で仕上げることができた。この三部作の仕事が着手してから通算すると、もうそろそろ十年めになろうとしていて、遅筆の私は三年に一作か四年に一作ぐらいしか書けないのでそんなに時間がかかっているわけだが、最終の第三部を何とかして本年度内に仕上げたいと思っていた。だから、ほとんど人にも会わず、外出もせず、パーティーにも出なければバー遊びもやめ、ないないづくしの精進ぶりを見せたわけである。もっともこれは今にはじまったことではなく、ここ数年来ずっとこうである。同業のあの作家、この人ともまったくといってよいほど顔をあわせることがなく、編集氏に噂を聞かせてもらってやっと消息を知るというぐらいである。けれど、編集氏の告げるところではたいていみんなおなじ状態で、カタツムリのように家を背負いつつ這うか、その場に止まって昼寝をしているかということであるらしい。

もう十年も以前だとあの人、この人に何かとよく電話をかけたり、かけられたりして、冗談をいったり、まじめな話をしたりしたのだけれど、近頃ではぴったりそういうことがなくなった。それがもう十五年も以前だと毎夜のようにバーを飲み歩き、飲み疲れで眼も脳も腸もへとへとになるが、それでも黄昏が近づくとジッとしていられなくなって這いだしたものだった。何時頃にどこのバーへいけば誰がいるというアテがついていて、いってみるとそのとおりに顔が発見でき、何ということなくうれしいもんだった。あのバーのあの白拍子、この酒場のこの酒姫《サキ》と誰それがドウなってこんなブマをやってと噂がよく流れ、一瞬の真情にうたれたり、酒ごとふきだして笑いころげたりしたものであった。けれど、近頃では、いっさい、いかず、聞かず、見ず。飲まず。遊ばず。騒がず。モメず。外国へでかけてばかりだったから私だけかと思っていたけれど、どうやらみんなおなじであるらしい。

悪戦苦闘したけれど新作は来年へ持越しとなった。何しろ六カ月こもってたったの三十七枚しか書けないのだった。六〇〇枚の予定なのに三十七枚である。あまりのことにとうとういたたまれなくなり、夏がおわると某日白昼に一式をタクシーにつみこんで遁走してしまった。書きたいことはたくさんあり、いくつかのキーになるイメージがみんな顔をこちらに向けているのがありあり見えるのに、ついついペンをおいてしまうのだった。ブランクでもスランプでもないのにどうしてか書けないのである。それでいておきまりの流出はひどい進行ぶりであった。まるで長篇の終末にさしかかったときのような下痢が毎日毎日つづき、部屋には朝から黄昏の蒼暗が漂よう。イメージ群は顔を正面にむけて肉薄してくるのに一歩手前でたちどまり、そして消えてゆく。呼べばあらわれる。呼ばなくてもあらわれる。鉱石の断面のように輝いて、堅固で、手でさわれそうである。けれどペンをとると、ふいに陽炎のように消えてしまうのである。花を買ってきて壺に入れ、蕾がゆっくりゆっくりとひらきかかるのを一日かかって眺めている。それだけで過ぎる。日は出で日は入り、またその出《い》で処《ところ》に喘ぎゆく。

それで一年おわった。

＊サ・エ・ラ（ça et là）はフランス語で「あちらこちら」の意——編者

マンモス・プール

今年の夏はつめたくて不順らしいので扇風機が売れなくていけないと、近所の電器屋が悲観していた。

しかし、ある朝、目がさめてみれば、窓がカッと白く燃えたっているありさまは、まぎれもなく夏である。白くて、青くて、熱くて、湿った、アジアの夏である。体にも町にも火からおろしたばかりの重湯《おもゆ》のような夏がみなぎり、息がつまりそうだ。ネコが台所でたおれる。とけた舗道ではいりタマゴができそうである。夜の新宿の町角では上半身裸になったラーメン屋の兄さんがズボンをはいたまま頭からホースの水を浴びせて吠えたてていた。

電車で海岸までゆくあいだに体がとけて蒸発してしまいそうである。近頃の海岸はデラックス化というのだろうか、見わたすかぎりズラズラズラッと自家用車がおしならんで、マイアミ気分である。しかし、車を持っていない人びとは遠出するのがおっくうだから、どこか手近なところでつめたい水を浴びて倦怠をふせぐよりほかない。近くて、つめたくて、安くて、ヒガまずにすませられるところ。

そう考えてお子様衆はプールへ、プールへと殺到し、ついに千駄ヶ谷の都体育館のプールでは何百人と知れぬ行列ができて、入浴するのに二時間から三時間、炎天のしたで待ちつづけねばならないということになった。千万もの人口があるのだからどうしようもない。凝集と膨張に加えて私たちはいろいろな場所で忍耐力もまた養わなければならない。

ヤシの小島にハワイアン

都内にあるプールの親玉は池袋の〝マンモス・プール〟というものだろうというので、

いってみた。冬はスケート・リンクになるので、なるほど巨大なものである。中央に島が二つあり、一つは噴水、一つはヤシの木が三本たっている。もちろんこれは造花だけれど、ぶらさがっている実だけは本物なのだそうだ。銀座の千疋屋《せんびきや》へいって買ってきたのだそうだ。

「やっぱり造花の実にしますと、なんといいますか、いやにテカテカ光りましてね。本物のほうがいいですよ。いえ、中身の汁はちゃんとぬいて飲んでしまいましたんで、からっぽですが」

ここの入浴料は二時間二百エンで、ほかのプールの倍である。文句がでないように、それだけのことはしてある。広くて自由に泳げるということのほかに、たとえば水温をいつも27度から28度、一定に保ってある。寒い日では29度ぐらいにあげる。ボイラーをたいて調節する。雨が降ったり、電器屋のおっさんの嘆くつめたい不順の日があったとしても、水温はかわらないのである。

プール・サイドにバルコンがつくってあって、七色のライトが輝くなかで学生バンドがハワイアンを演奏する。女歌手が甘い甘い声をだしてうたい、そのメロディーにあわせて手足をうごかすと体が沈んでしまいそうである。平日は四時半からだが、日曜日は正午十二時から五時半頃までカキ鳴らす。小学生がハワイアンを聞いたところでしようがないだろうと私は思うけれど、楽隊は七色の噴水のなかで、首から造花のレイをかけ、マラカスふったり、スチール・ギターをはじいたりして、いっしょうけんめいにやっている。

プール・サイドには〝スナック・コーナー〟があって、コカコラ飲んだり、ホット・ドッグを食べたりして、毒のない肌をした少年少女たちが仲よく遊んでいる。小さな携帯ラジオをかけて別の音楽を聞きつつ、アンパンを食べて、ハワイアンにも聞き惚れるといういそがしい真似をする若者もいた。

三千トンの水が入っていて、二十四時間で四回ぐらい入れかわるそうである。水不足の東京でそんなことをして大丈夫なのかと聞いたら、うちは井戸水を使うので大丈夫なのですという。掘りも掘ったり、百八十メートルと百二十メートルの井戸を計三本掘った。そんなに掘ったら温泉になりゃしないかと聞いたら大丈夫だという。プールには大腸菌がウヨウヨいるそうだがと聞いたら、なんでも循環滅菌装置というもので水を濾過《ろか》するから大丈夫だという。プールの上をパチパチとついたり消えたりして走るにぎやかなものがあるので、目をこらすと電光ニュースであった。気の利いたことをすると思って見ていたら、文字はみんなスポーツ・ウェアや運動具店や海水浴場の広告だった。

プールのなかを、人ごみかきわけて黄いろいゴム・ボートでゆらゆらゆくのがいるので見たら、何組の兄さんか、貧相な、やせこけた、筋だらけの肩にクリカラモンモン、まるで古い半袖の青シャツでも着たみたいな恰好の若者たちである。凶暴そうな、しかしどこかいじめられッ子みたいなところもある目つきで、あたりの少年少女をだまって威嚇しつつゴム・ボートをパチャパチャやっていた。

「ああいうのがわるさをしませんか？」

「ええ。大丈夫ですよ」

たたきこまれる〝入浴者〟

このプールは二万人収容できると呼号して斯界《しかい》に君臨しているのだが、ずっと小さい後楽園のプールでも多い日には一日に延べの頭数で一万四、五千人ぐらいコナすそうである。

ここは冬になると楊弓場《ようきゅうば》という、ひどく古風なものに早変りする。楊弓場をするまえはニジマスを放ってつり堀にしていた。

一日に一万四、五千人も入るということになると、これは、〝入れる〟というよりは、〝たたきこむ〟とでもいったほうがふさわしいような様相を呈してくる。これは都内のどこのプールでもおなじである。プールは泳ぐものではなくなっている。プールは入浴するものである。巨大な水風呂なのである。そこにキリをもみこむようなぐあいにしてポチャリと水のなかに入れたら、それだけで、もう、満足して目を閉じなければならない。それ以上、なにか手足をうごかして水に浮くというようなことをのぞむのは、一種異様な贅沢なのである。

後楽園のプールは百九十メートルの井戸から水をくみあげて使っているが、温度調節はしていない。入浴料は、二時間で大人百エン、子供六十エンである。池袋の半額である。都の教育委員会が運営している千駄ヶ谷のプールは一般八十エン、学生七十エンである。これになにやかや小さなものを食べたり飲んだりすると、だいたい二百エンぐらいのことになるだろうと思う。これぐらいがいまの日本人が一回の遊びに使う限度であるようだ。週に何回、月に何回遊べるかは別として、とにかく二百エンを今日の日本の大衆は一回の遊びに使う。パチンコもそうだったし、〝くいだおれ〟でもそうだった。いままでに見てまわった庶民の遊び場のどこへ行っても、この数字に出会うようである。

疲れた家畜と日本人

人口が多いところへ面積が小さいものだから、どこへいっても遊び場は人間でギュウづめになっている。それは遠くから眺めると、蚊柱がたったか、ウンカが湧いたか、オタマジャクシが群れているみたいな光景である。それだけ見て、また遊びの種類の多彩さを見れば、よくよく私たちは遊び好きの民族のように見えるかも知れない。馬車馬のような勤勉さと裏表になっている。けれど、その〝遊び〟の実質は、わずかに二百エンである。

いじらしいようなものじゃないか。しかも、遊んでいる人の横顔をよくよく注意して眺めれば、眉も目もひらきっぱなしで楽しんでいる人の顔などはほとんど見あたらないようである。どこかこわばっている。たえずなにか考えている。遊び場にいる日本人の横顔に、しばしば私ば、疲れた家畜の優しさや、うつろさや、憂鬱を見る。人生の戸口にたったばかりの若者で、すでにそのような顔をしている人が多い。ハッキリと彼は語っているように思える。明日よりよくしぼられるために今日遊ぶんですよ。遊び好きだが遊び下手な彼は賢いまなざしでひっそりそうつぶやくのである。

都営のプールはたいへんよくできている。プール・サイドに監視員が四人つき、一時間おきにみんなをプールから追いだして五分間休ませる。そうやっておいて監視所の高みから見おろすと、水が澄んでいるから、もし誰かが沈んでいてもすぐわかるのだと聞かされた。泳ぐときはかならずプールの一方から一方へ泳ぎ、方向をめちゃくちゃにさせない。水は水道を使い、五時間に一回、濾過する。塩素消毒をするので大腸菌はいない。水温調節はしないが、冬になると温水プールにする。おでん、ホット・ドッグ、アンパン、蒸しソーセージなどの売店や屋台はみんな体育館の外にある。小学生、中学生、高校生などがおなかを鳴らしてうろうろしている。蒸しソーセージは一本三十エンである。

「もう何本食べた？」

「七本めだよ」

「やるなァ」

「うまいんだから。おじさんも食ってみなよ。そりゃァうまいんだから」

「七本も食べてよく小遣いがつづくなァ」

「まァね。一週間分ためてからくるんだよ。おじさんは新聞社かい？」

「まァね」

「だったらこのソーセージもっと安くするように話をしてくれないかなァ」

小太鼓のように張りきったおなかにバンドをゆすりあげ、日本の息子は仲間となにやら口汚くののしりあいながらどこかへ走っていった。

ホテルでプールを持っているところもある。赤坂、麻布、高輪などのプリンス系のホテルがそうである。ホテル・オークラも持っている。ホテルに泊っている人はただで泳げるが、一般公開していて、外からも自由に入ってきて泳げるようになっている。朝九時から夜十時まで。高いよ。平日八百エン。土曜、日曜は千エン。夕方五時からの夜の部だけが六百エン。ちゃんとテラスにレストランがつくってあるから、お帰りにそこで休んでちょっとツマめば、千エンや二千エンはふわふわと飛んでゆく仕掛けである。ぼんやりタバコをふかして眺めていたら四人組、五人組のBG（ビジネスガールの略）が会社帰りにたちよって、プールをわたる涼風に吹かれてテラスで食事だけしてでていくのが多い。

涼しいし、エキゾチックだし、テラスのすみではハワイアン・バンドが演奏をしてくれる。バンドのついたレストランなど、そう、ざらにない。彼女たちはメニューをさんざん眺めてから〝スパゲッチ・ナポリタン〟を召上がる。十人のうち八人か九人までがそうである。たっぷり時間かけてメニューをひろげ（読まないのである。ひろげるのである）、あれこれと迷ったふりしてから、十人のうち八人か九人が、〝スパゲッチね、このナポリタン〟という。そしてゆっくりゆっくりとプールを眺めたり、風に吹かれたり、ハワイアン・バンドを聞いたりして食事してから御帰還になるのである。スパゲッチと水だけでいくらするのだろうと思ってメニューを見たら、二百エンであった。ちゃっかりしている。うまいところを狙ったものだ！……

胴長姫や足短おじさん

プールの設備はよろしい。プール・サイドには花やかなフランス縞やイタリア縞のビーチ・パラソル、ブランコ椅子、外国煙草売場、コカコラ、下手でウソさむくてなじめるハワイアン・バンド、マットのうえでポンポンとんだり跳ねたりできるタンブリングなどが配置してある。水は井戸水だが例の循環滅菌装置でバイキンを殺してあり、青く美しく澄んでいる。つめたい日はボイラーで温水を送る。

子供は入れないことになっているから、たいへん静かである。体つきや人相を見ても職業の見当をつけにくい若者や娘やオジサマたちが、ひっそりとしとやかに泳いでいる。

「……うちではイレズミのある人は御遠慮願うことにしているのでございますよ」

たしかにそういう雰囲気である。キラめく叫び声や、はじける笑声や、ノドいっぱいの呼声といったようなものはない。プール・サイドや、テラスのレストランなどにいる見物人にいいところを見てもらおうと、みんな気どったつめたい目つきで上品に泳いでいる。胴長姫や足短おじさんがファッション・ショーのような歩きかたをしている。

この本の挿絵を描いている進藤蕃《しげる》氏はスイスのベルンのプールで泳いだ話をした。それによると、ベルンのプールは池袋のマンモス・プールぐらいの大きさで、変っているのは人工的に波をこしらえるということである。それも、波のり遊びができるぐらいの大きな波をこしらえ、一時間ごとに機械をうごかす。波の時間がくるとみんなは板をもってプールにとびこみ、波のりをして遊ぶ。これはたいへん人気がある。きっとスイスは〝海〟の気分を味わっているのだろうというのが、進藤氏の説明である。日本は列島で海岸線が長いけれど、海水浴場は超満員だから手近なプールがよろこばれる。そのうち日本でもこんな海まがいの室内の淡水プールができることになるかもしれない。

私が見たなかで肝をぬかれたのはモスクワ川のほとりにある野外大プールである。これは冬でも市の中心から温水をパイプで送っている。冬の十二月、広大なスラブの夜空から滝がおちるように雪がなだれおちてくる。そのなかでこの巨大なプールは入る人もないままにもうもうと湯けむりをたてているのである。遠くから見ると暗いモスクワ川のほとりに巨大な純白の円柱がそびえたったかのようである。朝となく夜となく、入る人があろうがなかろうが、たえまなくそうやって厳冬の野へ湯を注ぎこんでいるのだ。〝自然〟へのいかにもスラブ的な、徹底した、とほうもないこの反逆ぶりにはウナらされた。日本へ帰って、あるソビエト通の人に会って話を聞くと、あれはモスクワ市の中心にある火力発電所の廃水のお湯を使っているのではあるまいかということだった。そういう説明を聞いても、このマンモス・プールが私にあたえた〝贅沢〟の印象はいっこうに消えなかった。そしてまた、おなじ滝のような吹雪のなかに長蛇の列をつくって黙々とアイスクリームを買う順番を待っているイワンやマーニャたちの姿も、同様に、私の薄暗い頭のなかに、ゆれてたたずんで消えないのである。中国人にも底の知れないものがあって恐れと感嘆を抱かせられるが、スラブ族にも舌を巻いたり、頭をかかえこまされたりすることが多い。

そのうち冬のさなかに野外でのびのびと泳ぐのが美容と健康によろしいというようなことを誰かがいいだしたら、モスクワを向うにまわして日本にもとてつもない規模の野外温水プールをつくろうとたくらむのがでてくるかもしれない。私たちもまた得体の知れない巨人なのだ。一度〝どーんとやったろか〟といいだした日には、なにをしでかすことやら、見当もつかず、限界も知らない。たのもしくも奇抜な、われと自ら恐れと感嘆のうめきを発している、どうつかまえようもない多頭多足の怪物様である。

水族館のオットセイ

コックは自分のつくった料理を食べない。バーテンダーは自分で飲むときには弟子につくらせて飲む。漫才師は家へ帰ったらふさいだ顔をしているし、小説家は筆不精である。いままで私の知っているところでは、自分の仕事場以外のところでも情熱的に仕事をつづけるという人間はパチンコ屋の店員だけである。パチンコ工場の工員やパチンコ・ホールの店員は日ごろあれだけ首までチンジャラにひたっていながら、ひまさえあればよその店へくりだしてパチンコをする。景品をガメって金にかえようという〝実益〟があるからそうなるのだが、それでも私にはきわめて特異な感性の持主のように見える。

プールを自分の家の庭につくる人がふえてきているが、虚栄《みえ》を別にすると、おそらくムダなものではあるまいかと私は思う。自分の家にプールがあっても、そこで熱心に泳ぐ気はあまり起らないのではないかと思う。私はお好み焼きが好きだから、卵や肉やエビやいろいろなタネを自分で勝手に工夫して家で焼いたらさぞおいしいだろうと思って、苦労して浅草の食器問屋をさがし歩き、台と鉄板とコンロを買ってきてためしてみたが、いっこうにおもしろくないものだった。

タネはとびきりなのに、ちっともうまくないのである。二回か三回使ったきりで、不明を恥じ、人にくれてやった。お好み焼きはお好み焼屋で食べるものである。水泳はプール屋へいってこそおもしろいのだ。自分の家のプールで、ひとりで、タダで、ポソッと泳いだって、なにがおもしろいものか。シャレたつもりで、なんのことはない、水族館のオットセイに成りさがっているのである。

頁の背後

一九六〇年に中国へ招待でいったのが皮切りとなって、それから一九七三年まで水銀玉のように地表をあちらこちらところがって歩いた。帰国しても原稿の催促があるとお茶ノ水のホテル、旅館、出版社の軽井沢の別荘や、熱海の別荘、都内にある〝クラブ〟(カンヅメ・ハウスのこと)などを転々として歩いたから、ほとんど家庭にいたことがなかった。B.V.D.というマークの丸首Tシャツとパンツばかりがやたらにたまってしまい、この夏、洗濯してかぞえてみたら、シャツだけで五十着ほどあった。パンツの数はこれよりグッと少くなる。シャツはクリーニング屋にだせるけれどパンツはもっぱら自分で洗うことにしていたのが、そのうち面倒くさくなって捨てて歩いたものだから、シャツとパンツの数があわないのである。ホテルや旅館で原稿にいきづまって書けなくなると、気分転換にパンツをぬいで洗面所で洗ってみる。手でゴシゴシと石鹼をまぶして洗う。何であれ手を使うのは頭の〝閃き〟を導くのに有効な手段なのだが、Ⓗの栓をひねっても深夜では湯がでたりでなかったりする。ときどきゴボゴボといって湯がでてくると、妙にいきいきしてきて洗濯の手がたのしくなる。ハハァ、今夜はホットだナと思ってパンツを揉む。ひとしきり洗濯が終ると、すぐよこにトイレがあるのにそれを使わないで、お湯を流しっぱなしにして御叱呼をしてみる。これは女にはわからない男だけの趣味で、子供の頃に野道で御叱呼して草にとまっているカタツムリやカマキリにお水を命中させて落して歩いた、あのささやかな愉しみの復活かと思われる（……あの界隈のホテルや旅館に入って顔をお洗いになるときはちょっと御用心を）。

毎夜そうやってホットや水割りをやり、胸苦しい憂患ばかりの作業に小さな華をそえて部屋にもどる。しかし、作業がたてこんでモチーフが原稿用紙に乗って単語が単語をつぎつぎと紡《つむ》いでくれるようになると、とても洗濯などわずらわしくて面倒くさくて、やっていられなくなる。そうやって日と夜がたつと、パンツは捨てるしかないのだが、これがなかなかむつかしい。ひとまとめにして紙袋へ入れておき、日曜の昼下りなどに外出してゴミ箱へさりげなく捨てようと思うのだが、こちらにやましい気持があるものだから、フッと御勝手口から女中さんがでてきたり、フェンスの向うから犬が吠えたり、通行人があったりすると、ゴミ箱が眼のまえにあっても何となく手が止まってしまうのである。そこでソッポ向いてその町内をやりすごしてつぎの町内へいくが、ここでも女中さんがでてきたり、犬がいたりする。そんなこんなしてさまようちにどうしてもキッカケがつかめないまま、もとのホテルの部屋へパンツひとかためを紙袋のままで持って帰ったことが何度もある。

「……簡単なことじゃありませんか。お屋敷町をうろつくからそういうことになるんで、駅へいけばいいんですよ、駅へ。なるだけザワザワ人の出入りしてる駅へいってポイとゴミ箱に捨てればいいんです。大学生のときに下宿生活してよくやったもんですよ。このあたりなら、そうですね、御茶ノ水の駅なんか、絶好ですよ」

某社の人にそう教えられてから難問はたちまち氷解したが、何しろ私には〝独身時代〟というものがなく、物心ついたときには世帯持ちになっていたものだから、一事が万事、うといことが多かった。ソウカとさとってからはいそいそと外出して御茶ノ水の坂をのぼって駅へいき、帰りには坂をおりて『主婦の友』の『主婦の店』へ寄って新しいパンツの特売品を大量に仕入れてホテルへもどるということになった。

この界隈には『キッチン×××軒』とか、『カロリー△△』とかいう、見るからにヴォリュームでおなかがふくれそうな名前の店がおびただしくある。もっぱら腹をへらした学生や独身サラリーマンのための店だが、しげしげと私はかよった。旅館やホテルの食事はカンヅメの身分では食べられたものではないのでヴォリューム屋へいくわけだが、旅館よりまだひどい皿を自信満々におしだしてくる。蛍光灯を浴びると人の膚はカエルの腹のように見えるし、ソースは何やら死体からこぼれた廃血のように陰惨である。学生諸君はまあまあとして独身サラリーマンは眼をそむけてマンガ本など読みつつ、ひからびたキャベツを馬のような歯音をたてて食べている。しかし私にしてみると、カツ定にしろ、アジ定にしろ、〝独身時代〟が物珍しいという感性におかれているのだから、諸君、結構いけるじゃないかと声をかけたい心すらうごいて毎日かよう。そして、さほど飽きるということもなく、あれこれと店をかえて、たのしんだ。味覚は経験や主観によってどうにでも変れるものなのである。〝絶対〟なるものが発生できない点、言語や文字とおなじように情念の陽炎《かげろう》であるらしい。

だから、当時、私のスーツケースには、成田山のお守りのほかに原稿用紙、万年筆、インク、パイプ、シャツ、パンツ、ライターの石、オイル缶など、何から何まで入っていて、それを持出しさえすればいいようになっており、のべつそれ一つで転々としていたわけだが、たまたま家にいるときは書斎のすみっこにたててある。家にはほんとにたまたましかいなかったけれど、昼寝て夜起きる、それも夜ふけに近くなってから仕事にかかりだすので、妻や娘とはろくろく顔をあわせないということになる。小説家は家庭外でも家族内でも不定愁訴、情動不穏だから、黄昏どきに寝床から這いだして酒を台所で微笑してすすっていたかと思うと、突然蒼白になって怒鳴りだしたり、カキのようにだまりこんだりする。ふいに家をとびだして新宿へ走り、一カットずつ一瞥して映画館を五つも六つもいたたまれずハシゴして歩いたりする。映画は一カット見ればだいたい念入りに作ったかどうか見当がつくので、いい一カットにたどりつくまで私はつぎからつぎへと館を追って歩く癖があり、ひどいときには一日に八館出たり入ったりしたことがある。そうやって自分をヘトヘトに疲弊させて中和を計るわけである。また、憂鬱の発作という胸苦しい、荷厄介な、とらえようのない、病気であるような、ないようなお化けも私は背負いこんでいるので、ある年の秋の暮れにはじまったのは翌年の初春までつづき、まるまる一冬、書斎にこもったきりですごしたことがある。妻も、娘も、編集者も、誰の顔も見たくなくなり、声をかける気力も喪失し、三度の食事は盆にのせて妻に持ってきてもらい、書斎の戸の外においてもらう。そして毎日、朝からちびちびとウィスキーをすすり、ぼってりと熱くなると海綿みたいになって寝床にもぐりこみ、眼がさめるとまた飲むというぐあいであった。書斎は小説家にとっての戦場だけれど、同時にしばしば病室にもなり、独居房にもなる。しばしばというよりは、むしろ、大半そうなのではあるまいか。

その一冬は、毎日そうやって朝からウィスキーを飲んで寝たり起きたりして一日をど

うにかこうにかうっちゃり、ときどき戸を薄くあけて
「茶ァ」

といった。

「水ゥ」

ということもあった。

すると妻が階下からあがってきて戸のすきまから茶や水をのせた盆をさしこみ、私はそれをうけとって戸を閉める。妻の小さな足音が黙って階段をおりていくのを背に聞き、机のまえにすわりこんで、新しい水で新しいウィスキー瓶の封を切る。

こういう状態だったから、それ以前の十三年間も怪しいかぎりだったが、この十三年間は〝夫〟または〝父〟としてはいよいよ怪しいどころではすみそうになかった。イギリスには〝家庭遺棄罪〟というものがあって朦朧男を取締っていると聞くが、もしこれがわが国で法四条として適用されたら、私などはまっさきにやられる一人だろうと思う。経済的に家族を苦境に追いこむことだけはどうにかこうにかして避けたけれど、ほかに何一つとしてしてやれなかったからその一点だけは努力したものらしい。しかし、ことごとしくいうまでもなく、肉親というものは眼に見えない菌糸のようなものでおたがいをつなぎあい、からめあっていて、それはどこか一箇所をかるくつまんでひっぱるとたちまち怪物のような全体が形のないままむっくりと頭をもたげて重おもしく水面下から

あがってくるというような性質のものなのだから、〝金〟だけではすむまい。私は家にいてもいなくても神経がささくれだってそよぎ、それが身辺の人たちを傷つけ、私自身も傷つくし、肉親だとことに安堵から無制限にそうやってしまい、いちいちそれを自分の眼で見とどけるのが苦痛でならないものだからということもあってホテルや旅館を転々として歩いたわけだが、この期間に妻や娘が味わった孤独、忍耐、怨恨、焦燥などについて私はまったく他者であった。他者として、無知であった。ただ、黙って、頭をさげるしかない。

さて。

ヴェトナム人にいわせると男は三十五だとのことである。三十五歳の男が働きざかり、やりざかり、精力の頂点だというのである。そこで〝三十五〟というヴェトナム語は同時に〝スケベ〟という意味にもなる。羊という言葉の音がこれに似ていて、羊は好色な動物ということになっているから、いよいよである。ある年、ヴェトナム人の通訳がジャディン地区の自宅へ食事に招いてくれたことがあり、番地を書いた紙きれを持って出かけたが、これが三十五番地であった。そのあたりは夜になるとまっ暗で、豚や鶏がかけまわり、道は残飯が散らかり、ぐしゃぐしゃ濡れていて、ところどころローソクやカーバイド・ランプの灯が家を洞穴のように見せている。それで、家から家へ私は手さぐりで伝い歩き、夕涼みをしている人びとに、下手くそきわまったヴェトナム語で、このあたりに三十五番地はないかとたずねると、スケベはこのあたりにいないかと聞くようなものだから、あたりの人びとはゲラゲラ笑いだし、口ぐちに、知らないね、ここじゃないね、ここに住んでるのはいい人たちばかりだねなど、私の口真似をして答えたりするのだった。この国にはなかなかうまいビールがあって、ブランドを〝33〟というのだが、酔ってくると、つい、〝35〟といいまちがえたりする。よくボーイたちが腹をかかえて笑ったものだった。そんなこんなで〝35〟というヴェトナム語は脳と舌にきざみこまれてしまったわけだが、南国の人のことだから早熟早老を計算に入れて考えなければならないとしても、この人たちの観察はおおむね日本人についてもそうだといえそうである。日本人も三十五歳の前後において男は、アノ道、この道を問わず、精力の頂点に達するかと思われる。それも、どんな乱暴も惜しまない、あらゆる刺激の方角に盲進してやまない、自分でも手のつけようのない、まさぐりようもない、というような質の精力である。いささかオーバーだけれど、そのこころの渇きは懈怠《かいたい》や茫漠も含めてテロリストのそれだといえようか。

中国から帰ったあと、東欧諸国へいき、またソヴィエトへいった。これらの社会主義諸国はことごとく招待であった。招待でなければ当時これらの国へいくことは不可能だったのである。見せたいものだけ見せ、見せたいところへだけつれていき、会わせたい人物にだけ会わせ……その他はいっさいシャットアウトという体制をとっている国へいったところでどうしようもないけれど、当時の私としては、そういうものでもいいからこの眼で見たいという気持をおさえることができなかった。それに、ソヴィエトや東欧へいけば帰路にパリへでることができるというアテがあり、それを考えると、多少のことは忍耐できるのだった。パリもその頃はアルジェリア問題を抱えこんで、独立を認めようとするド・ゴール派とそれに反対する右翼軍人のO・A・Sの一派、これらに反対する左派の統一戦線、アルジェリアの過激派、それぞれが陰に陽に入り乱れてテロ合戦や大デモを繰りかえしていて、まるで内戦のような騒がしさであった。ほとんど毎夜のようにプラスチック爆弾が破裂し、暗い石の森のような市内を救急車が右に左に悲鳴をあげつつ走りまわるのだった。叫びと囁きのパリは一九六八年の〝五月革命〟の騒乱のときにも見ることとなったが、これは短命で、七月にヴァカンスがくると、何もかも流産し、霧散してしまった。学生達ははじめのうちマロニエの木を切倒してバリケードを町角に築いてたてこもったのだが、グループ内の過激派が暴走するにつれて市民は援助しなくなるし、一般学生はソッポを向くしで、たちまち分裂し、衰退していった。敷石道《マカダム》の石を剝がして投げたり、モロトフ・カクテルを投げたりしても、道はたちまちアスファルトに変ってしまって、女たちがハイヒールならかえって歩きやすくなったワ、などというのだった。ポリスはジュラルミンの楯で石を防ぎつつ催涙弾を投げたり、い。

〝ティミード〟という空砲射撃の銃を射ったりして迫ってくるのだが、私の観察するところでは、ポリスよりもヴァカンスがこの〝革命〟を蒸発させてしまったのだといいたい。

キャフェの客は椅子にすわったまま、

〝オー・ザルムシトワイヤン〟（武装せよ市民諸君）

という『ラ・マルセイエーズ』の一節を

〝オー・ラルムシトワイヤン〟（涙を流せ市民諸君）

などと小声で歌って、ポロポロ泣きながら笑っているものがあった。これはサン・ミシェル通りの流行歌になったらしく、何度か眼にし、耳にした光景であった。

上海で毛沢東は周恩来と二人してわれわれ日本文学代表団一同を引見し、一時間にわたって彼の革命家としての一代記を語ったのだが、満足した哲学者という風貌の彼にくらべて周恩来は終始黙ったきりであった。やせていて、筋肉質で、ヒゲの剃りあとが青々とし、彼は写真で見るよりはずっと背が低かったが、眼が炯々《けいけい》と光っていた。毛沢東がときどき年号を忘れてたずねると、寡黙に答えてやっていた。野間宏氏にたずねられて毛沢東は、あいかわらず著作はつづけているけれど年をとったので若いときのようなオリジナリティがなくなったと、ちょっと悲しそうな眼で答えたのをいまでもときどき私は思いだす。この旅行中は拍手と乾杯の毎夜で、広東でも上海でも北京でもたいへんな宴会がつづいたのだったが、帰国してからあれこれと読んだり、友人の中国人にたずねたりしてみると、この時期はちょうど五〇年代末期の〝三年飢饉〟の終末期にあたり、中国全土にひどい災厄がすわりこんでいたのだとわかった。人民は飢えに苦しみ、役人は栄養失調のために働くことができず、ホテルの宴会の残飯は裏口からこっそりはこびだされて闇に高価に流され、人はなけなしの金をはたいて先を争って買っていたらしいのである。つまり毎夜毎夜私たちが茅台酒《マオタイ》で乾杯しては食べのこしたものを莫大な数の人びとが自身や妻やたくさんの子のためにバンドの穴をつめたり、唾を呑みこんだりしていまか、いまかと待ちかまえていたらしいのである。また、まさにこの時期に後年〝文化大革命〟として二派が大陸の地軸を揺るがして内戦を演ずることになるその原因が黄土地帯の底深く進行中だったわけで、作家同盟代表としてわれわれと接触して談笑したり、乾杯したりしあった茅盾《ぼうじゅん》、周楊《しゅうよう》、老舎《ろうしゃ》といった文学者たちはそれ以後、いっさいがっさい消息知れずになってしまったのだが、あとで考えあわせると、当時すでにこの人びとは危機の切迫を感じていたのではあるまいかとも思うのである。これは中国にかぎったことではなかった。全体主義の秘密体制をとる国では、東も西も、大国も小国も、たいてい似ていた。たとえば私が訪れた当時のチェコはアントニン・ノボトニー体制下にあったわけだが、後年、ドプチェクたちはこの時代を〝毎夜テーブルの下をのぞきこんでポリがひそんでいないかどうかを三度たしかめてからでなければ、小説家は仕事にとりかかれなかった〟などと表現して告発した。それがプラハに短い短い春をもたらしたのだが、たちまちソヴィエトの戦車に踏みつぶされてしまうことになる。

「……もし、いま、チェーホフのような作家がお国にいたとして、その人が作品を書いた場合、その作品は自由に発表を許可されますか？」

某日、すばらしいピルゼン・ビールで昼食を終ったあと、ある作家にそういう質問をしたことがあるが、その作家は微笑しながら、わが国は社会主義になってから社会の基本的矛盾を克服したのだからチェーホフのような作家が生まれるはずがありません、と答えた。この作家はすべての社会主義国の作家が公的な場所では作家としてよりは外交官としてふるまうその習癖からしてそう答えたのか、あるいは、本気でそう思いこんでいたのか、たしかめようがない。しかし、後年、ドプチェクたちが公開した無数のデータやスーランスキー事件で投獄されたアルトゥール・ロンドンの手記などを東京やパリで入手するままに入手して、夜ふけに読みたどってみると、事態はまったく逆であったこと、チェーホフの生きた時代よりまだまだひどい状況だったこと、私はミルク壺に落ちたハエにすぎなかったことが、判明したのである。〝事実〟を発見することの至難さをつくづくさとらされた。これはそれ以後の旅でもつぎつぎと起ってきて前方にたちはだかったり、上方からのしかかってきたりする痛覚、ほとんど持病のようなものになってしまった。

アイヒマン大佐の場合も困難であった。彼が第二次大戦中に金髪の野獣として何をやったかについては、ニュルンベルク裁判やそれ以後の無数の旧ナチス追及作業やこの裁判のためにイスラエル側が新しく発掘し準備した厖大な資料によってじつに明確そのものであった。たとえばユダヤ人問題の〝最終的解決〟、つまり絶滅キャンプを設けてそこでしかるべく処理をすることが決定されたのはベルリン郊外のヴァン湖畔《ゼー》の別荘においてであったのだが、このときの出席者全員の姓名、階級、その会議での発言、すべてが探知されている。そして会議のあと全員でコニャックを飲んで乾杯したのだが、そのとき広間のマントルピースに向って右から順に誰がたっていたかもすべてわかっている。そしてアイヒマン大佐は右から何番目かにたって乾杯したのだが、そのコニャックはどんな味がしたかと検事がたずねると、いつもは命令でした、命令でやるしかなかったのです、私がやらなければ誰かがやったことですなどといってぬらりくらりと切抜けていたアイヒマンが、うっかり、大仕事を終ったあとだったのでうまかったですと洩らした。すると検事が禿頭を見る見る赤く染めて、言葉鋭く、数百万の人間を絶滅する相談をしておいてコニャックがうまかったとは君も人間だ、人間だという証拠だ、君は歯車ではなかったのだ、とつっこむのだった。こういうことはほとんど毎日のように何か一つあって、傍聴席で聞いていると、イヤホーンごしのやりとりに聞き入らずにはいられないのだが、いつも私の頭上や左右には霧のようなものが漂っていた。たとえば今の挿話でいえば一杯のコニャックと数百万の人間の生命という極端な膨脹、とほうもない間隔、手のつけようのない亀裂があるのだ。一人の男が一人の女を強姦するというような性質の事件にあっては、犯される人と犯す人とをおなじ場所におくことができるのだが、したがって、傍聴人は、〝量〟のことを何ひとつとして考えずにすみ、もっぱら方角を誤った〝情熱〟の質について考えるだけでよいのであり、感ずるだけでいいのだが、一杯のコニャックと数百万個の死体を等価計算で考えたり、感じたりしなければならないとしたら、これは濃霧である。またほとんど毎日のようにそういうやりとりがあるのだ。前夜の深酒のせいでつい私が傍聴席でウトウトし、ハッと目がさめると、検事とアイヒマン大佐のあいだでしきりに問答がつづいているけれど、いつのまにか数字が変って、五万人か十万人食いちがっているのである。トロトロ居眠りするうちに五万人か十万人かがどうかなってしまい、亡霊の軍隊のように明滅、出没しているのである。何しろ全体としてユダヤ人が六百万人煙にされたのだとイスラエル側は主張していて、そういう物凄い数字がのべつコーヒー茶碗やイヤホーンのまわりを彷徨している裁判（？）なのだから、ハンガリー国境で敗戦まぎわに死の行進をやらされた数字が五万、十万食いちがっても、誰も何もいわないのだった。何事か感ずることもできなくなっているのだった。私がすでにそうなのである。虐殺問答を聞きながらトロトロといい気持になって居眠りにふけっているのである。映画館の屋上の鶏小屋みたいな下宿にもどって飲みのこしの『マウント・オリーヴ』という赤ぶどう酒——素朴だけれどなかなかいい出来だった——をすすりつつ、街路から毎週土曜日の夕方にたちのぼるシャバト明けのわきたつような歓声を聞いているうちに、おれはこの裁判の傍聴人になる資格がない、明日からは法廷通いをやめてどこかのキブーツへいってオレンジ摘みでもやってみようと、決心した。翌朝、荷物をまとめて下宿のオッサンに預け、テル・アヴィヴまでおりて、そこからガリラヤ湖行きのバスに乗った。

ずいぶんの枚数を使ってさまざまの目撃と見聞についてこれまでに私は現場報告《オン・ザ・スポット・レポート》を書いてきたが、中国とアイヒマン裁判のような、日付、地名、数字を多数必要とした場合以外は、ほとんどメモをとらなかった。やむを得ない場合にはポケットのマッチの裏や何かに書きつけたが、ノートもテープ・レコーダーも持っていかなかった。自分の眼と耳と足だけにもっぱらたよって書くことにしていた。談話しているさいちゅうにノートをとりだされたり、マイクをつきつけられたりすると、人はつい警戒をして自己規制をするものである。ノートやマイクにたよれば正確な報告を書くことができるけれど、竜を描いて眼を入れないことになりがちである。そこで私としては、竜の体はいささか精密ではないかもしれないけれど私が眼だと思うものについては全力を投入することにしたのである。事実として、数字や日付や地名や人名などの背後にひそむものさえとらえられるなら、前面にあるものはあとでひとりでに追っかけてきてくれるものなのである。そして、書くにあたってもっとも必要なことは偶然性であり、細部である。女の髪の匂いであれ、水田のほとりの農民の死体であれ、右の眼は非情、左の眼は多感、固定観念をいっさい排して現実に接しなければならない。固定観念の灯の下で書くことはさほどむつかしいことではないけれど、シャッターをひらきっぱなしのカメラ・アイを持つこと、見たものを見たままに写しとっていくことは至難中の至難と知っておかねばならない。それにまた、〝事実〟を知るということはじつに容易ならぬことではあるけれど、事実を知っただけでは現実はけっして紙のなかにたちどまってはくれないのだということもわきまえておかなければならない。何事かがそれにプラスされてはじめて現実は後姿なり前姿なりをちらと紙のなかで見せてくれる。こう並記してみると、ノン・フィクションを書くのはフィクションを書くのとほとんどおなじ心の操作を経るものであるとわかる。究極的にそれは心による取捨選択の結果生まれるものなのであるし、文字を媒介にするしかないものなのであるから、ノン・フィクションはあくまでもノン・フィクションであると知っておきながら同時にそれはフィクションの別の一つの形式なのだとも知っておかねばなるまい。そこをわきまえたのと、わきまえてないのとでは、結果においてたいへんな相違がでてくる。

ヴェトナムへ私は九年間のそれぞれの段階に三回訪れたけれど、酷烈と混沌のさなかに巻きこまれてミルク壺に落ちた一匹のハエとしてもがきにもがきつつ、さて原稿用紙に向ってみると、もっとも書くのにむつかしいのは、非難、糾弾、絶望、懈怠のいずれよりも、たとえばパイナップルの香り、たとえばねっとりからみついてくる暑熱、旺盛でしぶといニョクマムの匂い、死体置場の腐臭、チョーイヨーイという子供や女や老人の泣声、塩辛い汗の匂い、そのようなものであった。そのような具体がもっとも書きにくく、むつかしいことだった。本質はしばしばそのまわりに漂う匂いのなかに姿をあらわしているものであるが、それこそは書くのに至難なのだった。Dゾーンのジャングルのなかで完全に包囲されて乱射されたとき、私は倒木のかげにとびこんで、それをあちらへのりこえたり、こちらへころがり落ちたりした。右から弾丸がしぶくと倒木をあちらへのりこえてかくれ、左からしぶくとそれをこちらへのりこえてかくれ、腐ったその一本の木を楯にして鼻で夢中で枯葉を掘って顔を埋めた。そういう一瞬には土のうえをたくさんのアリの群れが一列になってせっせと葉の切れっぱしを巣にはこんでいる光景が、たまゆらの永遠、一瞬の永遠として目撃されたりする。一人の貧しいヴェトナム政府軍の兵士がすぐよこにしゃがんで飯を食べていた。飯の入った洗面器を地べたにおき、そのまえにしゃがみこんで、箸を使って、茶碗から飯をすくって口へゆっくりとはこび、もぐもぐやりながら、その足もとをころげまわっている私をちらと眺めた。あまりに弾丸のしぶきがはげしくなると、彼はひょいと洗面器をよこへうつし、またそこへしゃがみこんで、ゆっくりと食べにかかる。汗みどろになって倒木をのりこえたり、ころがり落ちたりしている私と彼の眼が、弾音と叫喚のさなかで、ふと会う。濃いジャングルの枝と幹と葉を漉《こ》して正午すぎの亜熱帯の陽が水のように射し、兵士のアジアの黒い、静かな眼が、じッと私を凝視している。手に茶碗と箸を持ち、洗面器のまえにしゃがみこんで、市場で無心に食べるように口をもぐもぐさせながら私を眺めている。

空腹からか、恐怖を散らすためか、大胆からか、自暴自棄からか、慣れからか、それとも、ただ何となくそうしてみたまでのことなのだろうか。または、彼はこの世に生まれてきたことがまちがいであり、あの世へいってはじめて本当に生きられるのだと信じて、そうしていたのだろうか。その後、私はサイゴンのホテルでも、東京の自宅でも、よく彼の姿勢を思いだしてその眼を薄明のなかに目撃するのだが、解説したくてならないのに解説すると、きっとこの光景の持つ力が失われて眼が消えてしまうということに気がついた。そこで、またつぎに彼が登場してくるのを待たなければならないのである。もしもう一度、書くチャンスがあたえられるのなら、私は解説ぬきで、この謎のような光景を、そのままに描いてみたいと思う。強調を避けてさりげなく、まるで冗談事のように瞥見《べっけん》として書けばかえってその深刻さがつたわるかもしれないと思うことがある。だからこうなってくると、ノン・フィクションとフィクションのあいだにはほとんど膜一枚のへだたりもないのである。必然の歯車は強力だけれど、偶然がもたらす自由と展開は必然の骸骨に肉と眼をあたえるものである。神は細部に宿り給うのである。創造には無意識という悪魔の助けが必要とされると呟いたのは、ジッドだが、おなじことを別の言葉で述べたものと思いたい。

この無名の兵隊。また、餓死寸前のビアフラの全裸の子供を収容した掘立小屋の軒さきにとまってそっぽ向いていたハゲワシの姿勢。ベッド、鏡、椅子、聖書、洗面器などが道いちめんに散らばったアフリカの田舎町はゴーストタウンとなってシンと静まりかえっていたけれど、ある木に四羽ほどのハゲワシがとまってじっとしているので、きっと何かあると思ってしばらく佇んでいたら、やがて道の向うに二、三人の娼婦があらわれ、晴朗で放埒な声をたてて呼びかけてきたが、その声の生動ぶりと歯の白さ。弾痕だらけの壁にかこまれたキブーツの食堂で暗い眼でスープをすっていたユダヤ娘たちのうなじ。

まだあれ。

これ。

寝ていられないようだ。

一九七六年十一月

3 あぁ人生。思った通り?——飲んだ・食べた・笑った

食いだおれ

釜ヶ崎で暴動があったときのことである。警官隊と住人たちがおしあいへしあいひしめきあって、たがいに血の雨を降らしあっている混沌《こんとん》のまっただなかを、四十がらみの女がなにやら叫びつつ走っていた。左手で娘の手をひき、右手に風呂敷包みをかかえ、必死になって叫んでいた。

「どうだ、どうだ、石どうだ。一コ十エンでっせ。石買いはりまへんか。ええ石でっせ。一コ十エンでっせ!……」

人びとはなぐりあいをやめ、十エン払って女から石を買うと、てんでにそれを投げてふたたびなぐりあった。女は翌日も乱闘の現場にあらわれて石を売った。石はやっぱり〝ええ石〟であったが、一夜あけると一コが十五エンになっていたという。

まるで西鶴の『世間胸算用』を地でいったような話だが、事実あったことである。この短い挿話のなかに〝大阪〟が煮つめられ、濃縮されて、その精髄のすべてがいきいきと語られている。このようなことは大阪だけにしか起らないことである。同種の事件が九州や東京のどん底で起ったとしてもこのような光景が見られることは、まず、ないだろうと思う。もし女が山谷にあらわれておなじことをしたら、どうなるだろうか。おそらく警官隊と住人の両方から、「ナメるな」といって、袋叩《ふくろだた》きにされるにちがいないのである。そこに〝東京〟気質と〝大阪〟気質の決定的なちがいがある。

そして、私はといえば、血まみれになって狂ったように走りまわりながらもちゃんとポケットから十エンだして女から石を買ってやった釜ヶ崎住人たちが好きである。その寛容とその優しさにうたれる。また、その徹底ぶりと、なんとも人を食ったそのユーモアに、うたれる。〝ええ石でっせ〟というのはいいじゃないか。当意即妙、闇夜に閃《ひらめ》く匕首《あいくち》のように鋭い笑いがあるではないか。みんなは大阪が〝東京〟化され、ホワイト・カラー化されたという。〝砂〟にこんな力や熱や知恵が発揮できるかね。私は半信半疑で聞いている。〝砂のような大衆〟という例の説を口ぐちに述べる。〝大阪〟は生きているのだ。日ごろはわからないけれど、いきいきと息をしているのだ。イザとなったらたちまちムックリ起きてきよります。油断してたらあきまへんで。どこをどう突いてきよるかわかりまへんで。手ごわいでっせ！……

キンギョク一丁やァ

その〝大阪〟に会ってきた。釜ヶ崎ではない。道頓堀《どうとんぼり》である。ここは多い日で一日に三十万の人間が歩く。一坪（三・三平方メートル）が五百五十万エンだという。そこへ八階建のビルを建て、全階ことごとく食いものだけをつくってかせぎまくっているおっさんに会ってきた。これは寝てもさめてもただもう金、金、金、金儲《もう》けと宣伝文句を考えることだけで頭がいっぱい、おかげで毎朝四時半にパッチリ目がさめて、春夏秋冬、たえず心身爽快《そうかい》をおぼえるという人物である。東京のはきだおれ、京のきだおれ、大阪のくいだおれ。そこで店の名もそのまま〝くいだおれ〟とつけた。

　店さきに人形がたっている。紅白ダンダラの源平縞の服に三角帽をかぶってロイド眼鏡をかけたピエロ人形である。これが電気仕掛けで手足をうごかし、眉《まゆ》をうごかす。それも思いきって泥臭く、野暮《やぼ》臭く、わざとぎごちなく、まるで明治時代が手足を生《は》やしたみたいなぐあいにノロノロとうごくのである。安っぽい〝グッド・デザイン〟時代にまっこうから安っぽく反撃にでたわけだ。東京のように気どらない。俗臭を俗臭としてさらけだしてはばからないのである。大衆はその気配をかぎつけて安心する。〝安うて、旨《うも》うて、腹のふくれるもん〟をさがしている大衆はピエロ人形のぶらさげる太鼓の腹を見て、ニヤリと笑い、いよいよ気を楽にして店に入ってゆく。太鼓の右の腹には泥臭いかぎりの金釘《かなくぎ》流で、「いらっしゃい　コケコッコー」と書いてある。左の腹を見ると、これが一つの〝大阪〟や。おめず臆《おく》せず、「今夜まにあう金玉料理」ときた。

　一階から八階まで、どの階も古い大阪のゴテゴテ趣味でこのビルは飾られていて、にせものの金屏風《きんびょうぶ》が張りめぐらしてあったり、コモかぶりの四斗樽《だる》が積みあげてあったりして、〝親密〟と〝自然〟と〝垢《あか》〟がみなぎり、蛍光灯やデコラ張りのテーブルが青白くつめたく光るということがない。どの階にも壁に体温がしみこんでいる。天井から大小無数の提灯《ちょうちん》がぶらさがり、その一つ一つに、「いらっしゃい　コケコッコー」、「今夜……」とノタくってある。二階の奥が焼鳥のカウンターになっている。壁に値段表がかかっている。そこでもまた〝大阪〟が薄笑いをうかべている。この種のものを売る店は、東京だと、粋《いき》がって「猛《たけ》りの宮」などとテレてしゃれのめしている。これなどはなかなかウガったもので感心させられる。ところがこの店では、「きも」、「ずり」、「ささ身」、「とりわさ」などと、ちょっとおとなしくオチョボ口でならべてから一秒、二秒、たちまち持時間が切れ、おつぎは、ズブリ、「……料理　五〇〇円」と膝《ひざ》くずしてしまうのである。

「……それをくれ」

帳場の姐《ねえ》さんに声をかけたら、いきなり黄いろい声を張りあげて、

「キンギョク一丁やァ」

と叫んだ。

求人チラシで〝大演説〟

なにがくるのかと思ってもみ手して待っていたら、写真現像液を入れる金属皿に形も

大きさもそっくりだという、とほうもない瀬戸物の皿に(あとで聞いたら生け花の水盤だといった)、ささ身の山かけ、トリの生肝、手羽、腿《もも》など、なにやかや五品盛合せて持ってきた。例のモノはなにかというとアルミ箔《はく》の小舟にのせた雄《おん》ドリの一件であって、まことにささやかなモノ。レモン一切れをのせ、ガス火であぶる。食ってみたが、味はべつにどうということはなかった。また、その夜寝苦しくなってとても俯《うつむ》けになって寝ていられないというようなことは、いまかいまかと待ちうけていたのに、ついに瑞兆《ずいちょう》をあらわさなかったので、待ちくたびれて眠ってしまった。

おっさんは私にいった。わしとこのブロイラーちゅう雄《おん》ドリは一羽で一日に二十五羽の雌《め》ンタを相手にしよる。こういうスゴイのが人間に利《き》かんという理屈はありまへんやろ。そうかな、そういうものかな、それなら一つ、と思って食べてみたのだったが、うれしい異常はなにひとつとして起らず、夜あけごろにひくいおナラがふたつでただけだった。アホらしゅうていかん。

人物は名前を山田六郎という。現れたところを見ると、中肉中背、おきまりの胴長足短で、すわりはいたってよいほう、数億の金を持ちながらあまり上等でもない背広を着こみ、薄いハの字の眉毛のしたになにを考えていることやらさっぱりつかみようのない小さな目がハマリこんでいる。手練《てれん》手管《てくだ》の業師《わざし》にかぎってこういう顔をしているものであるから、気をつけないといけない。初対面の挨拶《あいさつ》がおわったら胸から名刺をとりだした。これがハガキぐらいもある巨大なもので、よくよく気に入っているのであろう、またしても、「今夜まにあう……」それもわざわざゴジックで刷りこんでいた。社員募集のために全国の大学一つのこらずへ送りつけたという求人募集のビラを持ちだしてくる。およそ一メートルはあろうかというもの。そこにはいろいろりっぱなことが個条書にしてあって、最後の一個条を読むと、またまた、『種馬となるも睾《きん》抜きの馬となるなかれ』とあった。

「……併《しか》し日本の現状は、安易な生活を望み、大会社、大工場、諸官庁の如く本能を充分に発揮することが出来ずに停年で終るような《睾抜きの馬》と同様に唯々《ただただ》生活を保証してもらう事のみの手近な就職を希望する学生が多く誠に慨嘆に堪《た》えません。

前途ある学生諸君、農村革命の種馬、金儲けの種馬、事業家の種馬になることを考えなさい。睾抜きの馬となるなかれ。自分の一生を採用試験で左右されて心配しているような弱虫な学生では何が出来るか。

自分の事は自分で決め、しかも国家が何を与えてくれるかを要求するよりも国家に何を役立てるかという考えで自分の職業を選びなさい」

全学連も飼いならす

ゆきあたりばったりの雅俗混交体の名文に感心していると、人物はニヤリと笑い、このさいごのせりふはケネディ大統領就任のときの演説からそのまま盗みましたのやといった。

人物は自信にみちて宣言した。

「全学連でも共産党でもなんでもええ。血の気《け》のあるやつ、ド根性のあるやつ、欲張りはみんなわしのとこへこい。わしの店は脳病院とちがうねんよってにナ、ああしようか、こうしようか、ああでもない、こうでもないと、そんなヒョロヒョロした青学生はトットとどっかへいきくされ。欲の面の皮の張ったやつだけきてほしい。わしはそういう若《わか》者《もん》を狙《ねろ》うとる。それをまたわしは宣伝に使う。《全学連も飼いならす〝くいだおれ〟》ちゅうわけやね。こんな求人募集を大学へ持ちこんだやつはわし一人やろ。そこが狙いどこや。たとえキンタマのある学生が集れへんかったとしても、このけったいな文章だけは読みよるやろ。変ってるさかいにナ。そこで〝くいだおれ〟ちゅう名前をおぼえよる。そこが狙いや。アタってもともと、アタらんでもともと、どうころんでも損はない。どや、ええ考えでっしゃろ？」

この店の従業員は男百人に女百人、高校卒業もあれば、大学卒業もある。そして男百人のなかには、人物が宣言するとおり、全学連が入っている。金沢美術大学の日本画科を卒業して、在学中は学生自治委員会の委員長をしてもっぱら熱いところをブッつけるのに専心し学校をでるとこの〝くいだおれ〟に入社して、いま宣伝部長をしているという。勤めだしてもう三年ほどになる。人物のハガキ名刺や、ゴテゴテの店内装飾や、提灯や、キンギョクや、あるいは泥絵具趣味の野暮一本槍《やり》で反骨満々のポスター、看板のたぐいなど、すべて人物の意を体してこの委員長がやっているのかも知れない。全学連で、画家で、〝くいだおれ〟の宣伝部長だというのは、ちらりと聞けば三題噺《ばなし》みたいだが、なにごとかがわかるような気がする。うまく説明できないが、それはおそらくそうであるだろうと納得できるような気がする。

このビルの裏に空地があって、そこに大学卒の幹部候補生たちが住みこんでいる。朝九時になるとレコードをかけて起床ラッパを鳴らす。それも旧帝国陸軍のはどうにももの悲しくて不景気でいけないから、アメリカ騎兵隊の起床ラッパをかけることにした。ためしにやってみてくれといったら、電話で事務所に連絡し、命令一下、たちまち食堂ビル全八階、トテチテタア、プップクプップップップウウウ、ドンガラドンドンと陽気いっぽうの太鼓が壁も砕けよと鳴りとどろいた。

「ここで目がさめますな」

総務部長だという二十六歳の若者が細い澄んだ目をして笑った。色白で、ほっそりとして、たいへんおとなしいように見える青年だが、聞けば人物の息子であるという。じつは起床ラッパをかけることを発案したのは自分であると、つつましやかに答えた。もう一歩踏みこんで聞いてみると、私とおなじ大学のおなじ法科の卒業生だと答えたものだから、顎《あご》がでた。

男根崇拝宗の山田六郎才覚氏には、また、奇想天外のナルシシズムもある。二階へトントンと階段をあがってゆくと、そのあがったところに、いきなり胸像が一つおいてあるのだ。これが人物御本人の胸像なのだ。生きているうちに自分からちゃんと自分の胸像をつくり、それを店にデンとすえつけているのである。従業員たちにそれでもってニラミをきかそうとでもいうのであろうか。曲者にも似合わぬ無邪気なことをするなと思って、なにげなく裏をのぞいたら、ヤッたはりますなァ、ぐいぐいと一句を彫りこんだ。

「ばかたれしっかりせ　くいだおれ会長　山田六郎　五十六歳」

こういうことをずっぷり呑《の》みこんでアハハと笑いとばさないことには、読者諸兄姉よ、あなたはついに〝大阪〟の精髄の一片を理解できないのですぞ。つまり、ひいては、江戸ばるざっく井原西鶴の文学というものも、また、理解できないということになるのですぞ。

ニワトリの〝流通革命〟

会長は、いま、雄心勃々《ゆうしんぼつぼつ》、大儲けをたくらんでいる。肉が心臓にわるいということになって、しかも魚は年々減るいっぽうだという現実に目をつけ、かつ、欧米視察旅行の食いまくり経験と観察よりして、ニワトリに白羽の矢をたてた。白色レグホンにシャモをかけたブロイラーと呼ぶ食肉用若ドリ、その雄に、目をつけた。〝科学飼料〟でこれを七十日で育て、ふわふわとやわらかくてしかもさわやかなる栄養にみちた、カザノヴァ、ラスプーチンそこのけという〝力〟満点のしろものを売りだして、五反歩満作で年間十六万円しか収穫のない貧困農村を救済しつつ、同時に日本人の体質改善を計り、同時に御当人もガッポリと頂戴《ちょうだい》しようというのである。

農民にブロイラーを飼わせて、それを組合で買いあげ、スーパーマーケットに売りこんで、農村革命と、ニワトリの流通革命を計ろうと、いうのである。すでに工場を建てた。十秒に一羽、一日に一万五千羽を丸焼きにできる乙女《オートメ》工場を大阪市のはずれに建てた。いまや彼は不安と恍惚《こうこつ》にみちて、胸ふくらまし、毎日夜があけると、コケコッコーと、トキをつくっているのである。

マンモス食堂というものも、また、日本の特産だと思う。それは、もう、名古屋にも東京にも建てられ、やがて全国の都会に及んでゆくだろう。道頓堀では〝くいだおれ〟のすぐ向いに〝ドウトン〟（DOHTON）がある。これは、ふつうの蛍光灯にデコラ張りのテーブルの食堂を八階に積みたてたもので、むしろ東京風、〝くいだおれ〟のアクやコクや大阪風俗臭による統一といったものはない。ひどくアッサリして素直なものだ。ただし両者は、〝喧嘩《けんか》は派手なほうが面白《おもろ》いでぇ〟という原則に基づき、丁々発止《ちょうちょうはっし》、たがいに建築法規を踏みにじりつつ上へ上へと背のびの競争、料理もあの手この手、向うさんこうくりゃこちらこういく、こちらこういきゃ向うさんこうでるというぐあいに〝競争的平和共存〟を演じているのである。

日曜日の涙の〝御馳走〟

なぜマンモス食堂が日本にあって欧米にはないのだろうか。一つの流行としての現象ということのほかに、やっぱりそれは日本の〝貧しさ〟の表現なのではあるまいかと私は思う。〝くいだおれ〟なり〝ドウトン〟なりへ、ぞろぞろぞろぞろ、つぎからつぎへと繰りこんでくる大衆はささやかな日曜の贅沢《ぜいたく》をたのしむためにやってくるのだ。〝くいだおれ〟には三十エンの〝ライス〟から千エンの〝サーロインステーキA〟まで、目がまわるほどおびただしい数の料理がある。しかし、大衆がもっとも多く手をだすのは平均二百エンの料理である。

二百エンの料理とはなにか。メニューで見よう。和食では〝鉄火巻〟、〝にぎり寿司〟。バーベキューでは〝海老スパゲッティ〟、〝チキンサラダ〟である。西洋料理では〝タンシチュー〟、〝チキンカツ〟である。中華料理では〝酢豚〟、〝肉うま煮〟である。お茶漬なら〝天茶〟である。トリ料理なら〝もも焼〟である。これが、日本の、日曜日の、大衆の、〝御馳走〟なのだ。いまあげた料理はすべて一品で二百エン（東京より諸物価が一割から二割安いという大阪で……）、これには前菜もなければスープもなく、パンもライスもぬき、デザートの果物もなければチーズもつかず、コーヒーもない。まして二百エンではお酒も飲めぬ。おそらくかなりの数の人びとは三百エン、四百エンを日曜の一食に使っているのであろう。しかし、それは、平均二百エンという数字から推せば、月曜から土曜までの六日間の食事をどこかで切りつめ、ムリをして、ひりだしたお金である。

この貧しい大衆の胃袋をみたすためには薄利多売のマンモス方式しかあるまい。そして、それは、自動販売機によるのではないかぎり、ひどく日本ではお値段の安い人間様の肩と手によりかかってくるのである。コック、ボーイ、ウエートレス、お姐さんたち、これが、ひどくひどく安い。それでいてみんなじつに優しいのだ。ヨーロッパの料理店の給仕女や給仕男たちのいんぎん無礼のつめたさを味わった日本人たち、そして外人観光客たちは、この日本の優しさに出会ってたちまち海綿みたいになっちまう。〝貧しさ〟を〝美〟にすりかえる私たちのふしぎな民族的特技に、われと自ら、私たちは、酔ってしまうのだ。そして私たちは、なにをどれだけ食べることが〝人たるにふさわしい生活〟であるのか、よくわからないものだから、貧しさを貧しさと痛覚することができないでいるのだ。

みんなほんとのことを口にだしてはいいたがらないけれど、日本の一般家庭の料理は、ひどく貧しい。ひどく、ひどく、貧しいのだ。それでなければどうしてみんなが日曜日にお涙物の〝御馳走〟を食べに繰りだしてくるのか、説明がつかなくなるではないか。だからこそ、のべつ幕なしの緊張と努力をしいられる私たちは栄養剤の広告をむさぼり読み、つねに現象の本質を赤裸にさらけだすことにひるまない大阪、道頓堀では、「今夜まにあう金玉料理」が、おお、私たちには山上の垂訓《すいくん》として叱咤《しった》と魅力を、帯びてくる！……

珍酒、奇酒秋の夜ばなし

一

秋となったが都市に暮しているとそれこそ名ばかりで、季節などはせいぜい暑がるか寒がるかで判別するだけである。新聞、週刊誌、月刊誌、グラフ雑誌、何を読んでも書かれてあることの背後に感じられるのは貧寒と枯渇ばかり。雑巾で顔を逆撫《さかな》でされるような、酸にじわじわと犯されるような、眉にも手にも汚《し》みのついたような感触に占められて一日が過ぎ、黄昏《たそがれ》となる。えいくそ。ママヨ、一杯といきたいのだが、それがまた人なみでない体だから酒を厳禁されている。手のおき場所がない。指が何をにぎったものかと宙に迷う。わびしさと焦燥が荒寥《こうりょう》のうちにこみあげてきて、いてもたってもいられなくなる。

だから、今日は、酒の話を書いて、鬱を晴らすことにする。それもマトモな酒ではなくて、チクリと想像力を刺激されそうなのを選ぶことにする。まともな酒でも、たとえば十年前なら、おれは一九三五年と三七年のロマネ・コンティを飲んだことがあるといえば、ちょっとは耳をたてる人もあり、大きな顔もできたのだが、近頃のワイン・ブームのおかげで、金さえだせばたいていの銘酒が飲めるようになり、ときにはそれは空恐しくなるほどである。ワインの輸入業者から送られてくるリストを眺めるとそれこそ一滴一滴が宝石であるような逸品がずらりとならんでいて、わが国はこんな贅沢《ぜいたく》品を飲んでいられる身分ではないはずだがと、傾けた小首のあたりが何やらウソ寒くなってくる。ほんとの贅沢とはこんなことではないのだがと、またまた心が酸に犯されそうになる。

それはそれとして。

《アルコール》という言葉はアラビア語から起り、原義は、たしか、物の本質を抽出するというようなことだったと思うが、アラビア人だけではなく、あらゆる人種があらゆる地帯で酒精にさまざまな物を漬けてたわむれた。花、果実、草、根、皮、それぞれ思いつけるかぎりの物をほりこんで、ああでもない、こうでもないと秘儀にふけってきた。中国の竹葉青酒は竹の葉だし、ポーランドのズブロヴカはバイソン・グラスという野牛の好きな草だし、スイスのエンチアンはリンドウ、フランスのペルノーは茴香《ういきょう》で、といったぐあいである。こういう酒はあげればキリがない。それこそ秋の夜ふけに瓶《びん》から瓶へ、グラスからグラスへと気ままに放浪してきた友人とそれぞれの酒を飲んだときの思い出をかわしあった千夜一夜となることであろう。

しかし、酒精に浸すのは何も植物だけではない。動物もふんだんに活用される。それも、原形のままやら、骨や腱《けん》などやら、エキスやらと、なまじっかではすまないたわむれようである。いちばんありふれているのはマムシ酒やハブ酒などで、誰もがすぐ思いだせる。日本でも中国でもフランスでもアメリカでもこれはやっていることだが、たいてい毒蛇が使われて、シマ蛇や青大将などが使われる例はほとんど耳にしたことがない。毒蛇でなければ薬効は生じないのだとする考えかたがどこでもおなじらしいのである。

中国の広西省に産する三蛇酒というのは過樹榕蛇、金脚帯、飯鏟頭の三種の蛇でつくるが、このうち二種が猛毒の持主である。飲むと神経痛が治り、もりもりとリキがつくとされている。五竜二虎酒という酒には眼鏡蛇、金環蛇、銀環蛇、飯鏟頭、金脚帯の五種の蛇が入る。こういうのは字を見ているだけで何やら凄味《すごみ》があり、めでたい兆しで体があたたかくなってきそうである。香港にはこの種の怪力乱神がおびただしくあるので注意深く歩いていたらムクムクしてくる。いつか朝日新聞の秋元カメラと蛇肝酒をためしたことがある。これは文字通り蛇の生肝をその場でぬきとって白酒（焼酎）にとかして飲むのである。薄暗い店内には壁ぎわに天井まで木箱や竹籠がつみあげてあるが、どれにも猛毒の蛇がうじゃうじゃとうごいている。おっさんは器用な手つきで一匹ずつとりだし、バンドの穴をあてるよりも素速く胆嚢《たんのう》をさぐりあてると、プツリと鋏《はさみ》を入れて、茶碗へひねりだす。そして蛇をドンゴロスの袋へほりこむ。蛇の肝は薄緑色をした小さなものである。それをつぶしてまぜあわせ、白酒にとかして、グッと飲みこむ。何やらホロにがいけれど妙な脂臭さはない。やがておなかがチクチクとめざめてうごきはじめるが、これは白酒のせいだろう。

肝をぬいたあとの三匹の蛇はクネクネとドンゴロス袋のなかでもがいているが、おっさんはそれをこちらに持たせ、向いの料理店を指さして、あれは弟がやってる菜館です、これを持っていきなさい、うまい鍋《なべ》料理にしてくれますよという。どんな素材でも徹底的にこなしつくす彼らの精神に毎度のことながら私は感心する。蛇がうまいのはやはり冬籠《ふゆごも》りで脂ののったところだとされているが、ちょうど菊の季節である。南方中国人は蛇を食べると女の眼が美しくなるといういいつたえを持っていたと思うが、その肉はよくひきしまっていて、かなりのものである。ヴェトナム人も蛇は大好きで、ことにデルタ地帯の中心地のミトは蛇料理と麵《めん》料理のうまいことで有名である。彼らは彼らで、蛇は骨からいいスープがとれるという。ゲテモノ扱いしてはいけないのである。このあたりでは蛇や田ンぼの鼠はたいした珍味であり、御馳走なのである。事実、どちらもうまい。

バンコックでは毒蛇の王様のコブラを粉にしたのを瓶につめて売っている。これを二匙《さじ》か三匙、焼酎にとかして飲むと、体か火照ってきて、真冬に素ッ裸で寝ても風邪をひかないし、女をたいそうよろこばせてやれるというのである。このコブラ・ウィスキーは、ちょっとヤニっぽいような、焦《こげ》くさいような香りがするけれど、結構いける。ただし、私自身には、さっきの三蛇肝酒もこのコブラ・ウィスキーも、いっこうに瑞兆を見せてくれなかった。マムシ酒も、ハブ酒も、トンとそれらしいところを見せてくれなかった。おれはそんなものの助けを借りなくたっていいのサと内心いい聞かせて、気にしないことにしたけれど、何やら一抹《いちまつ》のさびしさをおぼえたのはどういうわけだろう。

しかし、ときにはミートする体質の人もあるらしい。秋元カメラが社の友人の一人に進呈したところ、何日かたってその人がニコニコ笑いつつやってきて、きいた、きいた、バッチリきいたといったそうである。それからしばらくすると、またその人がやってきて、今度は、もう一瓶ないかとねだったそうである。どうもその眼と声は本音であってポーズではなさそうだ、やっぱりコブラはきくらしい、笛も吹かないのにたったそうだと、しきりに秋元カメラは感心していた。

次項はコブラの〝鞭《ペニス》〟の話である。

二

前項で中国の広西省には五種の蛇を入れてつくった五竜二虎酒という酒があると書いたが、そのうちの一種は〝眼鏡蛇〟である。これはコブラのことである。この蛇はごそんじのように昂奮《こうふん》すると上半身をたて、首のうしろを巾着のようにふくらませる癖がある。そうすると左右に一コずつ輪紋がくっきりとあらわれる。そこから中国人はこの蛇のことを〝眼鏡蛇〟と呼ぶようになったのだと思う。

たまたま妻が台北へ旅行をし、乾燥牛肉や、豚肉をトロロ昆布《こんぶ》のように仕上げた肉腐や、豚の足の腱の干物などを買って帰国したが、そのなかに眼鏡蛇の鞭《ペニス》の干物という珍物がまじっていた。説明書を読むと、これを白酒（焼酎）に漬けると壮陽補腎に何よりの酒ができると書いてある。これは面白いというのでさっそく焼酎を買ってきて漬けてみたところ、しばらくして濃い紅茶に似た色に染まってきて、どうやら飲み頃である。バンコックのコブラの粉の瓶詰も焼酎に漬けるとおなじ色になったが、鞭を漬けてもおなじ色になるのはちょっと不思議な気がする。

「どうしてでしょう？」

「よほど精が強いんだろう」

「干物ですよ」

「いよいよ濃縮されたんだ」
「精のコンクやね」
「君、飲んでみろ」
「いえ、あなた様から」
「レディ・ファーストだ」
「いえ、あなた様から」

台所のすみっこにたって広口瓶から一杯、汲《く》みとって、すすってみる。この種の酒にありがちな、妙な生臭さや脂臭さは何もないが、さりとて舌を鳴らすほどのものでもない。瑞兆のほうはどうかというと、その夜は飲んだことも忘れてただの惰眠におちてしまっただけである。

ところがためしに武田泰淳さんにこれを進呈してみると、進呈したということも忘れてしまった頃、某誌の対談でお目にかかると、眼を輝やかせて、きいたぞ、開高君、あれはとてもきいた、とおっしゃる。その眼とその声にはその頃しきりに各箇処での地盤沈下をひそひそ嘆いておられたさびしさがなく、どうやら満々の自信がほの見える。そればかりか、ニコニコ微笑して、まだ残ってたらぜひ欲しいなとおっしゃるのである。さっそく妻が新しい瓶につめかえて走ったが、その結果はどうだったのだろう。あれは『快楽』の完成の頃だったと思うが、両者には何か深夜、関係があったのかしらと、いま思いかえしているところである。

ハブもそうだが、コブラもペニスは妙なことになっていて、ダブルである。二本あるのだ。鯨のそれに似て先端は鉛筆のようにとがっている。しかも、亀頭環とおぼしきあたりには逆トゲが何本も生えているのだ。つまり釣鈎《つりばり》の顎《あご》とおなじになっている。つっこんだらそれがひっかかってスポリと抜けないようになっている。先様がパックリ大口あけて吐きだしてくださらないかぎりコブラの彼氏はただコトが終ったからといって彼女からはなれたり、ごろりと向うむいて寝返りをうって高イビキをかくということができないようなのである。彼女がすっかり満足して飽きるまで彼氏はむさぼられるままにむさぼられてジッとよこたわっているしかないようなのだ。しかもそれが一本だけではなく二本もあるのだ。古人が蛇性の淫といったのはこういうことを観察したからではなかろうか。

卒然として何か教えられた気がした。

蛇のほかにも中国人はさまざまな動物の部分や姿のままを酒精に漬けて例の徹底癖からの探求にふけっている。その多彩。その微細。いまその道の文献を読んだり、香港や、シンガポールや、上海などで目撃した酒店の棚を思いかえしたりしているのだが、他の民族にはちょっと見られない壮観である。農民や漁師や樵夫《きこり》などがめいめい勝手にこっそり手作りで探求にふけっている例は他の民族にもおびただしくあるだろうし、日本人にもおびただしいだろうけれど、中国ではそれらの奇酒、珍酒がことごとく国営企業として大々的に探求、製造、販売されているという点が破天荒にユニークなのである。

蛤蚧酒というのはイモリにそっくりだがずっと体の大きいトカゲを入れた酒である。三蛇酒、五竜二虎酒は前項に書いたように蛇酒である。虎骨酒は虎脛を入れた酒である。ほかに木登りトカゲを入れたの、ゲンゴローを入れたの、ニワトリを入れたの、タツノオトシゴを入れたの、冬眠のガマ、スッポンのエキス、クマの掌、雌鹿の尾、これらさまざまのものそれぞれに花、果実、草、木、根、皮、無数の香辛料や薬用植物をあしらって、味、香り、舌ざわり、そして何より薬効と愉しみをめざしての百酒斉放、百佳争鳴ぶりである。いずれ私は眼薬程度にもせよ酒が飲めるようになったらこれを一本ずつ蒐集《しゅうしゅう》して解釈と鑑賞にふけるつもりでいるけれど、一杯ずつ飲むにしても何年かかったら全種目をやれるだろうか。冬眠のガマを入れた酒を飲んだあとでタツノオトシゴを入れた酒を飲んだらいったいどんな結果になるのだろうか。さめた粗茶をすすりすすり黄昏の窓を眺めてうつらうつら考えていると、やれ、ありがたい。いつとなくしらちゃけた時間が過ぎて、柔らかい夜にすべりこめる。

講演旅行のときに陳舜臣さんと味覚の雑談をしていて、たまたま私が東南アジアの田ンぼに棲《す》むネズミの美味を説いたら、陳さんはその場で反応を示し、あ、そのネズミを酒に入れたのがあると、いいだした。ネズミが姿のままで酒瓶に入っているというのである。これにはおどろかされたが、茫然としていてはいけない。鉄は熱いうちに打て。翌朝さっそく若干の研究費を封筒に入れて陳さんにさしだし、何とか一本買って東京へ送って下さいと申し入れた。陳さんは快諾してくれたが、東京へ帰ると、さっそく神戸から電話があって、陳さんが華やかな声をあげた。

「……例のネズミ酒はレッテルを見ると、『田乳鼠』と書いたあるワ。田ンぼのネズミの子やね。そのほかにもう一本、もっと凄いのが見つかった。人間の胎盤《たいばん》を酒に入れたちゅうねン。こちらは瓶のなかは酒だけで胎盤は姿で入ってへんけど、レッテルにはそう書いてある。どんな薬効があるのか知らんけど、送ってみるよってに、飲んでごらん」

驚愕《きょうがく》、狼狽《ろうばい》、感動の声で私は感謝して受話器をおき、書斎にもどる。さめた粗茶をすすりつつ、黄昏の窓を眺める。地大物博。奇想天外。非凡無類。？？！！。産院に酒屋がくっつくとは……

さすがである。

さすが。

三

前項で紹介した中国のネズミ酒と胎盤酒がいよいよ陳舜臣さんのところからY新聞の

野村氏の手でもたらされたので、この項はそれらに捧《ささ》げることにする。ネズミ酒は正しくは『田乳鼠仔酒』という。広東の特産である。田ンぼに棲むネズミの赤ン坊を酒に漬けたものである。瓶のなかに十四か十五匹ほどかわいいネズミの毛のない赤ン坊がかさなりあって沈んでいる。酒の色は薄い黄色で、瓶を倒したり起したりすると、こまかいモロモロがネズミといっしょに浮沈する。レッテルがなかったらネズミの赤ン坊のアルコール漬と見えることだろう。

ネズミの赤ン坊と書いたが、よく見ると、毛は一本もなくて、すでに耳や尻《し》っ尾《ぽ》は生えているけれど、眼ができていない。眼のあるべき部分はちゃんとわかるが、閉じている風情だというのではない。これは田ンぼに棲むネズミの胎児なのだろうか。それとも生まれたばかりで泥と藁《わら》の暗くてあたたかい巣のなかでお母さんのオッパイをもぐもぐまさぐっているところを捕えられたのだろうか。そうなれば眼は閉じてはいてもちゃんとできていることが見えるはずだが、それが見えないのだから、おそらく胎児なんだろうと思いたいところである。

胎盤酒は正しくは『胎盤補酒』である。〝タイパンプウチュウ〟である。広西省の産である。これは瓶のなかに胎盤は入っていず、ただ、酒だけが入っている。酒はややにごった紅茶といった色をしている。マムシだろうとタツノオトシゴだろうと、すべてそういうものを草根木皮といっしょに浸漬《しんし》してつくった酒のことをわが国では〝薬酒〟と

"薬味酒"というが、中国では"薬酒"である。だからネズミ酒も胎盤酒もレッテルには功能がいろいろと書きこんであって、じっさいどれだけキクのか、キカないのかはわからないけれど、字面を眺めていると、何やらほのぼのしてくる。

おそらく一杯や二杯たまに飲んだからといってたちまち、ア、キイテキタとなるのではなくて、日頃からチビチビと欠かさずに連用していたらそのうち何となく壮陽補腎の効果があらわれるというのがこの種の薬酒の特徴である。しかし、とにかくレッテルにはいろいろとうれしいことが書きつらねてあるので、それを読んでみると、ネズミ酒は血をいきいきさせて顔の艶《つや》をよくするという。パワーの不足を補い、リューマチを治し、産前、産後、病後によろしいのだという。いっぽう胎盤酒のほうはさらに精緻《せいち》で広大である。

人の胎盤は別名を〝紫河車〟と呼ぶ。昔から本草学で貴重がられてきたが、明《みん》代の碩《せき》学《がく》、李時珍の『本草綱目』には男女を問わず人体いっさいの〝虚〟と〝損〟にきくとあるのだそうである。肺、心、脾《ひ》、肝、腎の五つの内臓と気、血、筋、肌、骨、精の六つのものの不振に胎盤は補養の卓効がある。それを酒に入れ、十数種の〝貴薬材〟を混ぜてつくったのがこの酒である。ベースとなる酒には〝純正米酒〟を使ったとある。武田泰淳氏にはキング・コブラの鞭《ペニス》の酒がとてもきいたそうだからつぎにこれをさしあげてみようかと思う。のんのんズイズイということになるかもしれない。

某日、午後、佐治敬三夫妻の来訪があった。久しぶりでお目にかかるので、よもやま話のついでにさっそくこの二本の瓶をお見せし、説明にかかる。夫人はネズミ酒をチラと見るなり、こちらが産前、産後にききます、病後にもききますと申上げているのに、聞かばこそ。たちまち、キャァと声をあげ

「……カンニンしてぇ！」

のかわいい悲鳴。

氏は動ずる気配がない。ウム、ウムとうなずきながら眼鏡をはずし、瓶を手にとって起したり倒したり、ネズミの赤ン坊が浮きつ沈みつするありさまをしげしげと観察なさる。かなりの酒徒でもこういう怪力は聞くか見るかするだけでたちまちゲテだと眉をしかめるか、そっぽを向くかしそうだが、格物致知の精神はさすがである。氏の近著の『新洋酒天国』は世界の酒を飲み歩く遍歴記だが、ただの飲み歩記ではなくて、実見、実証に学と理と直覚で厚い裏うちがしてある。〝洋酒〟だけではなくて中国にもいってちゃんと各種の中国酒を飲み、とくにプタウチュウ（ぶどう酒）については歴史の研究が深い。近頃よくある早出来の孫引きブックではなくて極上中汲みのいいコクが艶光りしている真書なのである。

そのうち話がネズミや胎盤からはなれて漂よいはじめ、コニャックのことになった。コニャックの名家の屈指の一つはマルテル家であるが、そのマルテル本家の常飲用のコ

ニャックを売ってる店がパリにたった一軒ある。パリには酒屋が何百軒とあるが、その瓶がおいてあるのはその店だけである。レッテルには色も画もなく、ただ手書きで〝グランド・レゼルヴ〟とあるきりで、一昨年、パリへ講演にいったとき、一本だけ買いました。

佐治氏はいっこうに話を聞いても動ずる気配なく、ニヤリと含み深くわらった。そして一肩乗りだし

「上には上がある。そいつのも一つ上のがある。オレ、マルテル家へいったときに一本もろてきたんやけどな。これは御秘蔵中の御秘蔵、プリヴェのプリヴェやね」

その瓶にはレッテルが貼《は》ってあることはあるけれど、酒名も何も書いてなくて、ただ年号がそっけなく書いてあるきりで、こまかい数字は忘れたけれど、たしか十九世紀中葉の頃とおぼえていると、氏はおっしゃるのだ。そういうヤツなら、いつか、〝モンテスキュウ侯爵〟と書いただけのを一杯だけ飲んだことがありますよと、小声でいうと、氏はちょっと考えてから、やはり小声で、ニセモノかもしれんナと、おっしゃる。

これくらいの古稀《こき》の逸品となると、美術品か骨董《こっとう》品であって、飲むよりは眼で見て愉しむものかもしれないが、そうと知るとこちらも格物致知の衝動がこみあげてくる。『新洋酒天国』が売れて二版になったらそれを記念して一杯だけすすらせて頂けませんか。私の舌にも一世紀を一瞬味わわせてやりたいのです。そのかわりこちらもネズミ酒

と胎盤酒を提供しましょう。どちらも日本人ではめったにないことですから、その、稀《ま》れの光栄をわかちあおうじゃないですかと、持ちかける。

氏はニッコリ笑い
「よっしゃ。約束しよう」

とおっしゃる。

さてそのときの偉大なるコニャックと奇にして善なるネズミ酒および胎盤酒の飲み心地。東西二大宗の酒品についてはまたそのときのおたのしみ。乞御期待と申上げます。

食べる地球――開高健の快食紀行

ピラニアは旬のヒラメ

この間、南米へ行って、私初めての経験。コロンビアのボゴタからDC3に乗って奥地へ行くわけです。このDC3というのは、私の予備知識では一九三〇年代ぐらいに開発された非常に優秀な飛行機で、第二次大戦中の輸送機は全部これですよ。北米で使いまくって南米の政府に渡す。南米の政府が使いまくる。ジェット機時代が来る。民間へ払い下げる。もうパーツがない。そういう古いのを三人ぐらいで金出し合って一台買って、あぶれているパイロットを一人雇ってきて、それで飛び歩く。滑走路も何もない草むらに降りるわけです。

そこまでは私、アフリカでも中近東でも、戦場へ行くので慣れていましたけどね。この間やったのは非凡でしたなァ。飛び立つときにプロペラが回らないというのでロープを手で捲きつけて、乗客が二十人、三十人集まって、スペイン語だから「一《ウノ》、二《ドス》、三《トレス》！」と引っぱるわけ。彼らが「ウーノ！」という。こっちは日本人でありますから「せェーのォ！」という。本当ですよ、これ（笑）。

そういう物凄い飛行機でアマゾン上流のジャングルへ行った。釣竿持って。川をずうっと遡っていると、ときどきインディオの小屋がポツン、ポツン……あとはホエザルがクワクワクワと鳴いているだけなの。ところがそのインディオの丸木舟を見ると、昔通りの刳舟《くりふね》なんだけど、ついている船外モーターがみんなヤマハなの。そしてインディオのオバサンの履いているのがアディダスのジョギングシューズときた（笑）。どういうことだろうかと思って聞いたら、これはここ二、三年の現象で、この辺はドラッグ・ラッシュだという。コカインね。

ジャングルでの食事はね。まず野生化した豚。これは猪ではないんだけれども、一代でほとんど猪に近い状態になっちゃうんです。牙が生えて、猛獣ですよ。人間も襲われるしね。豚のくせに猪突猛進（笑）、ドォーッとジャングルを駆けぬけて行くんですよ。この野豚をドォーンと撃って、ガウチョ（牧童）のオッサンが料理してくれるんですが、非常にうまいんです。普通の豚みたいにベチャベチャしてない。固いけれども、芳しい。それからピラニア。おいしいですよ、ピラニアは。川にもよりますけどね。それを釣って刺身にして、ブラジルの日本人がつくった醤油で食べる。サンパウロで売っている醤油なんだけれども「破天荒」という、物凄い名前がついていましてね。これは面白いというんで、その「破天荒醤油」を持って行って、それをピラニアにぶっかけて、手づかみで食べる。現地人の船頭と助手が棒呑んだような顔をしますね（笑）。

　ピラニアというのは日ごろはおとなしい。だけど油断も隙もない。川底の一番下にいるのはナマズの類です。これがああいう眼でヒゲ生やして川底にはりついている。日本人の小説家が来てナマズを釣るわけです。ナマズが引っかけられて川底から上がる瞬間、いままで仲よかったピラニアがガブリッとひとくち抉《えぐ》って行く。食べかたはサメと同じ。咬みついて、抉りとって、体ごとグリグリッとやって引っぱり抜くんですがね。

　刺身で味わうピラニアは、まあ、旬のヒラメ。うまいですよ、これは。現地人はピラニアの頭ばっかりを大きな鍋に入れて、いろんなもの抛《ほう》り込んで、トウガラシ抛り込んで、何時間もかかって煮るんです。鍋の中をのぞくと、頭が骸骨になって目玉も全部溶けてなくなっている。牙ばっかりが底に何十個とひしめいているの（笑）。

いまやネズミでも何でも来い

ヨーロッパからシベリアへかけての淡水魚類は、大体一五〇種類かな。ところがアマゾンは広大無辺。現在わかっているだけでも一五〇〇種類。私が虚栄心があれば今度奥の方へ入って行って、網を引いて片っ端から獲れる熱帯魚を、図鑑に載っているのは全部捨てちゃって、残ったやつに全部「シクリッド・カイコウ・アマゾネス」とかいうような名前を付けて（笑）……せめて魚釣りした最後の花道ぐらいは自分の名前を魚の名前に付けてやろうかと思うんですがね。

アマゾンではナマズもうまいです。五〇キロ、六〇キロ、一〇〇キロ、二〇〇キロぐらいなのが……ま、一〇〇キロ、二〇〇キロのはあんまり釣れませんけどね。この肉がおいしいの、ちょっと脂がありますけど淡白で、白身でね。味はあんまり大きいのはだめ。パンサイズといってフライパンに入るぐらいのが一番うまい。

アマゾンの中流にマナウスという大都会がありますが、ここへ日本の漁船団の加工船が来ているというのよ、一説に。アラスカやカナダで沖合二〇〇海里でしめ出されちゃってタラが獲れる海が少なくなっちゃった。白身の魚なら何でもエエと、かまぼこの材料は。だからアマゾンのマナウスに船着けてナマズを集める。それをすり身にして日本へ持って帰って来るわけ。そのすり身で、さつま揚げだとか竹輪《ちくわ》だとか、ひょっとするともう、小田原のかまぼこはアマゾンのナマズかも……うーむ、その方がうまいかもしれん。

私も以前は選り好みがあったんですけれども、開発途上国を旅行するようになってから、選り好みなんかした日には生きて行けないとわかりましてね。どこでも寝られる、何でも食べられるという習慣を身につけて、自己克服をした結果、いまやネズミでも何でも来い。

世界には何千種類という卵料理があるでしょう。だけど、アヒルの卵、鶏の卵の中でヒナドリがかえって、くちばしで突《つ》ついて出て来る前の状態のをゆで卵にして食べるというのはベトナムだけね。ピロンといったかな。それを売りに来るのよ。それで、通は、一週間目がいいとか、十日目がいいとかいって争ってンの。ゆで立てのをポンと割る。そうすると、くちばしはできているが、まだ目があいてないとか、頭はできているけれど、下半身はまだ黄身だとか、いろんな状態のが出てくるの。そこへトウガラシと岩塩と入れて、スプーンでしゃくってツルッと口へ……そして、もぐもぐやっていると、くちばしとか手とかいうのが口の中に残るでしょう。それを物憂い目つきで取り出して、チラッとながめて捨てるわけ(笑)。これをやれるようになると、もうあんまりスリに狙われないと教えられたんで、やりましたけどね。

一番驚いたのは、ベトナムの戦場で食べた野ネズミ。兵隊はめいめい自分で飯をつくるんです。洗面器もしくは鉄かぶとで、キャベツと豚肉煮《た》いているやつもおればそこらの雷魚《ライギヨ》を釣ってきて食べているのもいる。二、三人集まって盛大にやっているのを見たんで、「何食べているんだ」と聞いたら、「おまえも食べろ」というから食べたら、なかなかおいしい白い肉なんだ。食べ終わってからうしろを見ると、こーんなネコほどもあるネズミの半ちぎれが置いてあってね。

これはえらいことになった、ベトコンさんの弾丸《たま》にやられる先にチフス、ペストでやられると思って真っ青。サイゴンへ帰ってから、サイゴン大学の先生なんかと話していた「実は私、ネズミを食べましてねェ……」といったら、向こうはうらやましそうな顔をしていた（笑）。本当のご馳走で、名だたるレストランに一週間前から予約しておかないと味わえない。

ロートレック大伯爵の食卓

これと同属なのがモルモットね。「ペルーのモルモットを食べなきゃ、ペルーに来たとはいえませんぞ」と、向こうにいる日本人にいわれてね。ところが、あれはどういうものか平地にはいない。アンデスの山の中で飼っている。アンデス山中のアレキパという、ちょっと古いいい町ですよ。そこで食べました。モルモットのことはインディオ語でクイという。聞けば、インカ帝国時代からの伝統の美食で、牧場で育てているのね。

ブラックアンガスという牛がいるでしょう、牛肉として最高だという。それと同じものを食べさせているわけね。

それで、「セニョール。一匹か、半分か、四分の一か」というから、「まるまる一匹」。「揚げるか、焼くか、煮るか」というから、「揚げる」。そうすると、つるつるとシャツを脱がして、臓物《はらわた》抜いて、トウモロコシの粉か何かちょっとつけて、ジョオーッ。しばらくしたらブクブクと浮いてくる。つまんで皿へ載せる。それをモグモグモグ（笑）。ネズミですからね。私は悪食家じゃないの。おいしいものは食べる。ロートレック大伯爵と同じです（笑）。ついに私はロートレック大伯爵と同じ食卓につきましたわけで、皆様がたは無知の暗黒に沈んでおられる。しかしながら、南方の大コウモリのスープとヤシガニ、これが世界最高だというけど、まだ、これは私やってないんですね。うまいんだそうですねェ。

キャビア、フォアグラの類は、もう私は三十代に卒業しました。キャビアよりトンブリですよ。東北の秋田、山形、福島のあたりで穫れる山菜で、ホウキ草の実。これは仁丹粒ぐらいの大きさで、灰褐色で、中に水が入っているの。脂っ気は何もありません。これを大根おろしに混ぜて、熱い御飯の上へかけて、醬油ちょっとたらして、ハフハフといって食べてごらん（笑）。

プツプツしていて、歯当たりだけを楽しむの、これ。機会があったらそれは絶対お食べなさい。日本の山の料理の最高に素朴なもの。キャビアなんていうのは、あなた、品が悪いよ。あれ、胸がやけるしね。

私は三十歳になったころ、ルーマニアの作家同盟に招かれて、黒海の沿岸へ行きましてね。パパヤというところ。そこでメニューを見ると、キャビアと書いてある。作家同盟がくれた休暇切符というのを持っていたから、ホテルの勘定もレストランも全部、その切符で払えばいいわけ。で、朝昼晩、朝昼晩とキャビアを食べ尽くして、それで一カ月ぐらい。もう一回生まれ変わってきても、もはやキャビアを食べる必要はありません（笑）。

いわゆるデニッシュ・キャビアというのはチョウザメの卵ではなくて、あれはボラかタラか、何か別の魚の卵なんです。日本でホテルのパーティーに出てくるのは大体このデニッシュ・キャビアね。黒いキャビア。あっさりしていて、糸引かない。本当にいいキャビアというのは灰褐色で、大粒で、ちょっと糸引くような感じ。ねっとりとしている。それを食べ続けまして、胸やけしましてね、もうキャビアはえぇという心境です。

フォアグラも私は随分試しましてね。生《なま》がいい。フォアグラ・フレ・ナチュレルというのが。パリの凱旋門《がいせんもん》からとろとろと降りて来まして、日本航空の前あたりをちょっと左に入ったところにラマゼーロという店があります。これはフォアグラで有名な店で、いいフォアグラはできてから一年間、素焼きのかめに入れて熟成させるんだというんです。それを何もかけないで、生のまま食べる。不思議なのは、ツルッパゲのおじいさんのソムリエが出て来まして、「当店のフォアグラにはソーテルヌが合いますゆえ、お試しあれ」とおっしゃる。ご存知のように甘ーい、飲み助から見るとこんなカッタルイ酒飲めるかというようなもんでしょう。ところが、合うの、これが。

フォアグラに大きなトリュフを載せてくる。トリュフも悪くないけれども、日本の丹波の松茸に比べたらどうってことないとぼくは思うなァ。そして、フォアグラよりもフグの白子ですな、私にいわせれば。ちょっと焼いて、柚子をしぼりかけて……ああ、たまらない（笑）。

ぶっとおし十二時間の食のシンフォニー

ところで「おいしい」というのは、そもそも何のことか、そこで無限の議論が分れるんだけれども、子どものときに食べた味は、もう絶対の味ですね。この味をしのげるものはないでしょうね。プレスリーが最後までドーナツを食べていたとか、ハワード・ヒューズが億万長者のくせにハンバーガーばかり食べて栄養失調になって死んだとかね（笑）。こういうバカ話がいっぱいありますけど、切実なんでしょうね。ご当人にとっては。

だから、子どものときに食べたものを味覚の議論の対象にしてよいかどうか。これはもう、自分が知らないときに食べている味で、天の神様がくれた味だと考えるしかないんじゃないか。母の味というのを含めてね。

それから次に、成長してきて、高校生ぐらいに、ラグビーの選手で、カレーライス五杯ぐらい一ぺんにたいらげてしまう……モリモリという、これの味覚があるでしょう、あんなものは味覚じゃない、量だけ食べているんだというのは、衰えたおじさんがいうことであってね、「量は質に転化する」ということばもあるんです。それゆえに、あれだけ食べることの中に質の楽しさもあるわけですよ。いまや私はオッサンになってしまいましたからだめですが（笑）。

それから今度はくたびれ果てて、舌もザラザラ、胃袋もカサカサになっているときに、それでもやっぱり手の込んだ、しかも、その手の込んだことを感じさせないでツルツルと食べさせる料理を、また、ご馳走ともいえるでしょう。

さらに、アーいいご馳走を食べた、眠くなったといって、睡眠薬もお酒も飲まなくても眠り込めるようなのは、これもやっぱりご馳走でしょうね。

最後にもう一つ、ゴッツイご馳走があって、食べれば食べるだけいよいよ食べられるという、食べる後から消化されて行くというのが本当のご馳走ではないか。ということをあるとき思いついて、辻静雄さんに相談したら、「その通りだ！　やってみましょう」といい出しましてね。私一人じゃない、十何人で、朝の十一時から夜の十二時まで、坐りっ放しで、食べっ放し、飲みっ放し……

ときどき合《あい》の手にムソルグスキーの「展覧会の絵」なんていうピアノのソロは聴きましたけどね、あと運動といったらトイレへ行くだけ。ただ、みんなトイレへ行って胃散を飲んでいる気配はあった（笑）。それでも十二時間以上、ぶっ続けにやりましてね。

後で辻静雄さんが説明しましたけれども、昔のある有名なフランスのコック長が、月曜から日曜まで七日間ぶっ続けの宴会の献立を立てたというの。一週間も続いたんだね。昔の宴会というのは。その第一日目の、月曜日の分をやっただけだとおっしゃるの。われわれ全員が年齢《とし》も年齢《とし》だし、日ごろ体を鍛えてない胃弱の物書きばかりだったけれども、一人も脱落しなかった。もちろん、リヨン風にごってり盛ってきたんでは、一皿食べただけでのけぞってしまいますから、懐石風にね、チョボチョボ盛ってくる。チョボチョボといいましても、鴨の胸の肉というようなことになれば、小さい切れ端をとろうと思っても、大きな鴨を一羽やっつけなきゃいけないわけなんですが。

それで、甘、辛、ピン、いろんな段階を考えて、舌をくたびれさせないように、胃袋をくたびれさせないように、飲み込んだ、消化する、こなれて空ッポになるころに次のを出す……その間合い、呼吸をはかりまして、早くいえば、十二時間続くシンフォニーみたいなものですね。それをやってみて、結局食べられましたし、だれも脱落しなかったし、眠くならなかったしね。だから、本当のご馳走というのは人をくたびれさせないもの、なんですね。ご馳走食べて眠くなったというのは、まァまァ普通のご馳走。できることなら、そういう偉大な友人を持って、毎年一回とはいわない、三年に一ぺんぐらい目をさめさしてくれといいたくなるんですがね（笑）。

眠くならない、くたびれない女を歓ばせはするけれど……

お酒というものもね、日本酒、どぶろく、焼酎、スコッチ、バーボン、サントリー、ウオッカ、葡萄酒……無限にありますけどね、やっぱり同じことがいえるんだ。この酒はこういうふうにつくるのが真《ま》っ当《とう》である、この酒はつくってから何年間寝かせるのが真っ当であるということがわかっている酒ならば、その真っ当なとおりにつくって行ったとして、その酒を飲むときなんですが、日本酒や葡萄酒のような醸造酒ね、それからウオッカだとか、焼酎とか、ウイスキーとかいうような蒸留酒、製法も、工程も、原料もみんな違うのに「結局みんなのどを越すときは水のような……」当たりになる。人知の限りを尽くして、きわめるところは「水」。そうなっちゃうの。これが科学で説明ができないの、いまだに。何でそうなるのか、のどの当たり具合がね。

もう一つ、本当のいい酒には共通の特徴があって、そういう真っ当な酒を飲んでいると、眠くならない、くたびれない、それから女を歓ばせはするけど決して乱暴はしない、宿酔にならない、心気いよいよ冴えわたりますな。もう、いいこと尽くし。水のような酒を飲むとね。ただし、滅多に飲めない。

私がいま飲んでいるこの酒はペルノといって、ペルノにはパスティス、ペルノ……いろんなのがありますがね、これはアニゼットです。地中海南岸からトルコ、中近東にかけてのお酒。ウイキョウがたっぷり入っている。元来は車夫馬丁の飲む酒なんですけどね、いまはエライ作家も飲むようになりましてね（笑）。

皆さんが一番よく知っているのはペルノ・フィスね。アブサント。本当のアブサントは、飲むとレロレロになってしまう。アル中になるわけ。だから「緑の悪魔」と呼ばれていた。ヴェルレーヌはこれを飲み過ぎて、レロレロの悪魔になって、最後は施療院で死ぬんですけれども、しかし世界最高の詩人になる。醜い男、ソクラテスみたいなハゲ頭で。このレロレロの先生に向かって弟子が「先生、人生で一番悩まれたのは何でしょうか」と、こう尋《き》いたら、そのヴェルレーヌ先生は黙って自分の股の間を指差してみせたというんですな。ナントカカントカアブシンチウムという中毒になる成分がいけないというので、フランス政府は、アブシンチウムを抜いたのをつくれと。これは簡単にできるの。で、アブシンチウムは抜いてあるけれども、アブサントの匂いはそのままであるというのが、いまのペルノ。

アクアビットも似ています。同系列の酒です。アクアビット、シュタインヘーガー、シンケンヘーガー、シュナップス、ペルノ、リキャール、パスティス、それからトルコへ行ったらアラック、ギリシャへ行ったらウーゾ、この広大な地帯を占めているウイキョウ入りの焼酎とでもジンとでもいっておきますか。この種の酒は、水で割ると白く濁ってくるでしょう。あれ、日本人は嫌うんです。ツンツンした匂いがするからね。日本人はウイキョウとかハッカとかは好まないけれども、夏の暑い晩に水で割って飲むとうまいですな。昔の外人部隊をテーマにした映画なら必ず出てくる。「地の果てを行く」という映画がジャン・ギャバンのにありましてね。長いコップの上にスプーンを置いて、角砂糖をのせ、アニゼットをコップに入れ、上からたらたらと水を流して、それをニヒリスティックにながめている、と。

口中が輝く水、はんなりと甘い水

中近東とか、ああいうところで酒を飲む際の大問題は「水」ですなァ。エライ問題です。これは。水がうまい国というのは、日本列島は稀有の例外なんですね。日本の水は素晴しくうまいんです。特に灘の宮水がうまいからというので、外国船は必ず神戸に寄って、水を積んで行ったと。それがうまいのは、すぐ後ろに山があってそこから来る水だから。平野の水はだめなんです。結局。やっぱり山の岩の中を通過してきた水でないとおいしくないみたい。岩をくぐりぬけて濾過されるんでしょうね。

この間、私はアラスカから南米大陸の最南端まで行って来ましたけれども、水を飲んの水はうまいですなァ。普通のホテルの、水道のランニング・ウォーターでもうまいですね。だから、これをもっときれいに濾過して、簡単にできますからね、ミネラルウォーターとして売り出せばゼッタイです。

それで感心しちゃってねェ……口の中が輝くみたいだから（笑）。何日かたってから、日本人の三世ぐらいの漁師をしている人に会って、「バンクーバーの水はうまいですなァ」といったら、いきなり黙って握手しましたね。バンクーバーと神戸だそうです、後で聞くと。どっちもすぐ後ろに山が来ている。

アラスカも水は悪くないです。川下りをしていて、ゴムボートで十日ほどずうっと釣っちゃ食べ、釣っちゃ食べというようなキャンプの旅行をするんですけど、それで、なくなれば、そこらの水を飲めばいいんです。まずまず……いいですね。

いけないのはアマゾンね。あの黄色い泥水。これを飲むと諸病万病、急性肝炎からビールス性ナントカいうのがドドドドーッと。これがあそこの自然淘汰をするんです。マルサスの人口論じゃないけどね。アマゾンでは、暑い国だし、まァまァとにかく食物が豊富だから、女性は成熟が早い。十歳ぐらいから子どもを産みだす。二十五歳のおばあさんというのがいくらでもいるの。そこで水が自然淘汰の働きをする。

ところがアマゾンの水はどういうものか、京都で「はんなり」というでしょう。あれなんです。ほのかに甘くてうまい。だけど、これ飲んだら死ぬと思うから、私は濾過に濾過をして、もう大丈夫と見きわめのついたのだけ飲むんだけれども、うまい。その甘さの原因が説明できないの。

あの巨大な海のような河が、はんなりと甘い。だからスペイン人のコンキスタドール（征服者）が来たときに、あそこら辺のアマゾンのことを「マール・ドゥセ」即ち「甘い海」と呼んだんですよね。それは確かにうまい呼びかたです。なぜか知らないけど、非常に上品な味がする。不思議ですよ。

コップに極上な河の中流のを汲みまして、舟の先に立てておいて、舟はゴトゴト走るでしょう。どれだけ走っても海ばかりですけど、一日も終わりに近づいたころに見ると、コップの水はいまだにやっぱり曇っているんです。微粒子ね。ご婦人がたの白粉《おしろい》より細かいんじゃないの、アマゾンの泥は。

結論的にいうなら、平原にある町の水はまずいと。アメリカもユタ、アイダホ、あんなところはまずいですな。ニューヨークも水は感心できない。

ところで、ニューヨークについては昨今、日本人はやっと目ざめて、ニューヨークで、ハドソン川で魚が釣れると。ドキュメンタリー映画であり、芸術映画であり、科学映画であり、ニュース映画であるようなコマーシャル映画によってね（笑）。

ニューヨークの鬼と巨匠

だけど、アメリカ人に聞いてみると、アメリカ人ですら知らない。ニューヨークに生まれ育っていても、釣りをしたことのない人は、「ハドソン川で魚釣りなんて、オジサン嘘いっちゃだめ」っていうの。だけど釣れる。ブルーフィッシュ。ストライプドバス。キャビアも釣れるのよ。チョウザメ。ワールド・トレード・センタービルの前あたりで一〇〇キロぐらいのが獲れた。立派に獲れるんです。あの古代の魚が。カブトガニがうろうろしているしね。

それからもう一つ説明しますと、ニューヨークはマンハッタン島、スタテン島、ロングアイランド、この三つでできているでしょう。ロングアイランドというのは幅が四〇キロで長さが二〇〇キロぐらいの長い島で、一番向こうがモントークというところなの。このモントークがニューヨークの裏口ですね、早くいえば。爛熟しきったニューヨークの裏口。そこが世界三大釣場の一つで、「ハワイ、オーストラリア、モントーク」といわれるぐらいなの。

「ジョーズ」という大きな化けもののサメが出てくる映画があったでしょう。サメというのはのべつ美女を食べているわけではないんで、あんなのはときたまの「吉兆」料理であって（笑）、日ごろはやっぱり魚を食べているのよ。あんな大きなジョーズが育つぐらいの魚がたくさんいるということで、あれは舞台がロングアイランドなの。ぼくも行って見るまではマサカと思っていたんだけれどもね。本当にニューヨークというのは大変に魚が釣れる。ところが魚のごきげんはその日その日で違う。

　釣りなら日本人を訪ねて行けば、まず間違いがない。アマゾンでも、ニューヨークでも、三人に一人は釣りキチガイがいます。日本人は。ニューヨークにもいたいた、巨匠、名人、鬼（笑）。それで一緒に釣りに行って三日間ぶっ通しでやったけれども全然だめ。私はニューヨークのホテルへ帰って来て、お酒飲んで考えているうちにあることを思い出しました。戦争中に、私まだ子どもでしたけれども、戦線へ駆り出されて行く兵隊がお守りに女性の大事なところの毛を、それも水商売の女の、それを自分で抜かないで人に抜いてもらえと、それをお守りに入れて行ったというのを思い出して、そうだ、ここでやってみよう（笑）。

　夜中にホテル抜け出して、レキシントン・アベニューをちょっと入ったところのセックスバーへ行った。ミネソタの田舎から出て来たような気のいい女の子が裸で踊っているの。ひまそうなのを一人見つけて、ヨタヨタと、文法的にはきわめて正しいけれども少し時間のかかる英語で（笑）、「アナタノアソコノケヲイタダキタイ、ホンノ二、三本」といったら怪しまれて、痴漢かと思われて、「いや、これは日本の伝承である。女の毛には魔力があるのだ。私はあなたに護られたいのだ」と説明したら、途端にパッとトイレへ行きましてね。ティッシュペーパーに包んで持って来てくれた。彼女の出演料は五ドルなの。ぼくは一〇ドル出して「おつりはいらない。サンキュウ」といって帰って来たわけ。

その「お守り」をポケットに入れてモントークへ出かけ、やってみたら二時間で二十五匹釣れました。ブルーフィッシュが。同行した「ニューヨークの鬼」がもう驚嘆してねェ。それで翌日もまた鬼と一緒に出かけて行ったの。同じところへ、同じ「毛」を持って。だけど、この日は一匹も釣れない。ナーンニモ釣れない。アメリカ娘っていうのはヒステリー体質で、ちょっとバラツキが激し過ぎると、こう八つ当たりしたい気分（笑）。これはおかしな体験でしたね。

ハンティングは、もう禁止になるでしょう、アフリカでもね。鳥もバード・ウォッチングだけでしょう。いまや男に残されたワイルド・ライフというのは、フィッシングあるのみ。だから年々歳々、世界中で魚釣りが盛んになって行くんですね。それで次第に魚が小さくなる。みんな日本人のある小説家のように逃がしてやるとは限りませんからね。私は大体、魚を釣ったら全部逃がしてやる方式です。自分の食べるものが何もないときだけ、必要な分は一匹ぐらい川からもらうんですがね。

ぼくが釣りを始めたのは、家にこもったきりでしょう、それにたばこと酒と夜ふかしで運動不足。だけどゴルフはいやだと。三十代に入って体力がどんどん目減りする一方で、たまに東京へ出て来て、地下鉄の階段上がると足がヘロヘロする。こりゃいかんというので、それで魚釣りを始めた。始めたといっても、子どものときはずっとやっていたんですけどね。それで焼けぼっくいに火がついちゃった。

失なわれつつあるものを求めて

旅というものは、これからは専門化して行くでしょうね。テーマで分裂して行って、どんどん細かくなって行くと思いますね。

これは、ぼくが聞かされて感心した話ですけれども、教会へ行くと必ずラテン語で何か書いてあるでしょう。たとえば「最善最大至尊至高の神に捧ぐ」「デオ・オプテモ・マクシモ・ドム」とか、こんなことは書いてないけれども「酒を飲めば本当のことをいう」「イン・ビノ・ベリタス」とか……あるいは「人生は短く、芸術は長し」とかね。あれは「芸術」ではなくて「技術」だという説もありますが。

とにかくラテン語で全部書いてあるでしょう。それが若いときはなんにもわからなかった。しかし、年齢《とし》をとって、いくらか時間ができたので、知恵もついたから、ラテン語を勉強して、もう一ぺん全ヨーロッパの有名なお寺参りをして、そこに書いてある格言を読んで回るのが楽しみなんだと、そういうことをいったおじいさんに出くわしたことがありましたけどね。

日本人だって一応はみんなパリへオシッコに行く、ニューヨークへオシッコに行く。一ぺんオシッコしたら、また何度もしたいという人もいるでしょうよ。中には特異体質の人もいるだろうし（笑）。だけど、やっぱり変化を求めるのが人類なんだから、想像力なんだから、次はニューヨークで魚釣りしてみるとか、だれもやってなかったような。あるいはパリでも、トイレだけを見て歩くとか（笑）。マジョルカで焼きものづくりの現場を見るとか、いろんなふうに細分化されて行くんじゃないかしらね。それはもうどんどん細分化される一方になると思いますよ、今後は。

ジャルパック旅行計画課というのは、百科全書のような知識と感性を持った人が計画を編み出すことになるでしょうね。そのうちに、朝日はノルウェーのどこで、夕日はエーゲ海のどこでとか……それから、ギラギラに暑くて、食べるものもなくて、ピラニアを食べて、マラリアの蚊に刺されて、それでもホエザルの声を聞きたいという人はＤＣ３でコロンビアへ行くとかね。ただ、ロープ引っぱってプロペラ回すだけの体力だけは持っておけとか（笑）……そういう手の込んだ旅行プランが要るんじゃないですか。だから、ごらんなさい。北極、南極の基地へ船が着いて、そこへアメリカのバアサマやら若いのやらがうんと乗って行くでしょう。もうベニスや何かは飽きたからというんで。

映画もだんだん変わって行くでしょうね。つまり、マス・ツーリズムというものが始まった初期のころは、アメリカで女の先生が一所懸命働いてお金を貯めて、夏休みにベニス。そうしたら何やらロマンス・グレーのロッサノ・ブラッツィというのが出て来て、一夏限りの恋をして、女は執着があるから、「あなたにとって私は何だったの？」というと、ブラッツィ氏は「いつもスパゲティばかり食べていると、たまにはビフテキを食べたくなるものさ」というふうな、男から見れば胸のスッとするような台詞《せりふ》をいうて、そういわれたキャサリン・ヘップバーンの眼尻がゆがむとか（笑）……かつてはそういうことがありましたが、だんだんそれが南極とか、北極とか、あるいは南米コロンビアのジャングルの奥になって行く。そうして、ヒーローとヒロインが蚊に刺されて、ポリポリかきながら（笑）ということになって行くと思う。

原則は一つです。

「失なわれて行くものを求めよう……」

という、このこと一つになりますね、旅は。

歴史もの、ジャングルもの、あるいはアラスカもの、とかいうふうに細かくジャンルが分裂して行く傾向が年々歳々出てきているでしょう。たとえば六五年にぼくは、ビアフラなんかの戦争を見に行くために旅行したけれども、時間があったからアラスカで降りて釣りをした。日本人が魚釣りのためにアラスカへ行くなんて、当時は破天荒のことのように思われていたのだけど、それから一年も二年もしないうちに、ドオーッと日本人の釣師がアラスカへ行くようになった。いまはラッシュになっちゃった。アラスカ州政府は何年かたって、何でこんなことになったんやろと探って行くと、ある日本人の小説家という巨大な名前に行き当たった(笑)。この人の銅像は建てないまでも、好ましき外人というので、改めて招待状が私のところへ来たことがありましたけどね。どんどんそうなって行きます。もちろん、いつまでもパリやローマは繁盛し続けるでしょうけれども、もっと多くの人口が分散して、あちこちへ行くでしょう。失なわれつつあるものを求めて、ね。以上、終わり。

芭蕉の食欲

一年前から約束をきめてあったブラジル行きの出発の期日が迫ってきて、八月初めに釣竿と風狂ごころを抱いて羽田から出発し、十月半ばに帰国した。サンタレンを拠点にしてアマゾン河を上ったり下ったり、それからマット・グロッソ州に移動してパンタナル(大湿原)やパラグァイ河に出没した。パンタナルというのはレヴィ・ストロースの『悲しき熱帯』の舞台になったところで、ある日本人の測量技師の計算によると全日本の面積の一倍半という途方もない面積が湿原になっているのである。アマゾン河でもパンタナルでも私の前後左右と視野にはつねに水平線か、地平線か、ジャングルの緑の長壁があり、徹底的に清浄苛酷に無化されて寝起きした。それらの無窮を膚にいくらかでもプリント・インして帰国し、秋の窓にむかって芭蕉の句の数かずを読んでみる。コンニャクや、白魚や、海苔の砂を噛んで老いを知覚する句など、ことごとくあわれはかなくいじらしい句である。そういう句を読みつつ、ブラジリアの郊外の高原で一五〇キロの二歳半の牛をまるまる一頭、街灯の鉄柱で串刺にして焼き、めいめいナイフで腰や腹を削って食べた壮烈な野宴のことを思いだすと、極大と極小、その両極をわが心はあやしくも朦朧とさまようて定まらぬ。原稿用紙はいつまでも純白のまま、うつらうつらと日が夜についで過ぎた。どこかで何かを試みて軌道修正をしなければならないのだが、支点をどこにおいていいのやら、見当のつけようがない。おまけにアマゾン住民はその日その日の暮しがたちさえすればあとは寝て暮し、金をやってもはたらかないという、まことにあっぱれな、帝力をせせら笑う、筋金入りのナマケモノぞろいであって、それを親しく眺めつづけてきたものだから、〆切日だの電話だの編集長の威嚇などで不意にチョコマカ血眼で机にむかうなど、あわれ、おろか、まことに情けないという気持がある。しかし、記憶は記憶でこころの冷暗所にそッとよこにして寝かせておくとして、いっぽう〆切日に汗ダクですべりこむ術もいまのうちに回復しておかなければわが国では暮していけないので、朦朧のうちの私評、私解、まずは左の如し。

蒟蒻《こんにやく》にけふは売《うり》かつ若菜哉《かな》　芭蕉一周忌

こんにやくに今朝は売かつ若菜哉　蕉翁句集

はまぐりにけふは売勝ツわかなかな　俳人真蹟全集

あとの二句は類句である。春の七草の節句に詠んだもの。いつもはコンニャクが売れてるのに今日は若菜のほうがよく売れているという叙景である。芭蕉はコンニャクが好きだったと見えて、蕉翁句集には他に『蒟蒻のさしみもすこし梅の花』という句がある。コンニャクを薄く切って湯をくぐらせ、辛子酢味噌で食べる習慣は当時すでにあったらしい。コンニャクをテンプラにするのも俳味のある食べものだが、それは句になっていないようである。昨今のコンニャクはやたらに色が薄くて水っぽくてヘナヘナし、嚙んでもブリブリと歯ごたえがないのでまったく面白くないが、昔風のまッ黒の弾力にみちたヤツなら薄切りの刺身にしてもたのしかっただろうと思う。遠い国で牛の丸焼きを食べてきた男が帰国してから国風にふたたびなじむために心のリハビリテーションとして読むにふさわしい句。

麦めしにやつるゝ恋か猫の妻　猿蓑

麦めしにやつるゝ比《ころ》か猫の恋　鏽鏡

麦めしにやつるゝ恋か里の猫　泊船集書入

農家の恋猫が麦飯ばかり食べさせられてやせ衰えている有様を詩人が眺めている。いささか滑稽の〝軽み〟があって新人当時の談林風がのぞいていると思われるが、こういう飄逸《ひょういつ》はのどかでよろしい。人間にあっては古来から美食と好色は両立しにくい——できないとはいえないが——という事情があるが、麦飯を食べながら恋もしなければならないとあっては猫もしんどいことだろう。猫はアジの水炊きが好物であるだけではなくて、必要とあれば何でも食べる。昔私が飼っていた猫にはヨウカンを食べるのや、手焼センベイに目のないのや、八百屋の店さきからナスビをくわえて走るのがいたりして、そのたびにおどろかされたものだが、そういう広大な変化の適応力がなければとてもペットとして生きのこれなかったということなのかもしれない。非凡な食欲である。

◉藻にすだく白魚やとらば消《きえ》ぬべき　東日記

藻にすだく白魚やとらば消ぬべし　真蹟短冊

藻にすだく白魚も取らば消ぬべき　蕉翁句集

◉明《あけ》ぼのやしら魚しろきこと一寸　甲子吟行

曙や白魚のしろきこと一寸　孤松

雪薄し白魚しろき事一寸　笈日記

鮎の子の白魚送る別《わかれ》かな　伊達衣

白魚や黒き目を明《あ》ク法《のり》の網　韻塞

◉印をつけた二句は白魚について書くとなるときっと引用される。『明ぼのや……』は詩人が木曾川の河口に遊んだときの句で、この白魚は淡水と海水のまじりあう汽水区で遊んでいるところを眺められたわけだろう。この魚は汚染で激減するばかりなので、いまのうちにしっかり見参しておこうと、まるで永別を告げるような気持で、某年某月、ようやく宍道《しんじ》湖にはまだいると聞きつけて繰りだしたことがあった。湖には竹竿をたてて袋網が張ってあって、白魚はハヤなどといっしょに回遊するうち、網に沿って奥へ奥へと泳いでいって末端の袋網に入ってしまうという漁法である。舟に辛口の熱燗をつめた魔法瓶と辛子酢味噌のどんぶり鉢をのせて湖へ繰りだし、少し肩寒い朝風のなかで、網からあげたてのピチピチ跳ねる白魚を茶漉しでしゃくってどんぶり鉢へあける。白魚は辛子酢味噌のなかでは跳ねない。ふれたとたんに一瞬でおとなしくなってしまう。透明な〝一寸〟の体に黒い眼をまじまじ瞠《みは》ったまま息絶える。それをつるつるとするのだが、コリコリした歯あたりと、ほのかなホロ苦みであるきりで、生臭さも、肉らしい味も、何もなかったと記憶している。まるで極上質の寒天で魚形につくった何かの和菓子みたいな姿である。あとで旅館へもどってからいろいろな料理にしてもらったが、極上の澄ましに卵とじにして浮べたのがもっとも淡麗であった。踊りの生食《なま》いも、海苔でかこって握り寿司にのせるのもわるくはないけれど、このお澄ましの淡麗にはとても及ばないと思う。その可憐、その澄明、鮎や鯉や鯛をさしおいて〝国魚〟に指定したいと思ったほどである。こんな少女に出会ったらいつまでもあとをつけていきたくなることだろう。

水無月や鯛はあれども塩くぢら　葛の松原

水無月とあるからには六月。ここにいう塩くじらは鯨のベーコンのことではなく、関西でオバケ、関東でサラシクジラと呼ぶ物。鯨の脂身を塩漬にしたのを薄く切って熱湯を通すとペロペロしたのがちぢれる。それを酢味噌や酢醤油でやるわけだが、ガラス鉢に氷をうんとつめ、そのうえにならべてよく冷やしたの、サンショウの葉などをその純白にちょっと添え、これまたよく冷やした辛口でちびりちびりとやれば、芭蕉のいうように鯛があってもこちらのほうがいいということになるだろう。東京でもこれは入手できるけれど、どういうものか関西ではその純白のふちに黒皮を一筋つけて切ってあるのに、東京のはただ白いだけである。氷づめの切子のガラス鉢に一枚ずつならべてみると黒筋のついたほうがはるかに眼にたのしい。誰かこのことを指摘してくれないものかと、年来ひそかに思っていたところ、いつか檀一雄氏がピタリといいあてているのを読み、ささやかながら心に銘記したことがある。これはやっぱりそうでなければならぬものであろう。

総じて東京の人は鯨を知らない。せいぜいこのサラシクジラか、大和煮の缶詰か、ゲイコン（鯨のベーコン）くらいであろうか。よく知っている人で尾の身を刺身にして一回か二回食べたことを誇りにしているくらいで、サエズリ（舌）、コロ（脂の煎り殻）、ヒャクヒロ（腸）、軟骨、それらのオデン、スキヤキ、辛子酢味噌和えなど、話に持出してもいっこうに乗ってもらえないのがさびしいのである。関西一円をのぞくと八戸や下関など、鯨を陸揚げする港のある地方の人びとがさすがによく知っていて、鄙味《ひみ》ながら旅をゆたかにしてくれる。芭蕉は伊賀の人だが、塩くじらに接することはよくあったのだろう。夏の味覚としてはその淡泊さが鯛より上だと断言してはばからないのだから、当時の日本人の保存食の技術は鯨についていて見ればなかなかのものであったと思う。

いつかイワナを釣りに新潟の山奥にもぐりこみ、山の宿に泊ったとき、塩くじらの壮烈な食べ方を教えられたことがある。現在でもゲイコンのほかに塩くじらといって白い脂身を粗塩につけた、見るからにギトギトとした物が売られている。ゼンマイとりの季節がくると町でその塊りを買って山にこもる。湧水のあるところを見つけて簡単なさしかけ小屋をつくり、天井の棟木からロープでその塊りをぶらさげる。食事時になると鉄の大鍋に味噌汁をグラグラと煮たて、ロープをひっぱって塩くじらを鍋にじゃぶんといれる。ギラギラと脂の輪がいくつもいくつも鍋にひろがる。頃はよしとロープをひっぱるとスルスル、塩くじらは上昇し、どこかでとまってぶらりとさがる。三度三度これを繰りかえすうち、ゼンマイの季節が終る頃になると、塩くじらはすっかり小さくなり、石鹸のかけらぐらいになるそうである。これが生臭いの、アブラッぽいの、ギンギンしてるなどと、山の男は文句をいってられない。それを食べないことには栄養不足と超重労働で眼が見えなくなるのである。『笈《おい》の小文《こぶみ》』に《此山《この》のかなしさ告《つげ》よ野老掘《ところほり》》の一句が蕉翁にあるが、このゼンマイとりの話を聞けば、末尾をトコロのかわりにどう変えるのだろうか。

木のもとに汁《しる》も膾《なます》も桜かな　ひさご

木のもとにしるも膾も桜かな　真蹟

木のもとは汁も膾も桜かな　渡し船

花にうき世我《わが》酒白く食《めし》黒し　虚栗

飲むほうは濁酒で白くにごっているし、食べるほうは玄米でまっ黒だと、俳聖、満開の桜の下でにがりきっておられる。しかし、汁の椀、膾の小鉢、そこらいちめんに花が降りかかる光景もあった。

苔汁《のりじる》の手ぎは見せけり浅黄椀　茶のさうし

蠣《かき》よりは海苔をば老《おい》の売《うり》もせで　続虚栗

衰《おとろひ》や歯に喰《くひ》あてし海苔の砂　をのが光

おとろひや歯に喰あてし海苔の砂　けふの昔

噛当《かみあ》つる身のおとろひや苔の砂　西の雲

大谷篤蔵《おおたにとくぞう》氏の校註を読まないと〝苔汁〟とはどういうものなのかわからなかったが、

これは海苔の味噌汁だそうである。浅黄椀は、黒漆の上に浅黄と赤と白の漆で花鳥などを描いた椀だと。海苔の香りと味噌の香りのほかにとりたてていうほどのこともない汁を気品高い浅黄椀に入れてさしだした嗜みに翁は感心しておられるのだが、ま、それだけの寸感。老人が海苔を売歩いたほうが軽くていいはずなのに重いカキを担って歩いている光景は老いを認めまいとする頑固不屈ともとれ、この生の苛酷ともとれる句である。海苔にまじった砂粒を嚙んでそれが歯にこたえ、思わず老いを感じてしまうのは日本人でなければ洩らすことのできない偶感だろう。

ところで。

草の戸に我は蓼《たで》くふほたる哉

弟子の其角がそう詠んだところ、

あさがほに我《われ》は食《めし》くふをとこ哉　　虚栗

芭蕉はそう返す。
またべつに其角が詠む。

声かれて猿の歯白し峰の月

すると芭蕉はこう返す。

塩鯛の歯ぐきも寒し魚の店《たな》　薦獅子集

つまりこの芭蕉の二句が二句とも歌を歌としない彼の詩法を告げて、キラキラと鋭敏な其角の奇骨を衒気《げんき》としてたしなめているのだけれど、二句ともあまりの凡句なのでちょっと吹きだしたくなる。歌を歌としないのは結構だけれど、それをいうのに《あさがほに我は食《めし》くふをとこ哉》とは語るに落ちたといいたい月並みではないか。月並みもまたときによっては至難の作法なのだゾといいたくてこんな凡句を詠んだのかどうか。俳聖のお考えがよくわからない。素直、無飾、直下《じきげ》が俳句の真髄なんだゾと弟子をいましめたいばかりにわざと凡凡の凡という方法をとったのかとも思うが、それにしてもちとひどすぎる。俳聖は、発句なら弟子の何名もが上手だけれど連句なら私こそが骨髄だと自信満々でいいきっているので、この際、その宣言を額面通りにうけとって、弟子の其角のほうが少くともこの二句では俊才であったといいたい。冬を表現するのに其角は野猿の歯をいい、芭蕉は塩漬の鯛の歯ぐきをいう。イメージで訴えにかかった其角を師は身辺の嘱目《しょくもく》でおさえたのだろうが、読むままに評価を下すとすれば私としては一も二もなく弟子に点を入れたいところである。

柚《ゆ》の花やむかししのばん料理の間《ま》　嵯峨日記
　柚の花にむかしを忍ぶ料理の間　小文庫
　柚の花にむかししのべと料理の間　蕉翁句集草稿
　柚の花にむかし忍ばん料理の間　蕉翁句集

柚の花のあの清浄でいきいきとうごく、高い香りを知ってさえいたら、それが思いださえするのなら、この句、よろしいね。ただしその香りを知らなかったら、ほとんど何も見えてこないのではあるまいか。

清滝の水くませてやところてん　泊船集
　清滝の水汲《くみ》よせてところてん　笈日記

このところてんが冷たいのはあの清滝川の水で冷やしたからであろうかという。大阪から出てきて東京に住みつくようになってからもう二十二、三年になるが東の味覚に感心したのは人なみにソバ、にぎり寿司、ウナギの蒲焼き、中華料理。あとはウドンから何から何までおよそゾッとなるものばかりでお話にならなかったが、ある夏の夜、浅草界隈の古い居酒屋につれていかれ、枡で冷や酒をだされて肴にトコロテンを添えてきた。トコロテンが酒の肴になろうとは当時の私には思いもよらないことだったが、酢醤油に辛子もついていて、そのヒリヒリが舌を洗い洗い酒を飲ませてくれていうことなかった。意表をつかれたのとそのクッキリとした味蕾のたてかた、ざわめかせかたにすっかり感心して〝東〟を、以来、見なおす気持になったものだった。芭蕉がトコロテンを酒の肴にしたかどうか、句ではまったく触れていないけれど、読んでいて連想飛躍が起るのは涼しい愉しみである。トコロテンや煮こごりを酒の肴とするわれわれの風習は肉汁やスープをたっぷりしみこませたジェリーをフランス人が白ぶどう酒の肴にするのとそっくりで、こんなことだけ見ていると、〝東は東、西は西〟といいにくくなってくる。海苔に砂粒を噛みあてて無常迅速におびえた俳聖もトコロテンではのびのび渓流のせせらぎに心耳を傾けていることができる。

鎌倉を生《いき》て出《いで》けむ初鰹　葛の松原

かまくらは活《いき》て出けむはつがつを　芭蕉翁真蹟集

初夏の味覚としては他に長良川の鮎膾を詠んだ句がある。この初鰹はいうまでもなく日本列島を南方から潮に乗って北上していくカツオだが、これが北海道にさしかかったあたりでUターンし、来たときよりはずっと沖合をふたたび南方へ下りていく一群の季節がある。これは北上組が〝上りガツオ〟と呼ばれるのにたいし、〝下りガツオ〟と呼ばれる集群だが、上りよりは下りのほうがずっと脂がのっていてうまいとよろこぶ向きもある。おまけに上り組のようにシュンの評判にならないからお値段がぐっと気安いのでありがたいのである。

カツオは鰭《ひれ》の強い遠洋航海の魚だからか、鉤《はり》にかかるとジャンプはしないけれど猛烈な力とスピードで右に左にジグザグに走りまわる。漁師はごぞんじのように顎のない鉤でゴボウぬきに海面からひき抜くが、それにはコツがあってなまじっかなことでは体得できない。陸《おか》で新米を養成するのに煉瓦を魚と見たててひっこ抜かせる訓練をすることがある。釣ったばかりのカツオよりは少し時間をおいたほうがうまくなる。漁師は錆び庖丁一本で肉をザグザグと切り、醤油と酢を入れた鍋にほりこんでしばらくほっておく。そのうちカツオの血と脂が醤油ににじみでてギラギラの輪が光るようになる。これを炊きたての御飯にのせてハフハフといいつつ頬張るのである。つまりは〝ズケ〟寿司の原型みたいなもので、コツも秘伝もないが、海上はるかのその現場でなくてはならぬという最大、最深の前提がある。こうして裸虫になって潮風と日光のなかでむさぼり食べるカツオは肉がむっちりと餅のように歯ごたえがあって眼を瞠りたくなるのである。青ヶ島とベヨネーズ列岩の周囲にいいカツオ漁場があって咽喉までつめこんで堪能したことがある。これからさき十年間はもう初ガツオのニュースに影響をうけることがないといいたくなるところまで質と量を探求したものである。

乳麵の下たきたつる夜寒哉　葛の松原

行秋《ゆくあき》や手をひろげたる栗のいが　笈日記

身にしみて大根からし秋の風　更科紀行

海士《あま》の屋は小海老にまじるいとゞ哉　猿蓑

(いとどというのは背中の曲った、ヒゲの長い、鳴かないコオロギ。エビコオロギ。カマドウマとも。)

色付《いろづく》や豆腐に落《おち》て薄紅葉　両吟百員

朝茶のむ僧静也菊の花　芭蕉盥

てふも来て酢をすふ菊の膾かな　蕉翁句集

かくさぬぞ宿は菜汁《なじる》に唐がらし　猫の耳

秋のいろぬかみそつぼもなかりけり　柞原集

から鮭も空也《くうや》の痩《やせ》も寒《かん》の内　猿蓑

から鮭というのは、〝鮭の腸を除いてそのまま干し乾かしたもの。冬季のもので寒中に薬食いとして用いる〟と註にある。北海道の知床半島を釣り歩いていた頃、〝トバ〟というものを教えられたことがある。鮭の腸をぬいたのを冬の雪のなかで軒に吊して乾燥させたものでアイヌ伝来とのことだったが、から鮭のことだろうか。塩辛いカツオ節といった外見だが、これをナイフで削り削り一杯やるのがあのあたりの寒《かん》の叙景である。ぬいた腸（ことに胃）は麴をまぶして塩辛にする。これが〝チュ〟というもの。血管をそうしたのが〝メフン〟。頭を酢につけたのが〝氷頭《ひず》〟。鮭は全身捨ててよい部分がない。

わすれ草菜飯につまん年の暮　江戸蛇之鮓

くれ〳〵て餅を木魂のわびね哉　歳旦発句牒

酒のめばいとゞ寝られぬ夜の雪　勧進牒

あられせば網代《あじろ》の氷魚《ひを》を煮て出さん　花摘

みぞれせば網代の氷魚を煮て出さむ　忘梅

丸雪せよ網代の氷魚煮て出さん　蕉翁句集

雑水に琵琶きく軒の霰《あられ》哉　有磯海

納豆きる音しばしまて鉢叩《はちたたき》　韻塞

有明《ありあけ》もみそかにちかし餅の音　笈日記

あら何ともなやきのふは過《すぎ》てふくと汁《じる》　江戸三吟

いきながら一つに氷《こほ》る海鼠《なまこ》哉　続別座敷

寒菊や醴《あまざけ》造る窓の前《さき》　荊口宛書簡

塩にしてもいざことづてん都鳥　江戸十歌仙

獣肉は禁忌だから一句も登場しないのはやむを得ないが、この最後の一句で稀れに鳥が食物としてとりあげられている。それも〝都鳥〟だというのだから現実に何かの鳥をさしているようでもあり、そうでないようでもありと読めたりする。

栗、大根、小海老、豆腐、朝茶、菊の花の三杯酢、菜汁、から鮭、餅、氷魚（アユの子）、雑炊、納豆、フグ汁、ナマコ、甘酒、註抜きで以上に並列した句に、叙事と叙情の別なく、登場するまま、食べものの名をぬきだしてみると、そういうものばかりである。芭蕉が俳人だからこういうわびしいものばかりに眼がそそがれたというよりは当時の大半の人びとの食べるものがこういう水準だったのだろうと思う。こういう時代がさほど怪しまれることもなくわが国で永くつづいていたのだと思う。明治の御一新で日本人の舌はドンデンをうってにわかに眼をさまし、以後今日にいたる次第はみなさまよくごぞんじの通りだけれど、芭蕉が俳句の形式で書きとめてくれたおかげで、現代の私たちの雑炊だのフグ汁だのの故郷を望見することができる。しかも翁は季節という潮流に乗って漂っていたのだから、菊の花の三杯酢であれ、カツオであれ、いつもシュンのものを、その美味を閃光でとらえることに心を砕いた。塩くじらは保存食なのだから年中いつでも入手できたはずだけれどタイよりもうまいと感ずる季節にだけそれを詠んだので、後代から見ればはからずも一時代の食習と、風俗と、感性の、淡影ながら壁画が出現することとなった。

こうして一瞥したにすぎないけれど、どの句を見ても、詠まれているのは大根の辛《から》さであり、白魚の可憐な澄明さであって、その物自体の美質を簡朴に、直下に訴えることに力がそそがれたために、料理らしい料理は光景も香りもほとんど読みとることができない。桜の花吹雪のさなかでの酒宴、あたりいちめんすべての物に花びらが降りかかることを表現するのが《汁も膾も》で、この七字が《すべて》をあらわす成語になるほどである。味噌汁、膾、刺身など、ほとんど生食を一歩出たか出ないかという程度の料理ばかりである。鮎、鯛、河豚、白魚、稀れに鯨など、魚はしきりに詠まれるけれど、料理らしい料理はめったに登場せず、それぞれの魚の美質、特質の描出に心がくばられているだけである。蕉風にふさわしい魚、蕉風にあう料理ばかりがとりあげられるのはどうにも避けられないところである。そのため、これらの句を並列して書いたら現代ではどこかの精進料理店の献立表か品書きを見るような気持がすることだろう。懐石ほどの手も加えられていないのである。しかし、考え方によっては、すべて料理というものは、単純であればあるほどいよいよむつかしくなるという鉄則があるのだから、いま、もし、『芭蕉』という看板をかけた料理店を開くとなると、ネタの仕込みに庖丁氏は庖丁をおいて東奔西走、四苦八苦ということになるかもしれない。世捨人の喰べものがもっとも高価につくとは時代の皮肉である。

終宵《よもすがら》尼の持病を押へける　野坡

こんにやくばかりのこる名月　芭蕉

『炭俵』のなかにそういう句がある。またしてもコンニャクで恐縮だが、俳聖、このものが大の好物だったから、詠まずにいられない。名月にコンニャクだけが照らされている叙景だから、月見の宴か何かのあと。いわば杯盤狼藉のなかにコンニャクだけがのこされているのだけれど、どの程度の御馳走のでた〝宴〟であったか。〝宴〟といえるほどのものだったかどうか。コンニャクは砂おろしによろしいということに当時すでにおそらくなっていたから、前句の尼の持病を秋冷にあてられて癪がでたものと読めばコンニャクが食べのこされてあると詠んだのかと推察または邪察をつけたくなる。しかし、いずれにしても月光にコンニャクの皿が冷えびえと照らされている秋の夜は見えるけれど、〝宴〟と呼べるほどの艶はほとんど残香を漂わせていない。それが俳宴というものだ。といえばいえるけれど。そういうこと。

家のながれたあとを見に行《ゆく》　利牛

鰌汁《どぢやうじる》わかい者よりよくなりて　芭蕉

前句、洪水で家が流された跡を見物にいく者があるといったところ、それはドジョウ汁を若い者よりたくさん食べている元気者の老人だと、俳聖、いささか意地わるいような諧謔味をまじえる。ドジョウは現代の栄養学ではたしかウナギよりも栄養価が高く、全魚類中でも屈指の高位にあると分析されているのだが、この頃すでに薬食いとして知られていたのだろう。ついこないだまで小生がさまよい歩いていた国の大河のほとりではピラニヤの頭の煮込みが強精補腎にベン（よい）ということになっていて、ときどき、食わされたが、煮とろかされたピラニヤの頭というものは頭蓋骨とギラギラの牙だけになり、それが大きな深皿のなかにひしめいているのはちょっとした壮観であった。ドジョウ汁が壮陽補腎だと詠まれているものだからついついそんなことを思いあわせてしまうのは連想飛躍を愉しむことを旨とした連句がひき起す当然の反作用である（ついでに書いておくとあそこでは唐辛子はオトコを弱く小指ほどにしてしまうということになっているから、ピラニヤ汁に唐辛子を入れて食べるとプラスマイナス相殺しあうという次第であった）。

一流の書き手による食欲描写を江戸期について見たいばかりにこうして蕉風を瞥見してきたけれど、日頃、研鑽の素養や蓄積が何もあるわけではなく、よしなしごとを書きつらねただけで終ってしまったようである。

物いへば唇寒し穐《あき》の風　小文庫（泊船集）

酒瓶のつぶやき

⅓は、水に流す

⅓は、大地に返す
⅓は、敵にあたえる

バンコックにいるときにそういう諺めいたものを聞かされたことがある。男の収入の三分法、男の金の使いかたを教えた言葉だそうである。第一の《水に流す》とは酒を飲むこと。第二の《大地に返す》とはヘソクリである。金を壺に入れて土に埋めてかくしてしまうこと。第三の《敵にあたえる》とは妻にわたすことだそうである。万事静謐を尊べと教える小乗仏教、雨の檻のようにギッシリと隙なく戒律をつくって人をうごけなくしている小乗仏教が酸素や窒素にくっついて空気をつくっているはずの都でも妻のことは率直に《敵》と呼んでいるらしい。二度ほど念のために聞きなおしたのだけれど、そうです、そう呼んでますとの答えであった。やっぱりこれは万国共通というものだろうか。

若いときは風呂に入ると湯がアルコールの匂いをたてるくらい酒を飲んでも何とか耐えられたが、夕陽のなかをとぼとぼ歩く年齢にさしかかると、ものおぼえがわるくなり、指さきがしびれ、カビのように倦怠感が全身にはびこり、人名、地名、書名など固有名詞をかたっぱしから忘れる。酒に弱くなる。すべてが水に流れ、流されていき、それに気がついてもとめようがない。金のこと、女のこと、何事も立つよりまえにすわることを考えるようになる。それが度重なると、いまいましくなってきて、エイ、くそくらえ、酒でも飲むかと、はやりたちたいのだが、そのときも酔うよりさきに味のことを考えたくなる。

そうなるとキックのきつい蒸留酒よりは、おっとりとした醸造酒を飲みたくなる。ぶどう酒は酔いも醒めもなだらかな丘にそっくりだし、ほのぼのとした陽が血管に射すぐあいは春の温室に入ったようである。日頃から安物を飲みつけておくのが唯一の鑑賞のコツで、たまに上物にありつくと、香り、色、味、舌ざわり、酔心地、余韻、ことごとくこれほども違うものかと、愕然となる。この驚愕というものがいいのである。流れのなかの岩みたいなものなのである。固有なものに衝突する手ごたえ、手ざわり、その抵抗感が愉しいのである。君のようにいつもいつも年号物、シャトォ物、ロマネ領、サオーヌ流域、キジの羽色ばかりを飲んでいると、しまいにとろけてほんとに水に流れてしまうよ。悦楽にはいつも何かしらの剛健がなければならないのだ。常日頃には、いい安物を飲みなさい。いい安物を。

パリの学生町を朝早くふらふらと歩いていると、東京のヴァキューム・カーにそっくりの小さなトラックと出会う。タンクの腹に《飲め、ボージョレ》などとあるので、内容物が雲古でないとわかるが、はじめて見たときはつい、オヤ、ここでもとなつかしくなりがちである。たちどまって見ていると、チビた黄いろいタバコをくわえた運ちゃんが例の図太いゴム管をかかえてよちよちと歩いていき、舗道に出ている半窓にそいつをほりこみ、地下室へゴム管を送りこむ。地下室にはビストロのオッサンがいて眼をこすりこすりゴム管を大樽に入れる。運ちゃんが運転室にあがってどうかすると、たちまち唸り声が起り、ゴム管は舗道のうえで、ぐびり、ぐびりと、ひきつれを起す。そのぐあいは東京とそっくりだけれど、これは吸い出すのではなく、注ぎこんでいるのである。現象はそっくりだが、本質はあべこべなのである。ここを早合点して日記によしなしごとを書きつらねると『新・新・新西洋事情』でやんわりピリッとやられるゼ。

この図太いゴム管でぐびりぐびり送りこまれたぶどう酒が〝風船玉〟と呼ぶグラスでパイ売りで飲ませてくれるが、しばしば、または、つねに、とはいわないまでも、ときに、なかなかイケるのである。アルジェリア産の赤がまぜてあるという説がもっぱらであるが、あれをまぜると酒の腰が張ってきていいんだという説も聞かされる。たしかにパリの学生は早稲田界隈の学生よりも安くていい酒を飲んでいる。立飲みの光景は似ているけれど、飲むものについては議論がわくことだろうと思う。これは率直に舌のつぶやくままに認めよう。ブレンドしたぶどう酒がいいかわるいかではなくて、モノがいいかわるいかだけの議論である。水割りは閉口だけれど、酒を酒で割ることにはなかなかの探究と手品が必要だし、それはそれであっぱれなことなのだから、私などはもっぱらこのぐびりぐびりの解釈と鑑賞に没頭したものだった。

川とぶどう酒については自分の国のが一番だと自慢したい心情の一例を、かつて、ルーマニアで経験した。ドナウ川はヨーロッパでもっとも大量に人を呑みこんで血を吸った川だとされているが、シュトラウスのワルツのせいか、どの国民も自分の国を流れるときドナウはもっとも美しいといいだす癖がある。この川はいくつもの国の岸を洗ってルーマニアで黒海にそそぐので、終着駅を受持たされたルーマニア人は当然のことながらこのときドナウはもっとも魅力があるのだと力説してやまないのである。オーストリア人もハンガリア人もこの川を讃え、この川の岸でできるめいめいのぶどう酒を自讃する。そしてその自讃は自惚れではない。オーストリアのぶどう酒もハンガリアのぶどう酒もそれぞれの個性とコクがあって、ヴァイオリンの呻吟、チャルダッシュのとどろきなどととけあい、忘れられない喚起力をひそめている。ルーマニア人はルーマニア人でカルパチア山脈の日光と黒海の風がぶどう酒に無上の火と精をつぎこんでくれるのだといって聞かないのである。私はその赤の豊満と円熟と張りが好きだった。ゆたかで、素朴で、強健だが、まったくしつっこくないのである。

フランス人とハンガリア人とルーマニア人の三人が集って一杯やるかということになったが、めいめいお国自慢に熱中して、何を飲んでいいのかわからなくなる。そこでネズミをつれてきて、まずフランス人がボルドーを一滴飲ませてみたら、ネズミはたちまち気持よくイビキをかいて眠りはじめた。つぎにハンガリア人がトカイを一滴飲ませてみたら、ネズミはとび起きて、もう一杯おくれと、叫んだ。さいごにルーマニア人がお国自慢を一滴飲ませてみたら、ネズミはとび起きて床で二度跳ね、ネコを一匹つれてこい、おいらはネコを殺してやるぞと、声高らかに叫んだ。

ルーマニア出来のそんな一口噺を聞いて笑いながら、脂が入ってゴワゴワした田舎風のソーセージの熱いのを『ピノ・ノワール』で舌から咽喉へ送っていると、血管におだやかな陽がみなぎってくる。カルパチアの金と赤の秋の日光も、黒海からの栄養塩を含んだ微風も流れこんでくる。

ぶどう酒を水で割るのは子供か病人の飲みもので、いい男は蛙じゃないのだから、そんなものは飲まない。《ヴレ・ド・ヴレ（正真正銘）》ならいうことなし。けれど、ぶどう酒にぶどう酒を加えたものでも飲んでうまければそれで成就。飲みながら宗教と政治の話はぜったいにしないこと。それだけ。

フランスの古諺を一つ。

水は酒をダメにする。

車は道をダメにする。

女は男をダメにする。

食談はポルノという説

ぶどう酒であろうと、コニャックであろうと、何であれ、その良否を知る一つの方法は、日頃から安物を飲みつけることである。たまに極上品を飲むと落差がクッキリとわかってありがたいということがある。ふもとから一歩一歩よちよちとのぼっていかないことには山の高さや気品がわからないのと似ている。さいわい当今はひどい世界同時不況で、先進国、開発国、北半球、南半球、いっせいに貧乏風邪《かぜ》に犯され、わがヤマタイ国も顔面蒼白《そうはく》になりかかっているので、この禁欲、節倹のススメは歓迎されることと思いたい。

新聞、雑誌、ラジオ、TV、あらゆる媒体で食談が大流行している。写真で、文章で、名店案内、名菜案内が氾濫《はんらん》し、日本中、名店でない店はないみたい。ゴチソウでない料理はないみたいである。何しろ一日に二度か三度はきっと何か食べずにはいられず、それが毎日毎日、そして何十年とつづけずにはいられず、あきるということのない欲望であるのだから、きわめて当然といえば当然の現象である。

しかし、小生の見るところではそれらの十のうち九・五まではダメである。どういうわけか、ダメである。ホカホカと湯気のたつ、すばらしい色と艶《つや》のゴチソウの写真をとめどなく見せつけられるけれど、食指がまったくうごかないのである。精緻《せいち》にとられればとられるだけ、いよいよつまらなくなるという傾向もある。それがいかにゴチソウであるか、おいしいかということを語る声や文もとめどなくあるが、ことごとく結婚式のスピーチにそっくりの退屈さしか感じさせられない。まったくそれらは結婚式のスピーチに似ていて、出るのはアクビばかり。

〝結婚式〟というコトバをつい使ったので、ついでにその比喩《ひゆ》をもうちょっと延長すると、食談は食欲のためのポルノである。いっぱしの年齢に達した男がポルノを読んだり眺めたりしても、めったにムズムズすることはなくホカホカしてくることもない。それとおなじように当今の食談はおなかをすかせたり、ツバを呑《の》みこんだり、お脳を刺激したりしてくれることがないのである。ことに当今の男女は〝食〟にも〝性〟にもスレッカラシになっている――もしくはそうであるようにふるまっている――から、こういう連中をムズムズ、ホカホカさせるのはよくよくむつかしいことなのだと覚悟をきめて取り組んでいるらしき気配がないから、いよいよダメになるのである。

ポルノもさまざまであって、読む、見る、聞く、その他、無限にあるが、〝大人《おとな》の童話〟であるという本質は共通し、不変であるように思われる。であるならば、この一語きりの定義によくよく注意し、思いめぐらして頂きたいのであるが、大人が読んでもおもしろい、ついついひきずりこまれる、子供と争奪戦を演ずるというような童話はめったにあるものではないという事実。この事実に思いあたると、性のためのポルノも、食のためのポルノも、退屈であってあたりまえという諦観《ていかん》が生じてきて、軽蔑か無視があるだけということになるんですネ。期待すること自体がまちがってるんですワ、ハナから。

テレビというモノが登場してから小生は、〝芸〟とか〝演技〟というコトバが死語と化してしまったと思っている。小説家は森羅万象にたいして多情多恨でなければならぬという武田泰淳氏の酔余の戒語を小生は信奉するものの一人であるから、ときどき評判の高い番組を眺める努力もしてはみるのだけれど、やっぱりダメ。ただ小器用なだけというアチャラカが笑ったり泣いたりするのを見るだけで、ある。そのお粗末スターがですネ、料理番組にも出てきてですネ、何やら素晴らしいゴチソウを食べる。例によって結婚式のスピーチみたいなコトバを並べたててお語りになる。そのゴチがしばしば眼をむきたくなるような、稀有《けう》な超越的なまでの名菜である。このお粗末スターと名菜のコンビを見ていると、ときどき、ムラムラと腹がたってくる。なぜかしら、物を投げつけたくなってくる。嫉妬《しっと》でないことはわかっているつもりだけれど、この感情が何であるのか、いつまでたっても、うまく説明がつかない。食談ポルノ説にたてばどう説明できるのか。

4 「男」だけの世界——仕事&遊び&冒険

男の顔

武田泰淳氏のケースは夫人が巧みに防衛線を張って情報が洩れることを防いだために、訃報が、ある晴れた朝、まったく寝耳に水で、驚愕また驚愕だった。たしか本誌だったかと思うが、対談の企画があり、氏が承諾されたと聞かされ、しばらくぶりのことなので私もたのしみに心待ちしていたところ、ちょっと体の調子がおかしいので病院に入るとの知らせをもらった。それから一週間か十日、たつかたたないかに訃報をもらったのだった。

平野（謙、一九〇七―一九七八――編者）さんと最後に会ったのは、一昨年、新潮社の文学大賞の審査の予選の席だった。そのとき氏は病院からでてきた直後で、ガンかもしれないと沈痛な顔をしておられた。しかし、銀髪が美しく、頰にいい血色が射し、背をたてて、いつもの端正な氏であった。このあとでもう一回、入院なさったが、そのときはもうガンと判明し、手術をうけるためだった。賞の審査の本選の席には出席できず、病床で意見を口述され、それを編集者が朗読した。自宅療養でそのあと日を過されるようになったが、新聞写真で見るその風貌は激変していて、覚悟の上とはいえ、茫然とせずにはいられなかった。花の鉢をお送りしたり、手紙をお送りしたりしたが、その日その日の塵労にまみれたままで、とうとうお見舞に上らずじまいで過ぎてしまい、終ってしまった。

昔、大阪で谷沢永一が主宰していたガリ版のささやかな同人雑誌の仲間に入れてもらい、よしなしごとを書きつらねているうちに、当時神戸に住んでおられた島尾敏雄氏から遊びにくるようにとの手紙を頂いた。氏が河出書房の書下し叢書の一冊として『贋学生』を刊行された頃である。その後、氏は一家をあげて上京され、小岩に住むようになり、私を佐々木基一氏に紹介して下さった。坂本一亀氏にも紹介して下さって、坂本氏から手紙をもらったことがあり、感動した。ずっとあとになって『死の棘』としてまとめられることになる諸作が発表され、それを読んで当時の島尾氏の日常の悪戦苦闘が遠望できたが、そんなさなかに、無名の、やせこけた、毎日が二日酔の、昏迷した若者をあちらこちらに紹介の労をとって下さるなど、思えば一言もない。佐々木基一氏の御好意に甘えてときどきお宅に出入りするうち、一篇を書きあげ、二度書きなおすように忠告をうけた。佐々木さんはそれを『新日本文学』に持ちこんで下さり、活字になったところ、平野さんが『毎日新聞』の時評欄で肯定、評価して下さった。

以後、泡のような浮沈を繰りかえしつづけて二十年になるが、そのなかでしばしば平野さんと生活圏がダブる一時期があって、かなり永くつづいた。三十歳から四十歳の十年間と、四十歳をすぎてからの数年である。この期間、私はのべつに諸外国へでかけたが、帰国すると、旅館を泊り歩いて原稿を書いた。それが行くさきざきで平野さんと顔をあわせることになるのだった。駿台荘、昇竜館別館、山の上ホテル、新潮社クラブなど、どこでもきっと平野さんに会えた。会えないと何か異常を感じて落着けなくなるぐらいだった。

こういう〝拠点〟の周辺を歩いているときの作家や批評家の顔は密室の顔のままであることがしばしばである。思いぞ屈して密室からでてくるけれど、ついその顔を消し忘れたままで歩いていることがある。緑の茂みのなかで赤い顔をしているカメレオンのようなところがある。あるとき平野さんと粗茶を飲みながら雑談をしているとき、それが話題になった。いつぞや御茶ノ水を歩いていたら、坂下から安岡（章太郎）君がやってくるのとすれちがった。見ると安岡君は猫背になってうなだれ、自殺直前のような、まっ暗な顔をしている。そこで、ヤァ、安岡君と声をかけたら、とたんに顔をあげてニコニコとなり、ア、平野さんといってはしゃいだ声をだした。まるで一変しちゃうんだ。

平野さんはそういって粗茶をすすり、

「何だかよくわからないけれど、彼もなかなかたいへんらしいよ。そんな印象だったな」

呟いて茶碗をおいた。

これは文章ではなくて口述の寸描だけれど、本質をよくとらえたデッサンで、安岡大兄の猫背姿が、瞬間、まざまざと目撃できた。そこに平野さんの観察眼と洞察力がある。しかし、平野さん自身も御茶ノ水界隈の人ごみのなかをひとりで歩いていらっしゃるときにはこれとまったくおなじ光景であり、風貌であった。緑のなかの赤いカメレオンなのである。鋭くて端正で暗澹、茫然として端正で暗澹、困憊しきって端正で暗澹、いずれにしても声をかけるのがついためらわれてやりすごしてしまいたくなる横顔だった。思わず眼をそむけたくなるようなものが顔いちめんに何かの内臓の破れめから洩れた分泌液のようにしみついているのだった。

生れるのは、偶然。
生きるのは、苦痛。
死ぬのは、厄介。

いつかどこかで読まされるか聞かされるかした西欧の一人の聖者の呟きがしばしばよみがえってくるが、こんなときにもっとも濃く思いだされて肉迫してくる。平野さんの笑っている顔や、真摯なときの顔や、眼光鋭いときの顔などが薄明の遠くに浮沈するが、やっぱりこの忘我の苦痛の、シャッターをひらいたままの瞬間の顔を、いまとなってはまざまざと直視したくなる。

二本の指

某年。

いまだ春の頃。

伊藤整氏、南條範夫氏といっしょに講演旅行にでかける。日がかさなるにつれて仲がほどけてきて雑談が範囲をひろげ、笑いが精密になっていく。ときどき恐妻病のことが話題になると伊藤氏は眼が細く用心深くなるが南條氏はいつも鼻でせせら笑い、満々の自信にみちて、どいつもこいつもダラシないといって叱咤なさるのだった。かつて氏は主権に恐慌をきたしたことなどは一度もなく、テンからそんな問題は眼中にないとのことであった。この小旅行中、伊藤氏は顔に艶があり、眼に張りがあり、しじゅうカメラで何かをとり、食事のときにときどきカプセル何種かの薬を嚥んでいらっしゃったが、小声でよくお笑いになった。そして私に、『マイ・シークレット・ライフ』という十九世紀のロンドン紳士の生涯の性体験の回顧録がとても面白いから読みなさいとすすめて下さったりした。この旅行のすぐあとで私はアラスカへサケを釣りにいき、ヨーロッパ諸国を釣歩いてからアフリカと中近東では最前線へ観察にでかけ、秋おそくになって東京へもどってきた。そして某日、すでに伊藤氏がガンで彼岸へ去っておられることを耳にし、愕然とした。結核の急激かつ猛烈なのを奔馬性と呼ぶのだと、昔、聞かされたように思うが、伊藤さんのガンは私の印象では奔馬そのもののように思われた。長患いばかりがこの災厄の特徴ではないかのようであった。

講演旅行のとき、どこかの町の川と森が窓から見える旅館で食事をしていて、伊藤さんは奇妙なエピソードを話した。何でも、あるとき、ある作品のなかで性描写を試み、男が指を使ったということを書いたのだそうである。するとそれを読んだ一人の批評家が電話をかけてきて、伊藤君、あれは何のことだねといってたずねたのだそうである。この人は高名な人物で、伊藤さんの世代に属し、数多い氏の若年からの友人の一人である。伊藤さんが飴色ぶちの眼鏡の奥で眼を細くしてニコニコ微笑しながら説明するところでは、からかわれたのでもなければ、皮肉をいわれたのでもなく、どうやらその人はほんとに指を使うことを知らないで怪訝に思うあまり電話をかけてきたらしかった、とのことであった。その人も伊藤さんも当時すでに初老といってよい御年頃であったから、いささか私は言葉を失った。そのことを説明しながら伊藤さんはカメラから手をはなし、指を二本そろえてつきだしてみせた。その指を私がチラと見ると、すぐに伊藤さんはひっこめたが……

「近頃はあまり正面切っての議論にはならないようですけれど、人生体験のあるなしと作品のよしあしは、作家にとっての、いわば永遠の問題のように思うのですが、いっぽうこれを批評する批評家とその人の体験とのかかわりあいということは、かつて論じられたことがないような気がします。これはどういうわけでしょうね？」

そのエピソードのあと、おおむねそういう意味のことを私はたずねた。その批評家の中学生か小学生並みの無邪気さは当今稀れなものとして微笑ましく感じられたのだが、いくら何でも、と思う気持もあったからである。

伊藤さんは微笑しながら、

「〇〇君も困ったもんだ」

とつぶやいたきりであった。

その後、伊藤さんも去られたのだが、ときどきよしなしごとの白想にふけっているとこのエピソードがよみがえってくる。べつに指を使うことを知らなくても文学の批評は立派におこなえるだろうとは思うのだが、ほんとに初老になってもそういうことを知らなかったのだとすると、いたずらの好奇心がわいてきて、その方の過ぎ来し夜々の闇のなかでの姿態をああでもあろうか、こうでもあろうかと想像したくなったりするのである。その方の白髪と荘厳な横顔を当然のことながら思いうかべたりする。それから、その方が戦後三〇年間にペン先でつっついた無数の作品のこと、とりわけ猛烈にアタマから谷神にのめりこんでいった作品のあれこれのことが思いうかび、コントラストのあまりのはげしさに、つい、ふきだしたくなってくる。

作家が書くことを批評家がすべて経験しているか、知っていなければならぬというようなことをいうつもりは毛頭ない。批評家は作品のなかで作家が知って書いているのか、知ろうと渇えて書いているのか、熟して書いているのか、どうしても書きたくて書いているのか、そのあたりを嗅ぎわけるあたりから作品を介して自身を語る作業にとりかかるのが批評の本筋である。それはしばしば他者を刺す刃で返り討にあって自身をも刺してしまうということをひきおこす。

モンダイは〝程度〟というあたりにあるのだろう。その方が伊藤さんのその作品をどう批評なさったのか、残念ながら私は読んでいないので何もいえない。伊藤さんが指をその作品のなかでどう使ったのかも私は知らないのだから、いよいよ何もいえないわけである。しかし、指というものはしばしば最高の具の一つであり、技であって、一瞬で玄牝を全面的崩壊に追いあげ、狩りたて、追いつめることがあるのだということをその方が何ひとつとして知らないのなら、当然のことながら、読みがまったくかかわってしまうということになるだろうと思う。この点を疑うことは、これまた毛頭ないのである。

文学を知らない作家が書きそこねた作品を人生を知らない批評家が批評しそこねているという評語をときどきにがにがしい語調で聞かされる。たまたまこの方の場合には指というわかりやすいものだったので失笑と呆然が発生したけれど、ではこの方が知っていて苦しまれたことについて私が知っているか、苦しんだことがあるかと逆問されたら、たちまち私は立往生してしまうだろうとも思うのである。そのことが何であれ、そういうことはあるはずだと思われる。森羅と万象について作家と批評家が何をどの程度まで知っていたらいいのかということは簡単なようで謎である。このところを黄昏に考えつづけていってとうとう絶望し、チェーホフは、もうそろそろ作家も批評家も何も知ってはいないのだと正直に告白したらどうでしょうかと、呟いた。この呟きには半ばの解答がおぼろに暗示されているように思われるが、いざそれを文字におきかえようとすると、ガラス玉をペン先でつつくようなことになりそうである。

それにしても。

しかし。

指のことぐらいは……

銃声と回心

二十余年の昔のことになる。

その頃、私は大阪に住んで寿屋の宣伝部に勤め、明けても暮れてもトリスの宣伝文を書いてすごしていた。そのかたわら、『洋酒天国』という小雑誌の編集もしていたので、何やかやと用事があって、月に一度か二度、上京した。上京すると、よく佐々木基一氏の御宅へ遊びにいった。小説家になりたいと思うことはあったけれど、本腰を入れて取組むには自信が散乱しすぎていたし、暮しに追われすぎていたので、酒を飲んで氏の話を黙って聞いて帰るだけだった。氏はおそろしい美貌とおそろしい博学で私を畏れさせたが、笑うとはにかみやすい少年のようなところがあった。

氏のところへ持ちこんだ習作の一編か二編を『近代文学』に掲載して頂いたことがあった。その頃、この雑誌に日野啓三や桂芳久たちが毎号、交替で、短文のエッセイや評論を書いていた。遠藤周作や村松剛なども書いていたはずである。桂芳久はエッセイのほかに短篇を書き、しばらくすると書きおろしの長篇を一冊書き、それには三島由紀夫が推薦文を寄せていた。私は東京に同世代の文学仲間が一人もいなかったし、同人雑誌にも入っていなかったので、見ず知らずの桂芳久に手紙を書いた。するとすぐに返事がきて、日野啓三なんかとときどき集って飲んだり、お喋りをしているからどうぞとのことだった。

約束の日にウィスキーを一本持ってでかけてみると、桂芳久のほかに日野啓三や竹西寛子など広島出身の秀才と才女が仲よくコタツに入ってチビチビやってるのだった。みんなおそろしく頭が切れ、談論風発だけれど、その年齢の常習として口をついてでるのは悪口と冷笑と皮肉でしかなく、それがみなピリピリしていた。そのうち文学や哲学の話が切れると、日野啓三と桂芳久の二人は同病の痔の話に熱が入りはじめ、切るか切らないかの、とめどない議論になった。寛子公女はそれをおとなしく微笑して聞いている。

そのうち日野啓三だったと思うが

「人を切るのが批評家ならば
　何でおのれの痔が痛かろう」

あとへ《新納《しんのう》鶴千代、苦笑い》とつけるところを略して、そんな声がひびいた。一同、ドッときて、そこで痔論は終った。

それから橋の下をたくさんの水が流れるのである。『近代文学』はそのうち廃刊になるし、私はいっさい書くことをやめてウィスキー売りに専念するが、そのうちふとしたことからまた書きはじめる。しかし、インキ瓶のなかでボウフラのように浮いたり沈んだりして暮すうち、誰とも疎遠になってしまった。ことに外国へのべつでかけるようになってからは、いよいよ、水母《くらげ》なす漂えるさまとなってしまった。日野啓三と再会したのはそれから十余年もたってからのことで、一九六四年、十二月、某日、断食闘争をやってる坊さんのところから帰ってきて、マジェスティック・ホテルへ入ろうとすると、そこに彼がたっていて

「やあ」

といった。

私は愕《おどろ》いて

「これは……」

と声をだした。

その年のサイゴンのマジェスティック・ホテルは日本の新聞社の前線拠点であった。朝日、毎日、読売、共同、何や、かや。老練、中年、新人入り乱れ、各階にあるいは分散し、あるいは同室となって、競走的共存であった。田舎歩きをするか、前線暮しをするのではなくて、サイゴンにいるときは、ほとんど毎日、私は日野啓三といったり、きたり、飲んだり、食べたりであった。毎週、断食やクーデターやテロの情報が交錯して発生し、夜ふけに彼とゆっくりさしむかいで酒を飲める時間はしばしばあるのだけれど、口をきくと文学や哲学の話にはならなかった。二者択一の流血の抗争か。それでなければ路傍の石の沈黙か。ホテルの窓が照明弾で蒼白く輝き、壁が砲声でふるえるなかで、半ば凝結しつつ半ば懈怠で分解していくこころもあった。凝結にせよ、懈怠にせよ、はげしくなればなるだけいよいよおぼろになり、あてどがなくなるというこころもはたらいた。

どこでも銃殺は夜明けにやるものだ、という説を聞いたように思うが、サイゴンでも朝の六時に公開銃殺がおこなわれた。《あちら側》のビラと地雷を自転車で運んでいるところを逮捕された若者が市場前の広場で処刑されるという情報が前日の夜に手に入ったので、別室の日野啓三にも知らせにいき、翌朝未明に秋元カメラマンもいっしょに三人ででかけた。ここの夜明けは七時過ぎなので、六時の戸外はまだまっ暗であり、ひんやりと冷たいなかで、腐ったバナナの甘い匂いや、ニョクマムの匂いが重くただよっている。若者は眼かくしをされ、両腕を柱に縛りつけられ、銃声がとどろくと膝を折って崩れたが、まだ反射がのこっていて、頭を二、三度ゆっくりとふった。ヴェトナム人の若い憲兵将校が近づいてピストルをぬき、止めの一撃を射ちこむ。私ははげしい悪寒と、疲労と、吐気をおぼえた。ホテルへは歩いて帰ったが、その途中、貧しい食堂が店をあけていたので、コカコラを飲むことにした。みすぼらしい、荒涼とした灯が壁を照らし、灯のまわりではヤモリが何匹も群れて鳴きかわしていた。

日野啓三は眼を伏せて

「おれは東京へ帰っておとなしく小説でも書くことにする。大きなことはもういわない」

といった。

《経験》は非情の独立である。その非情さ、どうあがいても他者に伝えて拡散することができないその独立ぶりを味わえば味わうほど、作品が、やがて、朦朧のなかからたちあらわれてくる。帰国してかなりたってから日野啓三が評論をやめて小説を書きだしたと人づてに聞いて、私は川が流れつづけていることを感じさせられた。その後も私は諸国を巡歴しつづけたが、帰国するたびに彼が切れ切れながらも書きつづけていることを教えられた。そして、作品を読んでみて、ようやく二十数年間の文体放浪に一つのピリオッドがうたれ、彼が素材と、それにふさわしい文体と、何よりも、ある覚悟をつけたらしい気配を感じさせられたので、手紙を送った。会ってお喋りをするとテレくさくなってドウモ、ドウモで崩れてしまうことも、手紙でなら、何とか伝えられるからである。回転しつづけていた骰子《さいころ》がやっと止まったということをいいたかったのである。

いずれにしても。

受賞、おめでとう。

人工乳坊《ラクトーゼ・ベイビー》や

八月にインドネシアへ行った。来年、インドネシアでアジア・アフリカ作家会議がひらかれるので、その準備のための執行《しっこう》委員会会議というものをバリ島でしたのである。釜や鍋をめったやたらにぶちまくるとしか思えないようなガメラン音楽を別とすると、バリ島は涼《すず》しくて、爽《さわ》やかで、静かな南海の島である。午前と午後に会議があり、夜になるとバスにのって釜鍋音楽と踊りを見物にでかけた。伴奏はどうにも騒がしくてたまらないが、少女たちの踊りの目と指の繊細《せんさい》なうごきにはたいへん魅力があった。

ある夜、バスのなかで、セイロン人の代表が、私のことをふざけて、〝ラクトーゼ・ベイビー〟と呼んだ。〝人工乳坊や〟だというのである。

私は童顔だからいつもそんなふうに見られる傾向《けいこう》がある。

ヨーロッパ旅行ではどこへいっても十九歳と見られた。

なかにはアジア人が顔より意外に年を食っていて油断ができないということを知っていて、四十歳かねと、無茶なサバを読むのもいたが、まずはお若く見られてしまう。

乳糖坊やと呼ばれたので、よし、聞いてビックリするなと体をのりだした。

「……おれは十九歳で結婚し、女房は七歳年上で、子供は一人、いまや十一歳である。そして、おれは三十二歳である」

聞いたとたんにセナナヤケは黒い牛のようにうめき、それから大きな声をたてて吹きだした。

そして、二度も三度も頭をふって、信じられないといった様子で感嘆《かんたん》の吐息《といき》に失笑をまじえつつ、私のせりふを口のなかでくりかえしくりかえしつぶやいた。ザマ見ロ、というようなものだ。

「君たちにそういうことはできんだろう。ラクトーゼ・ベイビーだけそういうことができるのさ。You got me?（わかったか）」

私がそういうと、まわりにいたガーナ、カメルーン、スーダン、ケニヤの黒人詩人たちはいっせいに哄笑《こうしょう》した。

なにをそうあわてて人生をハッスルしたのだと、いまとなっては後悔しきりだが、とにかくそういうことなのである。

法螺《ほら》は吹くけど私は嘘はつかない。これは噴飯物《ふんぱんもの》だが、事実なのである。

食費を生活費で割って百かけたのがエンゲル係数だが、子供の年を親の年で割って百かけたものをかりに〝早熟係数〟とでも呼ぶとしたら、いままでのところ、ざんねんながら私はたいていの人にこの係数では負けないのである。

大学に籍だけおいて教室にはほとんど出席しなかった。バカンスにでかけていたのじゃない。パンに涙の塩して食べていたのである。

その時代はまだ〝戦後〟であって、それもきわめてコクがあってパンチのきいていた頃だから、父親のない私としては、やってやれることならなんでもやらねばならなかった。

べつに自慢《じまん》にはならないのである。あの頃はみんなそういうことだった。なけなしの知恵をしぼり、工夫をこらし、血眼でコソコソと夜昼なしに走りまわらねばならなかった。

女房とは焼跡や河原で野合をした。すべてのものを頭から全否定《ぜんひてい》して、嘲笑《ちょうしょう》して、目は白目しかむかないということになっていた私は結婚式などというシャラくさいことは断じてするまいとがんばった。

女房はそれに賛成しながらも、母親がウルサイことをいうからとかなんとかダダをこね、いやがる私をむりやり百貨店へつれていって写真をとった。

これが汚濁《おじょく》のはじまりじゃなかったかと私はふりかえるのであるけれど、いまとなってはどうとりかえしようもない。

大阪の郊外の百姓家に私たちはかくれ住んで、乾いたタオルをしぼるような暮しをした。

女房は化学技師で研究所ではたらき、私はイカサマ八百の英会話教師だとかファン・レターの翻訳《ほんやく》だとかして、その日その日をかろうじてうっちゃった。

ブタのしっぽを一本十エンで買ってきて食べた。

ウシのしっぽは高級料理店へいくが、ブタのしっぽに目をつけるやつはいないのでそんなに安かった。

たまに金が入るとハムやソーセージを買いこみ、二人ですっ裸でせんべいぶとんにもぐりこんで皿から手づかみで食べた。

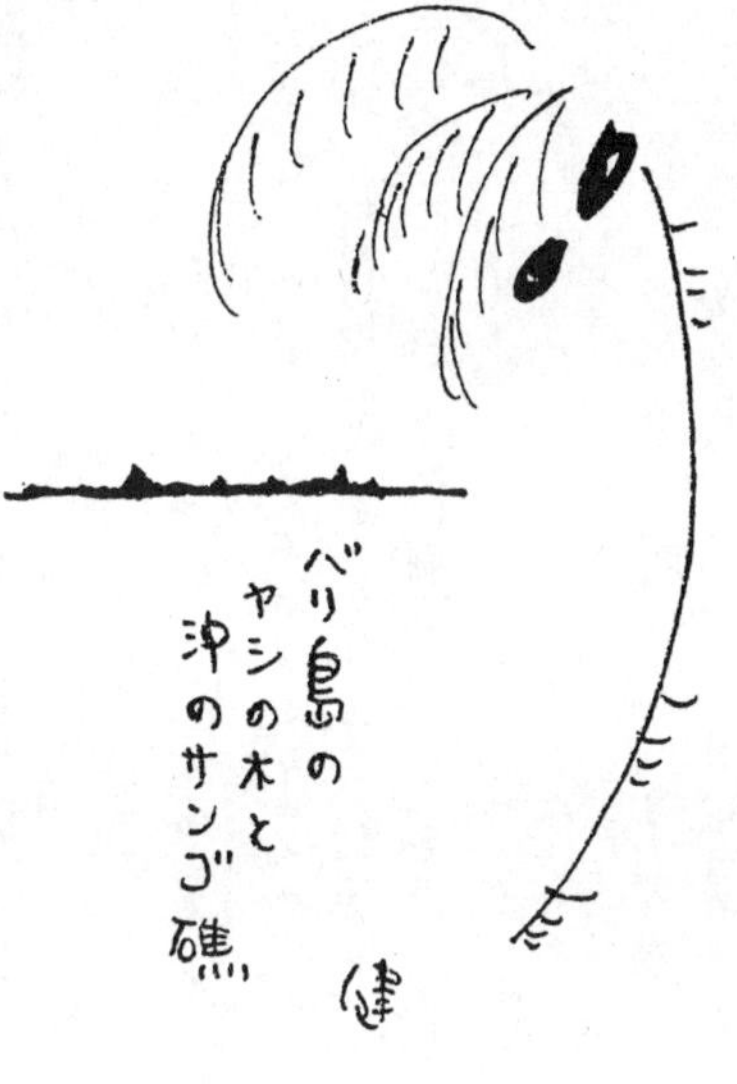

＊詩心はもとより絵心もあった開高は、画集『ユトリロ』（みすず書房、1961年）の全解説を書いているくらいパリ好きだった。その彼がバリ島とは！　とても珍しいデッサンといえよう――編者

研究所から女房がフラスコに中性アルコールをカラメルで色づけしただけのものをくすねてきたが、これはひとくち飲むと頭のシンが、ずしっ、と鳴った。ふらふらして私が翌日の夕方、〝英会話〟なるデタラメを教えに町へ這《は》いだしてゆくと、薬会社の社長が自動車のなかでやんわり手をにぎりにかかって

「かわいいお手テや」

というのである。

たまらんチコ。

ずいぶんいろいろなヤスリにかけられたと思うことがあるのだが、しかし、いまの私が微笑すると、やっぱり〝乳糖坊や〟としか見られないのだから、〝十九歳以後の自分の顔には責任を持て〟などというおごそかな御託宣《ごたくせん》も、あまりアテにはならないものだ。

芸術家の肉体

先日、友人にいわれて短篇の記録映画を見にいった。八重洲口の地下にある小さな映画館で、ニュース映画や記録映画などを専門に上映している小屋である。客はたいてい汽車や電車の時間を待つ暇つぶしに入って来る人たちである。タバコのけむりと人いき

れがたちこめ、壁までが呼吸をしているようだった。映画の題は《サッチモ世界の旅》。ルイ・アームストロングがトランペットの演奏をするところをとった記録映画である。

私はジャズはあまりよくわからない。友人には狂熱的なファンがいて、東海岸《イースト・コースト》がどうしたの、西海岸《ウエスト・コースト》がどうしたのといってレコードを蒐集しているが、よくのみこめない。マンボがはじめて輸入されたとき、五番だったか八番だったかがちょっと好きで、ロックン・ロールは《暴力教室》のテーマのがちょっと好きだったが、マンボもロックン・ロールもアッという間に大流行してアッという間に軟化してビートを失ってしまい、興ざめした。ジャズについては知識らしい知識をなにも持っていない。が、ただ、ある一つの記憶があって、《セントルイス・ブルース》ならどんなスタイルで演奏されても聞きたいと思っている。アームストロングの映画を見にゆく気になったのも彼がこの曲を吹くというからである。期待は完全にみたされた。

十五、六年も以前になるが、私は神戸のドックで雑役をやっていた。毎日、豆粕六分に米が四分という情けないものを食べて防空壕を掘ったり、木材をはこんだりしていた。仕事は明るい日光と海藻の匂いをはらんだ微風のなかでするのでつらくはなかったが、ただひもじいのだけはどうにもならなかった。いくらバンドをしめてもがまんができない。胃の内壁に歯《は》が生えているのではないかしらと思うくらい苦しかった。すでに栄養障害にかかりかけていたのか、仕事をしても道を歩いていても、しじゅう眩暈が起って倒れそうになった。あれは不快なものである。とつぜん発作が起ると視界がレンズをしぼるように見る見る小さく薄暗く縮んで黄ばみだし、鈍痛をうけたようにくらりくらりするなかでアルミ箔に似た無数の眼華がとび交いはじめる。今でも私は血圧が低くて、疲れやすく、よくたちぐらみがして、入浴するときなどは動作に細かく神経を使わねば不安なのだが、それはこの頃、発育盛りの食うべきときに食えなかったのが原因だと考えることにしている。

　神戸のドックには米軍の捕虜がいてやはり同じように雑役をやらされていた。彼らは毎朝、トラックにつめこまれてやってくると、憲兵に監視されながら一日はたらき、仕事が終るとまたトラックにのって帰っていった。彼らはたいてい陽気で、口笛を吹き、半裸ではたらいた。仕事ぶりは勤勉であった。たくましい肩と長い腕をうごかし、あせらずいそがず、いつも使っただけの力を正確に道具につたえるような動作で土を掘ったり板をはこんだりしていた。日光のなかでは金や茶の軽い炎につつまれたように見えるその皮膚の美しさとともに彼らの動作は無駄がなくて魅力的だった。夕方になるとなにか冗談をいい交わしつつ集合しておとなしくトラックにのって帰っていった。私たちが爆弾穴で凹凸になった舗道をとぼとぼ歩いていると、トラックがすれちがい、口笛を吹いているのが聞えた。口笛は彼らの唯一の楽器であったので、仕事中も休憩時間中も、暇さえあれば倉庫のかげや材木置場、金網のそばなどで、寝ころんだり散歩したりしながら口笛を彼らは吹いていた。いつか私たちはちぎれちぎれにメロディーや台詞のかけらをおぼえるようになった。捕虜と話をすることは禁じられていたから、遠くから聞いておぼえた。あとから思うと、やはり《いとしのクレメンタイン》とか《おお、スザンナ》などといった唄が多かったが、《セントルイス・ブルース》も彼らは好んでいたようである。彼らの大きなつよい肺にかかるとそれは薄青い夕靄のなかで川鳥が叫ぶようにするどく澄んでひびき、空気に傷痕がのこると思えるほどだった。作曲者が意図した孤独と焦燥はよく生きていた。

アームストロングのトランペットはすばらしかった。タバコのけむりと人いきれのなかで私はひさしぶりに海岸通りの夕暮れを思いだすことができた。叫び声は長く、短く、するどく、やわらかく、うねったり、走ったりし、炸《はじ》けたり、潜ったりした。どの音も純粋で、刃物のように無駄がなくて力にみちているようであった。これは期待どおりのものであった。が、おどろかされたのはサッチモの肉体である。これはなんともすさまじいばかりで、呆気にとられて仰ぐよりほかなかった。ごらんになった人はそういっただけで苦笑まじりにうなずかれるにちがいない。

まずは河馬のお化けである。ギョロリとした大目玉。ひしゃげた鼻。厚いくちびる。重い肩。厚い胸。それがだんだんクローズ・アップされてせりだしてくる。グローブのような手でトランペットを鷲づかみにするとまるで子供の玩具である。その玩具の吸口へサッチモはくちびるをあてて必死になって吹きたてる。吹いて、吠えて、叫ぶのである。すると見る見る白い粘っこい泡のかたまりがくちびるのはしにあらわれ、べとべと顎へ流れだす。唾である。たまったものではない。額、眉、目じり、頰、顎、いたるところに汗が吹きだし、毛穴がひらいて、ライトのなかで湯気をたて、皮膚のブツブツが一粒ずつ浮いて見え、醜怪、陋劣《ろうれつ》、ここに極まると見えた。河馬、蟇《がま》、猿、穴居人、男根、オットセイ、なんでもそのあたりのおよそ精力のシンボルとなりそうなものをかたっぱしから巨大な肉袋のなかへつめこんだと思えばいいのである。フロイド氏なら一目見て嬉しさにオイオイ男泣きしそうな御面相である。そのお化けが額に血管を走らせ、白い大目玉をギョロリ、パチクリさせながら息もたえだえに呻吟するのである。息をのむよりほかなかった。

ラスコリニコフの悪がソーニャの善でようやく均衡がとれたようなものなのだろう。哀愁というものはやはりこれだけ醜怪な肉の膨脹を持って来てはじめて定着されるものなのかも知れない。収縮と下降しかないヨーロッパでサッチモが熱狂的に迎えられるのは当然のことだと思った。彼の肉体とその嗄《しゃが》れた野太い哄笑は一方の巨大な秤錘の役を果たしているのである。白人はもう黒人なしにやっていけない。三十年以前にシャーウッド・アンダースンが薄暗い予感を得たとおりである。

なお、この映画には作曲者のウィリアム・ハンディも姿を見せる。もう盲目になった頃のハンディである。だまって聴いて涙を浮かべていた。印象的ではあったが、厭味ではなく見ることができた。

悪態八百の詩人——〝円熟〟を考えない金子光晴老

首から下の若さ

小柄な老人である。笑うと顔じゅう皺だらけになった。写真で見ると、薄いくちびるは欲情と我執と叛意で、いかにも弱さが居据ったように、にくさげにつっぱっているのだが、じっさいに会って、老が額も頬もいっせいにクチャクチャと皺にまみれ、どうやら数えるほどしかのこっていないらしい歯をみせてお笑いになったところを見ると、子供のとき見た、西陽のカッと射す床の間にだらしなくのびて何がおかしいのか、雲烟《うんえん》万里の山奥でケラケラ笑っていた寒山拾得図を思いだしてしまった。

しかし、光晴老の肉体で注目すべきは、その首から下である。この部分は完全にそれより上に叛逆していた。お猿をかん詰にしたような、その素枯れた、シワだらけの顔には、意外にわかわかしい胴と手足がつながっているのだ。皮膚はみずみずしくピンと張って、老斑やシワなどは毛すじほどもなく、硬太りながらあぶらものってきれいな血のいろを透かしているところは、へんになまめかしく、浴衣の袖や裾からチラチラすると一種フェティッシュなエロティシズムのようなものさえ感じられるのである。

その対照の妙は、あたかも中古のガン首に新品のキセルをつけたようなおもむきである。早熟早老な日本インテリのなかでこの人がいつまでたっても〝円熟〟を考えることなく下界の認識地獄でワルプルギスの夜をくりかえし、いびつで、豊饒で、はじしらずな、悪態八百の作品を書きつづける、その、よってきたるゆえんは、やはりこのあたりなのであろうかと、年がいもなくかいがいしいラウに改めて敬意を表した次第である。

ウンコの抒情詩

老のアクどさ、破廉恥さはその多彩鋭敏なメタフォアや強靭な批判力とともに老来ますます芳香を放ってきたようである。暑さまぎれにその悪態ぶりの一節を見よう。長篇抒情詩『水勢』の四十九頁。

冷蔵庫へでもしまっておくんだな。いまできたばかりの、新鮮な、人肌のあたたかさの　こてこてと盛りあげたふというんこが、ごちさうのにほひを、ふんだんに放つてゐるぢやないか。

これが抒情詩の一節である。老の詩になじみのない人のためにもうひとつ紹介すると、戦後まもなくでたころの詩誌『コスモス』のある号に老はこんな詩を発表していた。

恋人よ。
たうとう僕は
あなたのうんこになりました。

そして狭い糞壺のなかで
ほかのうんこといっしょに
蠅がうみつけた幼虫どもに
くすぐられてゐる。

あなたにのこりなく消化され、
あなたの滓《かす》になって
あなたからおし出されたことに
つゆほどの怨みもありません。

うきながら、しづみながら
あなたをみあげてよびかけても
恋人よ。あなたは、もはや
うんことなった僕に気づくよしなく
ぎい、ばたんと出ていってしまった。

この詩のでた雑誌は、たしか、恋愛詩特集ということになっていた。だからこれは恋愛詩なのである。のちに老はこの詩を一本にまとめた。その詩集にはまさに『人間の悲劇』という題がついていた。

かねてより老はよほど腹がたつか、軽蔑してやるか、茶化してやりたいかのほかに詩は書かぬと宣言しておられるのであるから、いまさら読者としては文句をいう筋合いはない。その宣言は老の詩作上の認識の一転機となった詩集『鮫』の冒頭にでていた。「おっとせい」、「灯台」、「どぶ」、「泡」、「紋」など、ファッショにたいする一連の果敢な、透徹した批判をおこなった詩集である。

現実批判の骨格

ここには思想の骨組みがそのままイメージとなる至難の事業があり、肉声の批評とメタフォアのはげしい結婚があって、初めて読んだとき私の脳皮はけいれんした。詩でも小説でもニヒリストには私たちは事欠かないが、そのニヒリズムが情緒や気分であることをゆるされなくなった、ギリギリのイザというときに現実批判のたくましい骨格をもった例を私たちは余り知らない。光晴老はその稀有な人物の一人であった。

老は子供のときに万巻の黄表紙と老荘に読みふけった結果、早くより人生はおひゃらかすよりほかにどうしようもないと腹をきめた。ヴェルアーランやボードレェルやクラウゼウイッツやレーニンなどがその後老の前にあらわれたが、ついに老は姿勢をかえなかった。芸術至上主義者、官能派、耽美主義者であった前半期から後半期の反ファッショ、反日本主義にいたるまで、老は生まれてきたことがまちがいであったという命題を完成するための、そのための生への志向という二極運動を、あるときは官感を、あるときは皮膚をやぶる感傷を、あるときは唯物史観を触媒にして、一貫してくりかえしてきたもののようである。

私たちの世代は存在の与件そのものに対する、根本的な疑い、体系ある哲学というよりはむしろ経験といったほうが正しい疑いのために、そして組織と集団の意識のために、光晴老の一人狼的な咆哮に体質的なへだたりを感ずる。その違和感は老の詩作の方法そのものにつながっていく。

しかし、私たちは老の作品を郷愁として、私たちが発動することのすくない敬意をもってふりかえることからまぬがれ得ないであろうと、すくなくとも私自身は感じている。

〝ドン・キホーテ〟

さて、老との面談であるが、その放埒狷介《ほうらつけんかい》な生活態度に反して、老は終始ニコニコ、ヒョウヒョウと笑って、なにかといえばこんなことは常識だ、ボクは気の弱い常識家だと逃げてしまい、私のなかにいくらかあった卑俗なゴシップ屋はブツブツ不平をいいながら隅っこにひっこまざるを得なかった。以下はその能率のよくない会話の要約である。

「愛読者でした」

「ありがとう。ボクは、だけど詩人といわれるとおちつかないんですよ。ちょっとまえまで詩人というのは純粋な阿呆ということでしたからね。歴史と現実にたいするノホホンということで……」

「文明批評家ならどうです」

「いくらかましだな。だけど、ほんとをいうと、ボクは詩より小説を書きたいんだ。文明批評そのものをやるにはボクはガクがないしね」

「じょうだんを……」

「他人の説を⅔引用して書いたらキバキバッともするし、能率もいいんだけど、ボクは不器用で要領もわるいから、自分で納得した分だけしか書けない。そうなるといつも他人のあとばかりにまわっちゃうんだ」

「ヨーロッパはどうでした？」

「あそこの風景はどこでも画になるんです。すべてのものが人間のためにあって、人間とコミュニケイトしていますから。ところが東洋はそうじゃない。東洋の自然は苛酷です。人間はイモ虫、クサダ、ヘッピリ虫みたいなもんで、そいつが理想をもたずにゃいられねえもんだから万事もつれてくる」

「東洋のどこがそうなんです？」

「むかしの揚子江。四川なんか。アッシリヤの遺跡の壁なんかにしてもじつに冥々として人間と関係がねえな」

「危険な考えですね」

「そう。刹那主義を導きますからね。これは厳粛じゃないと安っぽくなる思想です。だから、ボクは厳粛なんです」

「ところで、お聞きしたいんですが、「おっとせい」をお書きになっていらしたころは、明確に敵を意識していらっしゃったと思うんです。その意識とイメージがピッタリあって、つよい目的意識にテコを利かして力をふるうことがおできになった。現在、金子さんはなにかそういうものが、そういう形で意識していらっしゃるものがありますか？」

「ある。あると思いますね。ボクはそういうものを書きたいと思ってるんです。ひょっとしたらドン・キホーテかもしれませんがね。もっとも、ボクは、いままでもずっとドン・キホーテだったかもしれん……」

「それがこちらにわからないというのは、どういうことでしょうね」

「……」

「自分の生きている時代の本質を見ぬくことがむつかしいからでしょうか。人間は過去を見るときほど現在および未来にたいして賢くなることができないということでしょうか。その蒙昧《もうまい》さのためにある種の幸福が約束されているわけじゃあ、あるんでしょうけれど……」

「フム」

「……」

「ところで、ボクの文体は毛が三本たりないんです。外国語を頭のなかで翻訳しながら読むクセで日本語を書くから、ダメなんだ。どうしても毛が三本たりないです」

「精神の衛生にはそれは沈澱をふせぐのにいちばんなんじゃないんですか?」

「日本じゃ、沈澱しなきゃ、ウケないよ。しかし、やっぱりボクは詩より小説が書きたいな」

「書けばお書きになれるでしょうけど、おっくうなんじゃないんですか?」

「そう。構成を考えるのがね。めんどうだよ。だけどやっぱり書きたいね」

「ハア……」

「……お金がほしいねェ」

5 「女」がみえる場所——人間を造るもの

男と女

二匹の小さな、やせこけた、そのくせ目玉とキバだけいやに発達したサソリが穴のなかで食いつ食われつしているようです。野合してからほぼ八年か九年になりましょうか。そのあいだずっとお互いのシッポにかみついてけんかしながら、一匹ずつ前へ歩けないものだから二匹食いつきあったままジリジリとカニみたいに横ばいして歩いてきた。もう近ごろではホトホト、疲れてまいりました。いいかげんにはなしてはいただけますまいか。あなたは詩人だ。むかし、いくさが終って人びとが右へ左へドタドタ、ヨロヨロ、行方もわからず殺気だってパンを求めて走りまわっていたころ、あなたは哀れな男どもをせせら笑い、

「ちいとランボオでも読んだら、どや」

と口汚ない大阪弁であざけりました。そのとき私はあなたの額を爽快な風が吹いているやに錯覚したのであります。ご注意ください。錯覚であります。愛とは錯覚であります。なぜなら、そのときの言葉を私がいまだに信じて、けんかと生活に疲れたとき、

「えいクソ、ランボオみたいにアフリカへいったろか」

とつぶやくと、いまやあなたはどこ吹く風とタバコをくわえて、

「なんや、いつまで青臭いことというてるのや。さっさと原稿書いたら、どや」

とおっしゃるではありませんか。


私はあなたの額を吹くかと見えた風にだまされてイソイソと結婚という、この底知れぬ墓穴へとびこんだのでありますが、私がまだチョボの学生気分でいるあいだに、あなたは娘、恋人、妻、母親という四段階をアレヨアレヨという間に疾過され、物理学出身のあなたがブッつけるハイゼンベルクだの、不確定性原理だの、中間子理論だのにクラクラしている私に、今度は、なにやらおサルをカンヅメにしたようなしわくちゃづらの赤ン坊を抱かせ、

「テレたらあかん。これがあんたの子供やがな」

といって、ニヤリと笑いました。


あなたの血液はAB型です。この型の持主は新宿裏のハッケ見の婆さんに五十エンだして聞いてみると、天才かアホか、あるいはそのどちらでなくても、どちらかになる傾向を潜在的にもつのだそうで、つまりあなたは分裂型の性格だということになります。たしかにあなたはちょいと性格破産のようなところがあって、年がら年じゅう神経をとがらせ、しょっちゅう目を光らせて歩きまわり、ブツブツつぶやき、キンキン叫び、ケラケラ笑ったかと思うと、突然下降してメソメソ泣きだす。そこへ締切日に追いたてら

れてソワソワ、イライラした私が入ってたちまちスパークして火花が散る。戸が鳴り、ののしりあい、ネコが逃げ、子供が走る。毎日毎日それの連続であります。私は当初のあの美しい錯覚を憎みます。そして南極探検隊に入ったろか、と思いつめるのであります。

あるテレビの女性観のインタビュー屋さんがおいでになって、

「あなたの女性観を一つ……」

とおっしゃいました。ふいのことにへドモドした私が、ついうっかりと本音を吐き、

「ええと、ええと、それはですね。つまり女は空気のようなものであって欲しいです。なければ困るが、あってもそれがあるとはわからないような、そんな調子のもので……」

といいかけると、なにかめざましくザンシンな答を期待していたらしいインタビュー屋さんは、スッとマイクをひっこめ、

「これはしたり、新進作家のあなたがそんなお古い……」

とおっしゃいましたが、私は、こんなことで〝新進作家〟といわれるのなら、さっさと〝新進作家〟なんか返上してやれと、そのとき思ったのであります。

女房を取りかえるのもめんどうくさい。女房をイジめるのもおもしろくない。といっていまさらあなたが空気になるわけじゃなし、アフリカ行きもおぼつかない、となると

やっぱり、またぞろ、キンキン、イライラ、締切日に税金に……というわけで、この気違い部落、日本でけんかしつつ暮してゆくわけでありますかネ。ヤレヤレ。

「可愛い女」のオーレンカ——男を愛しつくす母性の純粋結晶

「可愛い女」はチェホフが三十八歳のときに書いた短編です。彼は結核で、いまの時代の感覚からすると〝早死〟したほうですから、これは彼の晩年の作品だと言えます。

私たちはすれちがう男女の性格をしばしば文学作品の主人公の名で呼ぶくせがあります。愛する男を死にひきずりこんでも悔いない、激情に身も心もゆだねてしまう鉄火女を見れば〝すごい。カルメンだね〟というし、結婚の夢にやぶれて夫に裏切られて絶望に浸っている中年女を見れば〝ボヴァリー夫人だ〟というし、家の古いきずなを断ち切って玄関をでてゆく女があれば〝ノラだ、人形の家の〟という。

「可愛い女」の女主人公の名は、作品のなかで隣近所の人たちから呼ばれているところでは、〝オリガ・セミョーノヴナ〟、作者自身からは〝オーレンカ〟と呼ばれています。だから、まわりを見まわして、この女にそっくりの女を発見すると、〝ああ、オーレンカだ〟といってよいはずなのですが、そんなことをいうのは一人もいない。みんな、

〝可愛い女だね〟としかいわない。名前なんか忘れてしまったってかまわないのです。私も〝可愛い女〟としか知らなかった。この原稿を書くために読みなおしてみて、やっと、オーレンカという名前を見つけたまでです。

こういうことは小説作者にとっての光栄です。チェホフは人間のある種の性格を普遍化したのです。セルヴァンテスがドン・キホーテという性格をつくりあげて世界にひろめたように、チェホフは人びとに身のまわりを眺めていたるところに可愛い女のはしばしを発見させることとなった。登場人物が作者の名や個性を忘れさせるほど普遍的になること、それは作家にとって最大の光栄の一つです。トルストイがこの短篇を四回も音読してそのたびに感動したという挿話をチェホフの友人の作家が、チェホフに知らせている。そして、その手紙のなかに、「……『可愛い女』は普通名詞化したゴーゴリの人物と同様にわが国の文学に永く残るでしょう」と書いています。

彼女、オーレンカは、気だてやさしく、眼はやわらかく、はちきれそうに健康で、頬はポッチャリとバラ色、白い首すじにホクロが一つある。男を愛すると、朝から晩まで、身も心も男につぎこんでしまわずにはいられない。それでいて、たいへんなはたらき者で、夫の仕事をせっせと助けて、かいがいしくはたらく。一人の夫が死んでつぎの夫と結婚すると、また全身をあげて愛しにかかる。劇場経営者、材木商人、獣医と、彼女の夫は奇妙につぎつぎと死んで変ってゆくのですが、いくら不幸に会っても彼女の愛は疲れることも倦むこともない。たえずなにかしら、誰かしらを愛していないことには、生きた心地がしないのです。いや、そればかりか、ものも言えなくなるのです。劇場経営者が夫のときは夫といっしょになって演劇に夢中になり、材木商人が夫のときは材木のことばかり口にし、獣医が恋人になると家畜のことのほか、なにも話せなくなる。みんな男が死んだり、去ったりしていって、愛する者がなくなると、にわかに彼女は老い、衰え、しぼみ、眼がよどんでしまう。家は荒れたままになり、屋根にはペンペン草が生える。あれほどのはたらき者が一日じゅうなにもしないで、ただぼんやりと窓ぎわの椅子にすわりこんだり、うつらうつらするだけです。

チェホフは老婆になった彼女に獣医の息子をあてがい、ふたたび眼をいきいきと輝かして愛にたちあがることをさせて作品を閉じています。小学生にけむたがられ、いやがられながらも、学校までの遠い雪道を手にキャラメルをにぎって見えつかくれつあとをつけてゆくオーレンカの、おどおどした、深い、やわらかい、孤独な姿は、これまで無数の男の作家が手を変え品を変えして描き慕ってきた母性の像の純粋結晶の一つでしょう。徹底的に辛辣苛烈に人間の暗愚を嘲罵告発したスウィフトと同時に、私は、この作品にあらわれているような、いかにもスラヴ的な無償の愛も好きです。一人は憂苦をえぐりたて、一人は憂苦をしばらく忘れさせ、二人を同時に愛することは矛盾もいいところだと思いますが、読みだせばその矛盾にさからうことを忘れます。

チェホフは人間と時代の暗さに苦しみぬきましたが、どの作品を読んでも、けっして本心をうちあけることをしなかったように見えます。手のひらに心をのせて、傷ついた、傷ついたとさけぶことを避けた。そういうことをするにはあまりにはにかみ屋だったように見えます。しかし、それと同時に、彼はきわめて熱烈な男であったようにも見えます。どんな感情の浪費もいとわずに生の諸相と意味を問いつづけた作家だと思います。しばしば鋭くにがく皮肉で、虚無を覗きこみましたが、傲慢でも卑屈でもなかった。ユーモアを忘れることをしませんでした。

「可愛い女」はさりげなく書かれた作品ですが、名作の一つだと思います。女のひとでもこれを読めば思いあたって微笑まじりにうなずくふしがたくさんあるでしょう。

夢のない女はやりきれない

女は〃自然〃であるということをよく聞きます。〃母なる大地〃という言葉があるし、フランス語の〃海《ラ・メール》〃は〃母《ラ・メール》〃という意味でもあるし、そのほか、なにやかや、女と〃自然〃はくっつけて考えられやすい。

という定説について私の友人の一人がよくこういうことをいって嘆きます。

「……女が自然であって、海であって、大地であることは、そりゃまァ、結構だけれど、どうだろうな。文明とか文化とかいうものは人間の反自然行為なんだろ。人間が猿と別れたのは二本足で立つことをおぼえた日からだからナ。だからオレはこうして大地の上に二本足で立ってるんだ。これはつまり母に反逆してるわけだ。女に反逆して走ったり、跳んだりしてる。ところがなア、悲しいことに……オレはすぐ疲れるんだ。疲れて、こう、大地の上へゴロリと寝たくなるんだ」

じつは、この男は女自然説について、ある忘れられない経験をもっているのです。その経験の記憶が消えなくて、いよいよ彼は女自然説にしがみつき、主張してやまないのです。何度も聞かされますが、どうも、それはこの男だけではなくて、あちらこちらで起っていることのように見えます。

彼は、ある若いお嬢さんと恋愛していました。駅前広場やら、喫茶店やらで何度か待ったり待たされたり、時計が進みすぎてるように思ったりおくれすぎてるように思ったりしているうちに、どうやら婚約というところへ話がおちついた。

彼女には芸術趣味があって、ときどきは彼よりガクのあるところを居合抜き流にキラリとヒラめかせたりするので、油断がならなかった。そこで彼は付焼刃じゃああるが、彼女に対抗するため、一生懸命勉強をはじめたのです。

彼は大学は冶金《やきん》科をでていて理科系ですから、ゲイジュツには弱い。なにも知らないのです。で、ある日は美術全集を読んでユトリロの壁の灰色を研究し、またある日は眉をしかめてムソルグスキーの「展覧会の絵」を聞き、フランソワズ・サガンの小説を読んだつぎの週には萩原朔太郎の詩集を買いにゆく……というような、まァ、アクロバットをやったわけです。こっけいといえばこっけいですが、惚れた弱味は何としても。

そこで彼女と彼は毎日会うたびにユトリロの頽廃にあこがれ、ムソルグスキーの孤独にひたり、サガンの甘い虚無や朔太郎のつめたい切れ味に舌をふるわせるというようなことをやっていたらしいのです。彼女は破廉恥なアル中患者とはまったく縁もユカリもない、清潔な良家のお嬢さんで、アンミツが大好きで、毎日アンミツを食べながらユトリロの精神錯乱とその作品のことを話して目を輝かせ、風に顔を切られ、木の葉のように言葉の上を舞っていた、らしいのです。

「カスミでも食べてるんじゃないかと思ったよ。軽快、自由でなァ」

そのころ、彼がよくいいました。

ところが。

いよいよ婚約を申入れた日。

「……ね」

ヘドモドしたさいごに彼がそういってやさしくおだやかに、しかしビクビクそわそわしながらダメをおして彼女の返事を待っていると、彼女はちょっと顔を赤らめてから婚

約をみとめて、

「エエ、いいわ」

「……記念に買おうよ」

「何を？」

「ユトリロの画集だよ、スキラ判の」

彼がニコニコそわそわしてはずむと、彼女はじっと考えてから、やがて顔をあげ、

「もったいないわよ」

「だってさ、だって」

「いいの。それよか、私綿を買ってほしいの」

「綿を？　何にするんだい」

「ウフ、まかしときなさいよ。グッドアイデアなの」

彼はなんだか解らなかったのですが、その日はいわれるまま適当な額の、つまりユトリロの画集を買うはずだったお金を、彼女にわたして別れました。彼女はお金をもらって、いそいそと帰っていったのですが、その後姿や首すじ、肩のあたりなどには、たった今婚約を申込まれたというような新鮮な不安はなく、まるでもう五年か十年そうであったような、自信があふれていたそうです。つい一時間前には見るにも見ようのなかった強さが、首すじにハッキリあらわれているのを、彼は見たと思ったそうです。

一時間のあいだに、完全に、彼女は変身してしまったのです。

「……その金をどうしたと思う。綿を買ってな、キレを買ってきてな、夫婦座ぶとんをつくりやがったのよ。三日ほどしてから家へ行ったら、ハイすわってちょうだいとポンポンと二つならべてだしたその手つき。もう結婚して十年にもなるかってな調子よ。アッ、と思ったときはもうおそかったね。おれがまだひとり者でユトリロのことなんか考えてるのにむこうはもう、娘から許婚者《フィアンセ》、許婚者から妻、妻からウッカリしたらもう母親、イヤおどろいたね、四段階を一瞬で変っちゃうんだからナ。ウナったよ。あのイケ図々しさだけが女の武器なんだ。春から夏へフッと一日で変ってしまった、と感じられるような日がきっと一日はあるだろう。あれみたいなもんだ。裏切られたよ。かなわないと思った」

いまいましいような、憎いような、侮蔑しきったそぶりで、女をたった一人しか知らない私の友人は、そういって舌うちしてみせます。

娘と私

〝浴室の女〟にうろたえ

わが家には娘が一人いる。慶応高校二年生だ。近ごろの少女の特質として、丈夫一式、栄養満点。肩も、胸も、腰も、モモも、ふくらみにふくらみ、プリプリとしていて、うっかりついたら、こちらのほうがツキユビしそうである。

たまたま夕方おそく、テーブルにもたれて酒を飲んでいると、それが素ッ裸になってふろ場へかけだすのを見る。まるでボナールの〝浴室の女〟が走るようである。〝ドイタ、ドイタ〟と叫びつつそれが走り、すれちがいざまにちょいとひじでつかれると、

「……オッ」

ぐらぐらとなり、目をみはるというよりは、グラスの酒がひっくりかえりそうになって、うろたえてしまう。

ふつう私は昼ごろ、目をさまし、それからモゾモゾ、何となく時間をすごす。夕食を食べると眠くなって、夜の九時ごろまで、寝る。そして起きあがり、夜ふけ、夜あけをすごして、また寝床にもどる。それでなければ旅に出ているか、外国にいるかである。もうこういう形式が何年となくつづいている。

娘の幼稚園のPTAに出たり、小学校の運動会にいったり、入試の発表を見にいったり、ピクニック、花見、学芸会。こういうことを私はトンとしたことがない。まったく

私は知らない。彼女の成績がどうであるか。ピアノのおけいこはさせなければいけないか。英語のレッスンはどうするか。ボーイフレンドはいるのか、いないのか。大学入試はどうするのか。ゲバ気があるの、ないの。何も知らない。私は何も知らない。ほとんど気にしたことがないし、気にしなければいけないと気にしたこともない。すべて、これ、〝ママ〟なる私の妻の仕事であった。

彼女が現在の学校に入学したとき、私はずっとベトナムにいた。なぜその学校に入学するのか。その入学試験はどんなにむずかしいか。そのためにはどれだけ勉強しなければいけないか。私はサイゴンにいて、ときたまうけとる手紙で知らされるだけであり、すすんで知ろうとする努力もしなかった。K通信の小塙氏が独身なのに私のかわりに父親をつとめてくださり、たいへん心労してくださったのである。ほんとに申訳ないし、はずかしいと思った。

学生のとき生まれた娘

私が学生のときに娘は生まれた。そのとき私は学生であって学生でなく、工員であって工員でなく、教師であって教師でないという奇怪な生活を大阪の南の郊外で送っていた。人間ぎらいの全的否定の衝動にとりつかれていたから、人目をはばかるようにして暮らし、その日その日のわが心身のざわめきをうっちゃるのに精いっぱいであった。餓死一歩手前であった。肉屋へいってブタのしっぽを一本十エンで買ってきて、毎日食べていたこともあった。ウシのしっぽは高級レストランへいくがブタのしっぽはクズなのである。それを暗い台所で鍋《なべ》でグツグツ煮ていると、全身がゆるがされることがあった。

若い父親のはずかしさ

父があまりに若いときにできた娘は不幸であると思う。〝父〟なるものは若さのあまりはずかしさがさきにたってしまって、イライラするばかりである。彼はとうてい〝父〟になることができず、それを意識しすぎるためにふりかえるということができなくなる。おそらく彼はムスメを〝娘〟としてあつかうことができず、自分もまた〝父〟としてふるまうことができない。だいじ自分を〝父〟と思うまいと必死になってさえいるのである。だから私はもうこれからさき娘も息子も持つことはあるまいが、〝父〟の意識も知らないで終わることになるだろうと思う。無責任。放任。なるようになれ。親はなくても子は育つ。私はソッポ向いたきりで、ときとしてふりかえり、娘と友人仲間のまなざしをかわしあう。近ごろはいくらかそれができるようになった。それでいいのである。私にはだれを〝教育〟、〝しつけ〟る資格もない。

おなごを語る

J　苦手だとおっしゃる女性論をあえておききしたいのですが。

開高　私は昔からジュノン読者のような青い麦（若い女性のこと）とはあんまり接触したことがないんです。黄色い麦とばかり、ときどきまちごうて落穂拾いをやってみたりして後悔するけどね。青い麦は話の継ぎ穂がなくて、いったい何を話していいのかわからない。

ただ、4月5月に本を出すと、このころにはねちっこい、ムッチンプリンの青い麦がやってくるんです。「先生とならやけどしたってかまわない」と、思いつめておいでになる。これは私が女にもてるということを言いたくて言ってるんじゃない。木の芽時っていうのは、女がもの狂いする季節なんだよ。

その季節は万物萌《も》えいずるときだから、男だって狂う。ストラビンスキーの『春の祭典』を聴けばいっぺんにわかります。あれは昔、エロ音楽だと禁止されたことがあったのよ。今はエロも何もけじめがつかないから、ストラビンスキーの『春の祭典』というと、何やら神様扱いされてるんだけど。

J　時代がちょっと変わるだけでずいぶん違ってくる——。

開高　現代、皆さん職業をお持ちになるでしょ。それは大いに結構なんですが、それで女として持って生まれた女の特徴があるわけ。それをかなぐり捨てることで男の中に入っていって立ち向かおうとなさる人が多すぎる。そうするとどうなるかというと、女が中性化するわけやな。それと同時に、男も中性化していくわけ。この現象はかれこれ15〜16年前くらいから始まってるんじゃないか。男と女が中性化していくことが、先進工業国に共通の問題点のような気がするね。現実に、男は何が「男であること」であるかを証明しようがない。女は女でどういうことが「女っぽいこと」かわからなくなっている。

アメリカで「マチズモ」という言葉がはやっていますが、これはスペイン語の「エル・マチョ」、日本語の男の中の男といった感じなんですね。そういうものを持ってるやつが出てくると、あれはエル・マチョだといって、古典的男にほれる。それをマチズモというわけだが、そういうのがいなくなってきた。困ったこったよ。男と女しかいない世の中で、男も女も中性化しちゃったら、これほどつまらないことはない。

J　ご自身が考える女らしい女とは？

開高　美女でなくてもかまわない。かわいい女ね。大学出てなくてもいい。もう女子近代教育はやめなさい。女の大事なものを全部流して自慢しているようなバカバカしい状態はやめなさい。おっぱいはへこむし、頭は悪くなるし、目は字ばっかり読んでるからかすむし、ノイローゼになるし、およしなさいナ。

J　古今東西、お好きな女性像はありますか？

開高　いい例が浮かびませんな。ただかわいい女なるものについて言えば、チェーホフが『可愛い女』という短篇を書いたけれど、これは常に恋をし、一人の男を愛しつづけずにはいられない女なの。皮屋と結婚したら皮の話をする。木材屋と結婚したら木材の話ばかりしてる。かわいい、打ち込み型の、いちずないい女なのね。それがどういうものか、結婚するたびに男は死んでいくんだな。チェーホフはあらわに書いてはいないんだけど、ロシアの女の愛というのはものすごいんであって、ロシア女と結婚した日には男はクラクラになってしまって太陽が四つくらいに見えるっていう。それで男は死んでいくわけ。

これをもう少し突っ込んで私なりの解釈をすれば、女っていうものは絶え間なく、少しずつ、自分をこぼしつづけ、つぎ込んでいける対象がないことにはやっていけないの。それが台所仕事であれ、編み物であれ、盆栽であれ、恋人であれ、なんであれかまわない。そして指先を通じてものに触れてなきゃいけない。これが女の特徴なの。それを女は愛だとおっしゃってる。または愛だと錯覚してらっしゃるわけだ。それは一つのエゴの変形じゃないかと思うんですけどね。じかに、自分をつぎ込んでいける対象を必要としてるの。それで男はわずらわしくなって逃げてみたり、顔が黄色くなって死んでしまったり、いろいろあるわけだけど、世間の常識のモラルからすると、それが愛だと呼ばれてるわけだ。ま、そのなかには愛と呼ばれるものもあるんでしょう。愛さなきゃそういうことができないからね。

J　女性側から言えば、自分をつぎ込める男性を探すのがひと苦労だと思うのですが——。

開高　織田作之助の『夫婦善哉《めおとぜんざい》』をご存じですか。森繁が絶妙なだらしない男を演《や》ってますが、女はさんざんな目にあわされるけれど別れられないでしょう。なぜか。「わてがいたらんとこの男だめになるで」という感じやね。言葉をかえれば男を操作できる。どっかだらしない、ずっこけてる、ばかである。どうしようもない。しかし好ましい。波調が合うから動物としてくっつくの。それで女は自分の手を通じて男を操ることに喜びを見いだしていくわけや。自分のエゴをつぎ込んでいける。その男がとどのつまり自分のもとへ戻ってくるのも知っているのや。

J　ということは、男の浮気は当然という考えをお持ちですか？

開高　セックスについて言えば、男のセックスは女の肉体を求めている。これは事実です。女の肉体におぼれる。これも事実です。ところがそのバネになり動機になり結果になるのは、男の精神生活です。バルザックいわく、「男の想像力というものがなかったなら、広場のパンスケも、伯爵《はくしゃく》夫人も、同じじゃないか」と。「男の想像力」という言い方で代表されている、精神的なものをかき立ててくれるもの、これが男を女に走らせる。浮気に走らせる。つまみ食いに走らせるんです。

J　ところで、男と女はどちらが複雑なんでしょう。

開高　チンパンジーの〝アリ釣り〟という話がある。アフリカの野生のチンパンジーがアリ塚に棒切れをつっこみ、しばらくしてそろそろ抜き取り、その棒についたアリを子供が綿菓子かアメ玉をしゃぶるみたいになめる。注意しなければならないのは、棒なの。木の枝ならなんでもいいというんじゃなくて、選択的に選び取っている。つまり私が釣りに出かけるときに竿《さお》をどれにしようかと選ぶのと同じなんです。今や生態学の発達のおかげで、ケモノとヒトの類似現象が多すぎてけじめがつかなくなっている。

ただ、ヒトの最後の拠点が一つだけある。それは人類のオスは家庭を見捨てなかったということ、これだけなんです。つまり、動物というものは、プランクトンから始まってチンパンジーにいたるまで繁殖期になるといっしょになる。子供をつくる。子供がある程度まで大きくなるとその家庭は解消される。それで「オラはオラでひとり行《え》ぐも」とオスは次の繁殖期までさまよい歩き、また別のメスとくっつく。だから13年生きたサルがいると、13回家庭をこわしてるわけなの。

動物が子を育てる育て方もいいですね。ある年齢までくるとけとばしてしまうでしょ。

子羊がメエメエ鳴いて母親を追っかけても母親は後ろを振り返りながらも行ってしまう。あれは自然の英知だね。

J　父親としてお子さんをけとばしたことありますか。

開高　社会的義務として、親としてやってるつもりだし、無視することにしてるんだけれども、娘のほうが出ていかないいんだな。

話を元に戻すと、ヒトのオスはメスと家庭を見捨てなかった。移動、放浪、乱交、離婚、いろいろなことはあったけど、ヒトのオスはメスを見捨てなかった。タブーだ、宗教だ、裁判だと、いろいろ外的規制で支えたということがあるけれど、とにかくオスはメスを見捨てなかった。問題はですね、さてそこで家庭を見捨てなかったヒトのオスが、毎年家庭を作り破壊し作り破壊し生きていく万物、鳥獣虫魚のオスとくらべてハッピーであるかどうかということやな。

J　人類のオスに生まれてアン・ハッピーなわけですか？

開高　男の中にはリップ・バン・ウインクルが一人すんでる。リップ・バン・ウインクルというアメリカ人の素朴な男の物語があるんですが、女房がガミガミ女房で、年がら年じゅうガミガミ言う。彼はたまりかねてるわけだ。そしたらあるとき、裏の山から「リップ・バン・ウインクル、オーイ、遊びに来ーい」という声が聞こえるので、裏山に入っていくと、小人が玉転がしして遊んでいる。お酒を飲ましてくれる。いっしょに遊んでいい気持ちになってグウグウ寝て里へ下りたら、100年たっていた。浦島さんやね。だけど、男の中には一人の永遠のリップ・バン・ウインクルが住んでるな。結婚して何か月もたたないうちに、山の中に一人住みたいとか、必ず言いだすところがあります。
J　逃げだしたい男を引き止めるには？
開高　男と女が別れられないいろんな場合があるんで、一概には言えないんだけども、食いしん坊の男女は他の男女の関係よりも別れにくい。あいつの作ってくれるすいとんがうまいで、ということになると、やっぱり〝心に通じる道は胃袋を通ってる〟だから料理学校が繁盛するわけや。
J　それでは結婚前の女性が、料理学校で料理を学ぶべきだと思いますか？
開高　反対ですな。あんなアホなもの。料理学校で作った料理なんて食えたもんやない。以前ニューヨークの乗合船で目撃したことなんだが、あちらのオカミさん連中は、頭もウロコも落とし、腹ワタも抜いた魚を買ってるのよ。そのとき、アメリカの女はなんたるアホか！　と思ったんだけど、今や日本の女も魚が三枚におろせないっていうじゃない。昔の女は自然に覚えたもんですよ。雑誌には、食べもの案内が氾濫《はんらん》してるけど、まともな記事はめったにないな。虚名だけに流されて、グルメやなんてようていうわ。
J　苦手とおっしゃりながら、女性についてかなりおわかりになってらっしゃいますね。
開高　いや、わからんねぇ。フロイトという精神病理学の偉い人がいる。私は17～18歳のころ、フロイト学説を読んでたまらない気持ちになっちゃったの。このダンナ、頭がよすぎて全部理詰めで人間の潜在意識を説明していくわけだけど、こんなの読んでたら生きてくすべがどこにもない。ところが、この頭のいいオッサンもただ一つ、女に手をやいた。なんぼ研究してもわからんという。で、晩年近く、彼は「女よ、そなたはいったい何を望んでいるのか」という文句を吐いて死んだっていうんですがね。これぐらい女というのは化物なんであって、わからない。男はわかったつもりでつきあってるけど、ひと皮むくと下に潜んでいるのはなんやろねぇ。

男を枕《まくら》時計にたとえると、歯車が1個か2個ゆるんでて、ポカッと一発くらわすと、コチコチと動きだす。女は、こういう時計は愛らしいとおっしゃるの。ところが一方、3時になったらちゃんと3時に針をさしてくれる、そんな時計がほしいのよとおっしゃる。男がほしいのよ、頼りになる男がほしいのよともおっしゃる。そしたら、枕時計としての男はずっこけたらいいのか、3時をさせばいいのか、どっちやねんとわからなくなる。フロイト博士が「女よ、そなたは何を望んでいるのか」と叫ぶのはそこやね。

しかし、それはある意味では女の勝利なんだ。男はやっぱり直立動物だから、一度急所を砕かれると、再び立てないというのがいっぱいいる。女のほうはベッタリと苔《こけ》のように生きていく。のめらず、恥じず、臆《おく》せず、堂々と、ぬらぬらと、ぬけぬけと生きていく。それは種族維持のためにそうなってるのよ。女が男と同じようにハガネのように砕けやすかったら、人類は2000年前に滅びてるでしょう。

最後に。こういうアメリカの傑作マンガがあります。一人の男が精神病院にほうり込まれて、檻《おり》の中で叫んでいる。なんでそうなったのか。「オレには女のすべてがわかったぞ！」と叫んでいる。というんやな。

女はわからない。しかし、まあそこがいいじゃないか、謎《なぞ》があったほうがいい、というマゾヒストの男もたくさんいるから、諸君、女人でありつづけてくれや。ただ中性は困る。味気ない。でたらめでもなんでもいいから、女であってくれ。中性化というのはもうやめようよ。

メリー・ウィドゥの集い

いつの年だったか。

某月、某日、佐々木基一夫人につれられて杉並区永福町のお邸へいく。午後のおっとりした春の陽射しを浴びたそのお邸には老たけた未亡人ばかりが十五人か二十人集ってお茶の会をやっていた。この未亡人たちはことごとく作家や、評論家や、翻訳家たちの未亡人で、暮しは苦しくはないけれど何もしないでいると老けこんでいけないので月に一回集ってお勉強とおしゃべりをすることになっている。

毎月の例会には誰か先生を呼んできて講義をしてもらうことになっている。ずっとそうやって古典を勉強してきて、先月は杉森久英氏に『源氏物語』をやってもらった。しかし、古典ばかりだと枯れて老けこんじゃうゝということになり、熱い現代にもふれなくちゃと衆議一決。佐々木夫人が——この人は未亡人ではないが——私を御指名下さり、その頃まだ続行中だったヴェトナム戦争について見聞せるところを進講せよとの御下命。恐懼《きょうく》して参上した。

会員の一人の高見順未亡人の説明では、この会は《元美女の会》っていうのヨ、とのことであった。百戦錬磨の元美女が一室に十五、六人か二十人もつめかけ、粗茶に粗菓をつまみつつ、辛辣な眼と耳を澄まして話をお聞きになる。どうにも薄ら寒くってゾクゾクしていけないからウィスキーをすすりすすり所見を述べにかかるのだが、ときどき上座から、オタオタすると取って食っちゃうゾ、なんて、いささか失礼ながらヒネたヅカファンといいたいような声がハシャイで飛んできたりする。いよいよ恐懼する。

この女《ひと》たちを見ていると、かねてよりの覚悟と予感がひときわ濃く、深く、胸に迫ってくる。つまり物書きの男たちはきっと妻よりさきに死ぬのだナと、思い知らされるのである。そしてたいていその男たちは日本人の男の平均寿命よりずっと下の年齢で死ぬのである。あの人、この人と最近のいくつもの例をとってみても、ことごとくそうである。どんな名作、卓説を残そうと、一室にすわりこんだきりで酒、タバコ、睡眠薬の毎日の繰りかえしなんだから、これは当然すぎるくらい当然の現象であって、不思議でも何でもない。

とっくに知っていたそんなこともこうやって濃縮して一所で見せつけられると、ズッシリ、冷たく、苦く、灰汁が胸へしたたり落ちていく。元美女たちの笑声は朗らかで、鋭くて、愉しそうだが、私は墓穴のふちで講義をしているようで、陽は早や西に傾いて入相の鐘が聞えてきそう。

哀しかれ。美しかれと。

輝く石に魅せられて

“感情のお値段”は秘密!?

Q　いままでご主人と世界各国を廻られて、たくさんの宝石をごらんになっておいでだそうですが……。

A　ええ、北半球から南半球、豊かな国も発展途上の国もいろいろまいりました。主人はいろいろと忙しくしておりましたが、私のほうは、お客様のおもてなしを除けばさしたることもありませんし、子供も一人ですから、わりあい時間がありまして……。それで宝石のことを見たり聞いたりするのが趣味といいますか、愉しみになりまして、少しずつ手を出すようになったんですの。もちろん大きくて立派な石などございませんが、自分なりに満足できるものを買えたと思っております。

石の価値にもいろいろございましてね、先日も、宝石に関するTV番組で放送されてましたけど、センチメンタル・ヴァリューという言葉がありますのよ。文字どおり訳しますと〝感傷的な値段〟となりますけど、私が長いことふれてきたアングロサクソン族の生活感覚からいきますと、「感情のお値段」とでも申せましょうか。つまり、ある石を、誰かが、誰かに贈るとしますわね、そのときに込められた気持ちというか、心の値段というふうに解釈できると思いますの。

そうなりますと、早い話が、道端の石ころでも、研磨機で奇麗に磨きますと、なかなかいいものになるんですよ。

現に私の知り合いのご婦人ですが、ご主人の任地の先々で道端の石ころを拾っては宝石屋で磨かせましてね、それを世界地図の上に貼りつけて海外勤務の記念にしていらっしゃるんですって！

そう言えば、私の娘時代のことですが、戦後まもない頃でしょうか、フランスに渡ったある殿方がベルサイユ宮殿の庭の砂利をそっと戴いてきましてね。それをペンダント用に磨いて、ベルサイユ・ストーンという名前で売り出しましたら、三日で売り切れたと、こうおっしゃってましたわ。もちろん、日本人でございます。

なにしろパリが天国のように思われていた頃ですから、ベルサイユと聞いただけで、女の子が群がりましてねえ。なにを隠そう、私もその一人だったんですの（笑）。友人たちの間でも非常に珍しがられましてね、あのときの得意な気持ちをいまだに覚えてますわ。女って、誰もが持っていないものを持ちたいと願うと同時に、誰もが持っているものも持ちたい――一言で申せば何でも欲しい。業《ごう》と欲が深いんでしょうねえ（笑）。

でも、これが、石についての最初の出発点ではないでしょうか。自分にとって重大であること、自分にとって貴く美しいこと、その石がたった一つしかないこと、こうしたことが女の喜びとなるんですね。

よく恋人からもらった宝石を宝石屋で値ぶみをさせてがっかりして、その恋人までを軽く見るような娘さんもいらっしゃるそうですが、こういうことは絶対にしてはいけませんわ。

ダイヤモンドの広告では、エンゲージリングの値段はお給料の三カ月分が目安だそうですが、少なくとも、三カ月間の労働がその女性に捧げられてるんですからね、値段を聞いたりするものじゃないと思います。

石をいろいろな光で見る

Q　宝石を見る喜びは、人それぞれと思いますが、石の見方について、何かアドヴァイスしていただけませんか？

A　まず、光というものがございます。宝石屋さんに言わせますと、晴れた朝の十時か十一時頃の日光がいいんだそうですの。ことに前の晩に雨が降って、空中の埃がなくなった翌朝なんかは、ぜったい見逃せないそうです。室内だと北向きの部屋の窓ぎわです。絵を見るのもそうだそうで。

これはシロウトにはあまり縁のない方法ですが、原石を選ぶときも、舌で嘗めまして、朝日にすかして見るんだそうですね。私もかつてインドのボンベイあたりで、そういう光景を見たことがございます。

もっとも、日光は一日中移動するわけですから、石にたわむれる色と光は一瞬の休みもなく動くわけです。いろいろな日光で見るだけで、本当に愉しめますわよ。

それで夜はだめかというと、夜は夜で愉しめるんですね。電燈にしても、人間の目には一定の光量のように見えますが、厳密に申せば、タングステンが炎になって揺めいているとも言えますわね？　ですから、石によっては、タングステンの線条の松明《たいまつ》としての震えを捕えられるんですね。実際、私の目にもそう見えたことがありました。まあ、そう思ったからそう見えたのかもしれませんけど。

中でも、アレキサンドライトという石はこれまたたいへんな石でして……。日光のなかでは緑色に、電燈の光では一変してワインレッドに見えるんです。一個の石が二個に愉しめるという本当に貴重な石ですわ。

しかも、アレキサンドライトでありながら、キャッツアイ（効果）の出る石もあるのだそうですよ。昼の光、夜の光、その上、キャッツアイ、三つ愉しめるなんて……、見るだけで震えがきそうですわ。

ニューヨークのティファニーで聞かされた話ですが、アレキサンドライトでも、そんなふうにくっきりと昼の緑と夜のワインレッドに変身してくれるのは滅多にないそうですよ。

それから、これは私のアイデアですが、蠟燭やマッチの火などで石を見るのもそれぞれ楽しいんですね。

いちばん素朴なものと、いちばん高価なものとが、あるところで握手しあえるということでしょうか。つまり、高価な宝石と、安価なマッチ棒との間に結ばれる友情と言ってよいかもしれません。

金は太陽の汗、銀は月の涙

Q　石を見ること、ひとつにしましても、さまざまな愉しみ方があるものなんですね。取扱い方というか、お手入れ方法も注意しておいでですか？

A　石は布地なんかと違って、いつまでも同じ輝きを持っておりますから、さほど手入れをしなくてもいいんですけど、眼鏡を拭くあのシリコンをしみこませた布で磨けばなおいいんですよ。

それから銀製品の場合には錆が出ますね。あの錆がまた、銀の魅力だと思いますわ。アンドレ・マルローが、文化大臣だった頃かしら、パリの古い遺跡を片っ端から洗ってきれいにする運動をしましたわね。

ノートルダム寺院の外枠を職人が洗っているのを見るたびに、ああ、もったいないこと、何百年の歳月をかけてつけた垢を、あんなふうに落しちゃってと、嘆いたものです。でもできあがったら、黒ずんだ部分が要所要所に残されまして、それが見事な陰影をなしているじゃありませんか。新しい石の白い肌理《きめ》と、古びた銀錆のようなものが見事に調和して……さすがにフランス人のすることは違う！　と思ったものです。立体はイタリア人、平面はフランス人と申しますが、あの壁面の白と垢はようございました。

そういうわけですから、銀製品の錆を落す場合でも、わざと黒い部分を残してみるのも面白いですよ。主人が南米のペルーで聞いたと申してますが、あちらのインディオによると、金は太陽の汗、銀は月の涙と言うんだそうです。それぞれの魅力を言いあてているようで、私、感心しました。

〝傷〟は自然のつくった彫刻

Q　ところで奥様ご自身のコレクションも素晴らしいものばかりと思いますが……。

A　こんなふうにお話ししていると、実際に手持ちの高価な石で、色や光を試していたとお思いでしょうが、私のささいなコレクションにはダイヤはごくわずかですし、自慢できるほどのものはございませんの。

南米のコロンビアに主人とまいった時のことですが、あちらはご存じのようにエメラルドの名産地……。そこで、私、知り合ったジェム・マーチャント（宝石商）に、パーティにつけていって、これ、エメラルドよと言えるような石は、いくらぐらいするのかしらとなにげなく聞きましたら、即座にものうい顔で、そうでございますね、セニョーラ（奥様）、最低五千万円ぐらいからでしょうかと申しておりました。いまから十年も前の五千万円ですからね、いまじゃどうなっていることかしら……。

なにしろ、主人の仕事柄、上流階級のパーティはよくあるものですから、目だけは肥えましたけどね。ああ、見事だなあと思える石をしている奥様方を見かけたことなど、ちょくちょくございましたよ。いいエメラルドとなると、シャンデリアの下で、すばらしくきらめきわたります。それは本当に見事です。スペイン語でフエゴ・ベルデ（緑の火）と申すそうですが、緑の清潔な冷たい炎が燃えたつのを見れば、五千万円、一億円もおかしくないという気持ちに、一瞬なるんですけれど……（笑）。

ところで、例のジェム・マーチャントがさらに申しますには、エメラルドは九五％から九八％近くまで傷があるんだそうですの。でも、その傷のために、入射光、反射光の光のはねかたが、みな違ってくるというから不思議でございますね。

つまり、宝石にたけた人の目から見ると、それは傷ではなくて、むしろ自然のつくった彫刻、動かないモビールとも言えるんだそうです。

こういう光り具合の好みにも各国の民族性というのがあって、これはアメリカ向け、あれはフランス向け……と分類するんだそうです。ところが、日本人はコロンビアへやってきては、無傷の石、英語で言うフローレス・ストーンが欲しい、の一点張り。エメラルドは傷が魅力なんです。男性にしても、傷が魅力、というのがございますでしょう？　切られの与三郎とか、向こう傷のなんとかかとか……（笑）。

もっとも、天然石と人工石の違いは、傷があるかないかだと、かつて言われたようですけれど、近頃ではちゃんと傷まで人工的に入れられるようになったとか……。しかも、キャッツアイやスターの出る石も、人工的につくれるようになったんですから、うっかりしてられませんわね。

人工的と言えば、ちょっと面白い話がございますのよ。バンコクにおりましたときに、主人から聞いたんですが、あそこは東南アジアの宝石の一大集散地でございますからね、珍しい話が多いんですのよ。

なんでも、七輪を使ってマングローブの炭で加熱したぐらいで色の変わる石があるというんですの。昔は貧民窟の運河のふちで、七輪の上に鍋かなんか乗せてやっていたんでしょう。この操作をクッキングと言うんだそうで……。クックされた石、つまり料理された石。

いまでは機械でクックしているんですから、クックという言葉はもう使えないかもしれませんが、このネーミングには私も感心しましたわ。

石で偲ぶ〝時の流れ〟

Q　私ども日本人は、宝石に対する知識が足りないせいか、買い方もヘタということですが……。

A　そうですねえ。まだまだ、一般になじみが薄いものだからかもしれません。それに比べて向こうの方は、いろいろと愉しんでおられますね。

例えば、アメリカ。彼らは、もともと宝石が好きでして、石の知識は豊富だし、買い方も上手なんですね。とりわけ、ロスとか、ニューヨークといった都会には、質流れの品でとてもいいものがございますの。

切羽詰まって指輪をはずして質屋へ駆け込む、そしてなにがしかのお金にする――すると、その石を受けだすことを忘れてしまうのか、受けだしかねて、そのまま持主と指輪が離ればなれになってしまう……。そういう石が質流れ品として出てくるわけです。たしかにこのような石には汚れはあるし、傷もあったりします。日本人の清潔趣味からすると、あら、いやだ、とお感じになるかもしれませんけど（笑）。

でも、どうでしょう、そういう持主のわからない石だからこそ、ついている傷や、それを直した跡、それからいまの時代とは違うデザインだとかに、小さいけれども、一つの時代、一つの人生が込められていると感じられるのではないでしょうか。

このトルコ石の指輪を持っていた人は、どんな人生を送ったのかしら、この指輪をはずして危機を逃れたあと、もしかすると百万長者と結婚し、ブリリアントカットのダイヤをもらったばっかりに、この指輪を忘れてしまったというようなこともあるかもしれない……。こんなふうに、いろいろなことを想像することができるじゃありませんか。

ところでこのブリリアントカットでございますが、これは全反射という意味です。つまり無色透明のダイヤをこのカットにいたしますと、入射光も反射光もすべて見てる人の目へもどり、光が洩れないんです。だからその石の下に新聞をおいても字がスケて見えるということがありません。ビリヤードの玉が玉台の外へとびださないようなことでございます。それがブリリアントカットということなんですのよ。

まあ、すっかりお話がそれましたが、この種の中古品は想像する愉しみ、頭と心を使う愉しみを与えてくれます。なんでもできたてのものを、ファクトリー・フレッシュと英語で申しますが、少し型が崩れはじめたり、レースがほつれかかったドレス、香水のにおいが取れないでいるスカーフ……こういうものこそ、肌にピッタリくるものじゃございませんこと？

それから、アメリカで広く行われていることのひとつに、エクスチェンジというのがあります。

自分の持っている石に飽きてしまったら、同じ値段で別の石とお取替えできるように、交換の会に出すわけですが、これはなかなかいい趣味だと思いますね。

中には、エクスチェンジされないままで残った石が、また売りに出るということもありますので、いろいろと愉しめるんですよ。

こうした会に出まわる昔の石は、なんといっても大きいですし、カットが素朴ですわね。その時代のカットの好みというものもございましてね。一九三〇年代はこういうカットの宝石が、とか、指輪ならこんなデザインが好まれたのねと想いをめぐらすことができて、奥ゆかしく、懐しい感じもします。自分が生きていた時代ではありませんのに、なにやら心に訴えてくるものもあって……。

これはよくできた流行歌を聴くのと同じですね。その当時、自分が歌ったことがなくても、いい歌なら、時代のにおいをかぐことができますでしょう？　そのようなものですわ。ですから、質流れ品やエクスチェンジのおこぼれ品を馬鹿にしちゃいけないと思いますの。

タブーのない今だから……

Q　買い方の秘訣を伺ったところで……私ども、日本人に似合う石というのがあれば、お教え下さい。

A　まず、西洋のご婦人を見てみますと、髪の毛、目、眉と、それぞれの色が違いますでしょ？

例えば、目の色、ブルーをとってみましても、無数の段階がありますのね。ですから、彼女たちは、自分の目の色に合わせてサファイアを選ぶことができます……幸せですわネエ！

極上の石に多いロイヤルブルーで合わせる人もいれば、灰青色、グレイッシュブルーになさる方も……。このブルーは日本人には喜ばれておりませんけど、アメリカ人には珍重されてるそうですわ。

ブルーの石ということで、いま、サファイアを例にしましたが、この石には七十もの種類があるのだそうです。日本人は、ブルー・サファイア、もしくはブルー・スター・サファイア、この二つを言ったきり、あとはこの石へのイメージが止まってしまいますけど、これではいけませんことよ。

この石にはブラック・サファイアも、ブラック・スター・サファイアもございますし、ゴールデン・サファイア、イエロー・サファイアなどというのもございます。中でも、ヒマラヤのカシミール地方で出るコーン・フラワー、つまり矢車菊の青色をしたサファイアがいちばんいいとされているそうですの。

それにしても、矢車菊の青もいいというのは不思議でございますわ。あの花をなんべんも見ていますけど、いわゆるサファイアの透明感があるわけじゃありませんし……。もうひとつ、ビルマ産のルビーで極上の色のを、ピジョン・ブラッド、鳩の血の色と呼んでおりますけれど……、実際の血の色はとてもルビーに及びませんのね。私ども、日本人が目の色に合わせて石を選ぶとなると、黒曜石、オブシディアンですね。

ほら、ランボーの詩にも出てきますでしょ？

〝青貝と黒曜石をちりばめた　黒い細枠、玻璃の冠《かんむり》、彫りこんだ金の三字は、「母上に」！（Les Étrennes des Orphelins より）〃と。あの石ですわ。

それからヘマタイトというのもあります。これは、ブラック・ダイヤモンドとも呼ばれておりますけれど、成分が鉄のせいか、黒くてピカピカ光る奇麗な石ですわ。ちょっとした街着に合わせて、カジュアルにつけたら、きっと映えますわね。

私の娘時代に比べたら、いまはよい時代でございますねえ。昔はタブーが多かったですから、ある年齢になれば、こういう色を身につけてはいけないとか、服の柄やデザインも、ああしてはダメ、こうしてもダメと制限されたものですが、いまやファッションにおいてなら、本当に自由を謳歌できますもの。こういう時代ですから、当然、つけてはいけない宝石というものはございません。

問題は、それを自分に似合わせることができるかどうかだけですね。ですから、ご自分なりに、どんどん実験をおやりになればよろしいんです。

宝石と言いましても、なにも高い石ばかりがいいわけじゃありません。安くていい石もありますし、デザインもいろいろです。デザインは無限ですもの、根気よくお探しになればいいんです。おそらく今後、日本にもいろいろな種類の石が入ってくると思いますから、先が楽しみでございますわ。殿方にとっては、それこそ〝脅威〟かもしれませんけど（笑）。

6 旅を書いた——〝定点〟をもつ重さ

短い旅 短い眼

バリ島の会議のことを日程を追って書きはじめてみたところ、カラカラにひからびた文章しか書けなかったので、イヤになってやめた。ひからびた、大きな、美しい、退屈きわまる言葉をやたらにならべたてるだけのことのように見えた。書いているうちに眼がかすみ、ジンマシンがでてきた。もともと私は居酒屋の一隅とか、一人旅とか、深夜の原稿書きとかいったようなことに向いている人間で、会議や演説や挨拶には不向きなのである。それに、結局のところ、書く人間がイヤがっているような文章はチューインガムの滓よりも無意味かつ、いやらしい存在であるだろうとも思えだした。そこで、方向転換して、気ままな印象記風のものを書いてみることにした。これがチューインガムの滓になるかどうかは書きあげてみてからでないとわからない。

バリ島で会ったセイロン代表の老作家はおもしろい人物であった。渚での食事のたびに顔をあわせるのだが、新聞に諷刺のコントや短篇などを書いているんだそうで、ヴォルテール、ラブレー、スウィフト、マーク・トウェインなど、該博なる知識のなかをノミのように跳ねまわった。そして、人間は文明が進めば進むほど体が弱くなって病気がでてきていけないのだから日本人が生の魚や野菜をふんだんに食べるのはじつにいいことなのだという意見を述べた。また、おれは頭に病気があって、人ごみにでるとワァーンとしてきていけないし、そうかといって山にこもるとこれまたさびしくてさびしくて気が狂いそうになるのでいけないのだともいった。ヴィクトル・ユゴーが好きで、ジーグムント・フロイトは天才だという意見も持っている。人生ハ矛盾ノ束デスという感想を私が述べると、とびあがってよろこんで、握手を求めてきた。彼は他のアジア・アフリカ諸代表のように胸張って語るということができず、いつも影のように一人でふらふらと椰子の林のなかをさまようか、ホテルの部屋でベッドにもぐりこむかしていた。私は彼がいつからとなく好きになり、議論のすきにチョコマカといたずら半分にこづいて相手がとびあがったりしょげこんだりするのを見てよろこぶというタチのわるいことに楽しみと侘びを見いだすようになった。ある日、彼は、反帝・反植民地・反米の演説をセイロン代表として、議事日程の一項目としてやらなければならぬ羽目におちこみ、おそろしい早口でしゃべりまくった。会議がおわって、昼食の時間となったので、いっしょに食事しようと思って彼の部屋へいってみると、彼は蒼ざめた顔をしてベッドにもぐりこんでいた。すっかり元気がなくなって、しょげていた。どうしたのだと聞くと、演説をしたので気分がわるいという。昼飯を食べないかと聞くと、とてもそんな気になれないという。そして、いつもいっていることをまたくりかえしていった。
「おれは人前にでると脳味噌が混乱におちる。そうかといって静かな山に入ると気が滅入ってならなくなり、気が狂いそうになる。だからこそおれはアジア人民の連帯を求める……」
洒落かと思って感心したが、見ると彼はほんとに滅入って衰えてベッドにとけてしまい、壁のほうを向いたままぐったりとなっていた。

東京でいえば銀座、日比谷の交叉点にあたるようなところ。ジャカルタではそういうところの橋のしたへ大人や子供が朝から晩までひっきりなしに出たり入ったりしている。なにをしているのだろうと思って見にいくと、水道管にあいた穴から吹きだすこぼれ水で体を洗っているのだった。

その橋のうえを朝から晩までひっきりなしに自動車が走る。それがことごとくといってよいほどベンツであり、MGであり、フィアットであり、フロリードであり、キャデラックである。道のうえには老若男女の、はだし、ぼろ、皮膚病、脹満腹が歩いている。貧困と懊悩が歩いている。道におちていた古釘をたたきのばして売っているのもあれば、自転車の欠けたハンドルやサドルを売っているのもある。そのすぐよこをベンツが走り、

ＭＧが走り、フィアットが走り、キャデラックが走っている。朝から晩まで走っている。

ガーナの代表の青年にこのことを話すと、まったくそのとおりだといった。アフリカにも似たような現象があるが、少くともガーナではこのようなことは田舎へいかなければ見られないのに、ここでは都の中心でこういうことになっているといった。

南阿代表にもこのことを話してみた。彼はリトアニアの亡命ユダヤ人コミュニストの息子で、バリ島のＡＡ作家会議では、ソヴェト代表をのぞいた唯一の白人であった。黒人側にたった激しい人権主張のために国を追われて亡命の身分にある。新聞記者で大学教授で、大学では文学を教え、一匹狼の無党派コミュニストである。中老で、牛のように肥り、脂肪を恐れてビールを飲まないが顔は赤い。白人の偽善と傲慢と人種差別政策を非難することについては朝、昼、晩、言葉を惜しまなかった。

私の問いに彼が答えた。

「アフリカ諸国にもこのようなことがしょっちゅうある。せっかく宗主権を回復して独立しても黒人たちはダムや工場に金を使おうとせず、草原のまんなかに超モダンの役所やホテルを建ててこれが自分のものだと威張る。政府の幹部たちはキャデラックを買いこみ、ランドローヴァーを走らせる。いっぽう人民は飢えたままである。そういうことに金を使わせようとするヨーロッパの傾向もある。新植民地主義の一つの現れだ。こういうことをしちゃいけないといって説いてまわるのがおれの役だ」

インドネシア大学の学生たちが通訳についてくれたのだが、彼らは私の感想を聞くと、いらいらし、かつ、うなだれて、いった。

「たしかにジャカルタでは高級乗用車だけしか走っておらず、おっしゃるように建設用のトラックやコンクリート・ミキサーなどは走っていません。しかし田舎へいって、見てきてください。私たちも建設には力をそそいでいるのです」

植物園を見学にいくということで私は車を借りだして、一日ジャカルタの郊外を走りまわった。しかし、街道筋のどこでもやっぱりキャデラックのほうがトラックよりもはるかに数が多いように見うけられた。ジャカルタに帰ると、学生が宿舎のプレス・クラブの玄関に待っていて、さっそくどうでしたかと聞いた。やっぱりトラックよりキャデラックのほうが多いようでしたと私が答えると、彼らは、うなだれた。そして、スカルノ大統領はいいけれどそのまわりにいる民族ブルジョアジーが堕落しているのだといった。汚ない運河で顔を洗ったりウンコしたり水浴びしたりしているようですと私がいうと、彼らは、憂国の至情で顔を翳らせ、ぼくたちが大学を卒業したらああいうものは一掃してみせますといった。

「……日本はアジアの先進国です。すばらしい工業や医学があります。私たちの仲間はそれを勉強に留学しにいきます。日本の工業文明についてはは学ぶところが多いと思うのです。しかし、精神文明についていうと、率直にいって私たちは日本がどういう方向に向って進もうとしているのか、よくわからないのです。ときどき日本から人がきて、日本も社会主義化されなければならないという意見を述べるのですが、ほんとに日本の国民は社会主義を望んでいるのでしょうか、いないのでしょうか？」

ジャカルタ空港へおなじ学生男女が何人も見送りにきてくれたが、そのうちの一人、二人が、インドネシアでも伝統的気質になっているらしい自己抑制の美徳を捨ててまっこうからそうたずねてきた。

私はこの質問にどう答えてよいのかわからなかった。いらいらして、答えられなくて恥じ入るのは私のほうであった。私には経済学の知識も洞察力もなく、福祉社会主義と修正資本主義の区別もよくわからず、また、日本の資本主義が衰運に向いつつあるものなのか、また、政府を決定する国民の過半数が現状維持に投票したいのか、現状打破に投票したいのか、基本的なところでどう考えているのか、私にはさっぱりつかみようがなく、どう答えていいのか、無数の日本の色と香りと声、人びとの無数の種類の顔がつぎからつぎへと浮んで消えるばかりで、決定的なギリギリの指導理念はなにひとつとして浮んでこなかった。追いつめられたと私は感じた。かろうじて声になった意見で私がそのとき思いつめ、また、この文章を書いているいま感じていることで、野蛮すぎるほど大まかな〝原則〟は、つづめてみると、沖縄ヲ武装解除シテカラ日本ニ返セということであった。私はそう思ったので、英語でそう答えて、日航のジェット機のタラップをあがっていった。

阿鼻叫喚の闇《やみ》が無邪気を生む

生れてはじめてヨーロッパへいったとき、パリでも、ローマでも、夜が暗いのにひとかたならずおどろいた。目抜きの大通りは遠くから見ると街灯がずらりと並んで輝やいているように見えるし、その大通りの両側にひしめくキャフェやレストランや宝石店からは奔放な光があふれて舗道をキラキラさせているが、近づいてよくよく観察すると、街灯も明るいのはその支柱を中心として灯が円光を投げかけるあたりだけで、円の外周からちょっとはずれると、もう、おぼろになって、影の圏である。その影の圏から一歩はずれると、もう闇である。闇の圏である。宝石店はなるほど光で輝やいているが、その右隣りに革の装身具店があるとして夜は閉める習慣だとすると、その表戸や両側の石壁は、もうまッ暗である。一個一個の石材の芯《しん》部まで冷めたい水がしみこんでじっとりと湿めり、年中乾くことがないのではないかと思われるような寒さと暗さがたちこめている闇である。

目抜きの表通りもそういうわけで、光と影が交互に氾濫《はんらん》しつつ蚕食しあっているから、これをたとえば凱旋門あたりからゆらゆらとおりていくと、かなり酔っていても、つぎつぎと光、影、光、影というぐあいによこぎっていく感覚は、視覚にも温覚にも、たえまなく温水と冷水を体を拭《ふ》かないままで出たり入ったりしているような体感となる。それが、ほんのちょいと一歩、横町へ入ると、洞穴へさまよいこんだような闇である。じとじと湿めった、冷めたくて暗い、さまざまな匂《にお》いがフッと鼻さきをかすめていく洞穴である。前方に小さくキャフェやレストランの灯があるのを見ると、森のなかで茸《きのこ》が輝やくように見える。

その洞穴を、靴音だけを聞きつつ歩いていくと、暗い冷水のなかを歩いているような体感が全身にひろがる。背の曲った、鼻が氷柱《つらら》のようにとがった、深沈と意地悪そうな眼をした老婆《ろうば》と、町角を曲りしなにフッとぶつかりそうになると、思わずとびあがりたくなる。老婆はいきなり音もなくあらわれて、ヨチヨチとすれちがっていく。ついいまさきまでホウキにまたがって上空をとびまわっていましたのサ。これから穴倉へ帰って痛風の煎《せん》じ薬の熱いところを一杯やって寝ますのサ。ジロリとこちらを一瞥《いちべつ》することもないのに、すでに正体を見ぬいたような、冷めたい、その、ボタンのような、すれっからしの眼は、そうつぶやいているかのようである。

首都の大通りも田舎の町も、町角、横町、迷路、路地、空地、小広場、ベンチのわき、彫像の台座のよこ、いたるところに闇がうずくまり、這《は》いまわり、手をのばし、指を触れしている。その闇は、夜の池や木立ちや草むらに息づいているのとおなじ闇である。深くて、冷めたく沈みきっていて、鼓動の気配の感じられない闇だが、同時に、まがいようなく生きていることがありありと感じられる闇である。

中近東やアフリカや東南アジアで、おなじ時刻におなじ場所で体感する闇は、同種族のものでありながらも、おそらく暑熱とむっちりした湿気のせいだろうと思いたいが、何かしら怪物的な生がギシギシと音たててひしめかんばかりに充満しているようなところがある。魚、果物、肉、おしっこ、ウンコ、さまざまな栄養の分解しつつある匂いがたちこめ、それが眼なく耳なき怪物の息づかいのように感じられるものである。この闇は発熱しているし、発酵しているのである。すぐさきの町角を曲って大通りにでていってまっすぐ歩いていかなくても、眼前の闇のすぐ背後に砂漠やジャングルや水田の肉迫していることが、まざまざと感じられ、闇はたとえ町のなかにうずくまっていても、それら広大な無辺際のものの分泌物にほかならないと感じさせられるのである。

西欧が開発した独自の魅惑の一つに、ステンド・グラスがある。西欧も東洋も鏡を発明したし、その素材と永続のために無数の素材をさがし求め、工夫に工夫をかさねてきたが、ステンド・グラスはもっぱら西欧人の没頭した様式であり、素材であり、工夫であった。それはフランスで幾世代もかさねたあげくに完璧《かんぺき》の開花を見ることとなるのだが、シャルトルとモン・サン・ミシェルの奇蹟《きせき》は、後続の幾世代もの芸術家たちを鼓舞しつづけてやむことがない。

シャルトルの教会へはじめていったとき、真夏のしらちゃけきった午後であるにもかかわらず、薄暗い堂内に一歩入った瞬間、異様な、澄明な色と光の乱舞に眼を奪われて、それっきりになってしまった。この教会のよこに小さな小さなミュゼ（美術館）があり、この教会のステンド・グラスにヒントなり、モチーフなり、テーマなりを天恵された現代画家たちの作品群が公開されているのだが、その萎微《いび》、沈澱《ちんでん》、不全、失調ぶりは、眼もあてられなかった。画は布地に油彩で描くものだから、その画面からくる光は反射光であり、ステンド・グラスからくるのは入射光と反射光の交響なので、物理的に光の質は異なるのだから判断も変えねばなるまいと思いはするが、反射光だろうと入射光だろうと、一人の人間にとっての感動そのものはどうしようもないものである。

この教会のステンド・グラスの感動をくわしく書きこむ枚数をいまあたえられていないので、手と足を縛られて川へほうりこまれたようなものだが、堂内にひしめく華麗な燦光《さんこう》の乱舞にはおしつけがましさがどこにもなく、ひたすら主題と細部が手をとりあって炎上しているにもかかわらず、すべての破片が一片のこらずはしゃぎ昂揚《こうよう》しつつも自身であることに満足しきっていて、その満足に光耀《こうよう》し、おしつけがましさがどこにもないのだった。キリストの受難を語りつつ、かくあるべしなどとは、どの隅っこも語っていないのだった。どこをとっても本質でありながら、あくまでも自足し、謙虚で、無邪気で、澄明《ちょうめい》なのだった。無邪気というものがこれだけ豪壮、絢爛《けんらん》、華麗で、しかも、つつましやかさをいつまでも保持できるのだという例をそれまでに私は知らなかったし、想像することもできなかったので、息を吸ったきりになってしまった。そして、ややあってから気がついたのだ。

これら無数の光と色の乱舞は、まるで古代の森さながらのゴチックの剛健なアーチの腋窩《えきか》にたたえられた闇のゆえにこそ、それであること。シャルトルのステンド・グラスを東京でスキラの本やドキュメンタリー・フィルムで見たときには想像もつかなかったのが、その闇の質と役割であった。あれだけ深沈としたゴチックの闇があればこそ、あの光耀と燦爛があり得たのだった。それは現場へいって眼と膚《はだ》で味わうよりほかに、どうしようもないものであった。無数の阿鼻叫喚の闇を吸いこみ、たくわえながら、何ひとつとして語らずにそれ自体のまま聳《そび》えている闇のゆえに、あの無邪気が現出したのだった。この闇が大通りにも横町にも、ベンチのよこにもゴミ箱のかげにも、分布されているのだろうか。

靴を投げて

ある北欧の哲学者は子供のとき父に手をひかれて室内旅行をさせられた、と伝えられている。父は感じやすくて想像力のゆたかな子の手をひいて室内を歩きまわり、テーブルを山と見たてたり、カーペットを湖と見たてたりして、そら山だ、それ湖だといい、山はどのようであるか、湖はどのようであるかと綿密な風景描写を口でしながら、ぐるぐると歩きまわるのだった。これは父と子の遊び、また教育としては、もっとも洒落たものの一つであろうかと思う。べつに戸外へ出ていかなくても〝旅〟というものはできるのだということをありありと語っている。この子供は長じてのちに哲学者となってさまざまの著作にふけったけれど、旅はいくつもしたことだろうと思いたい。無数の鮮やかな記憶の破片が、破片だけれどそれ自体独立したイメージとして深夜の書斎にすわった彼の前後や左右に明滅したことだろうが、おそらく、その静謐な乱舞は、幼年時代に手をひいて歩いてくれた父の後姿や、横顔や、掌の触感、シャツの胸もとに漂っていたタバコの残香などを思いだすことからはじまるのが毎夜の習慣であった、とも思いたいのである。男にもし想像力というものがなかったら侯爵夫人も娼婦もおなじことだという名言が古くから西洋にあるが、旅はしばしば女にそっくりなのだから、この哲学者は幼年時にすでに〝経験〟をしたのだというと、いいすぎになるだろうか。

ずいぶん国内と国外を歩きまわったが、もっとも激しかったのは三〇歳から四三歳にかけての十三年間だった。国外から帰国して書斎にもどって東南アジアやヨーロッパやアフリカに残った自身をかき集め、溶かして化合させて原稿を書きにかかり、それが仕上がると、そそくさとまた出かけていった。ときには原稿を羽田空港でわたしたり、ゲラをイェルサレムの、映画館の屋上の鶏小屋みたいな部屋で調べたこともあった。国外へ出かけるときには新聞社や出版社の〝特派員〟という資格でいくことが多かったが、戦犯裁判や最前線を覗くにはどうしてもプレスマンだということを証明するカードが必要だったからで、そういうところではカードがなければ手も足も出せなかった。〝特派員〟としての訓練を私は何ひとつとして受けていず、人とインタヴューするときのコツなり心得なりといったものもまったく知らなかったから、いつも出たとこ勝負、ブッツケ本番であった。朝日新聞の秋元啓一カメラマンと二人づれで南ヴェトナムの農村を歩きまわったときは、何しろ水田だろうとサイゴンの酒場だろうと、いたるところが戦場なので、毎日毎日が出たとこ勝負だった。メコン・デルタへいったときは、たしかヴィンロンだったと思うけど、朝、バスの乗場へいってみたら道が二つにわかれていることがわかり、どちらをとっていいのかわからないので、靴をぬいで投げたことがある。その表か裏かで行き先をきめたのである。

この国の田舎へいくと、路傍に小さな道祖神の祠《ほこら》がある。よく眼につくといいたくなるくらい、いたるところにある。紅唐紙に『天官賜福』とか『鳥棲福来』などと吉語を書いたのが風雨に朽ちるままこびりついている。ときどき空瓶に花を一輪挿しにしたのや御飯などが供えてあるが、わが国の地神の場合とおなじで欠け茶碗に御飯を山盛りにし、そのてっぺんに箸がさしてあるのだ。誰が、どこから、いつやってきてそんなことをしていくのかはわからないけれど、弾丸がいつ飛んでくるか知れない草深い水田のほとりにそういう祠を見ると、いつも懐しさが新しい水のように湧いてきたものだった。中部の海岸町のファンランへいったとき、夕方になって町を出てみると、水田のほとりで一人の貧しい老人が酒を飲んでいた。老人は畦道に腰をおろし、ちぎれたゴザをひろげ、そこにコカコーラの空瓶を一つ、お茶碗を一コ。瓶には何かの枯れかかった花が挿してあり、茶碗には御飯が山盛りになって箸がさしてあった。小さな祠があって地神が祀られてあるが、地神の顔は風雨にさらされて眼も口もわからなくなっている。老人は私に酒を飲めといって欠け茶碗をさしだし、ハエの糞にまみれた瓶からトクトクとついでくれた。日本酒にそっくりの味のする酒であった。飲みおわると、もう一杯飲めといってついでくれた。老人の眼にも物腰にも真摯さと、うやうやしさがあり、冗談でやっているのではないことが一瞥で読みとれた。日は昏れかかって、水田にいちめんに影がひろがり、かなたの森では銃声がしていた。「……道の神様に今お祈りをしてあげたから大丈夫だ。神様はいたずらをしない。これからさき安心していきなさい」

老人はそういうことをいい、かるく手をあわせて合掌してみせた。

この国には三度いったので、かなりの経験を仕込んだ。いきずりの人に優しくされた例、この老人よりもっと手厚く遇された例はたくさんある。この光景にも特異さや抜群といえるものは何もない。しかし、どうしてか、この光景と老人はいつもみずみずしくよみがえってきて、私の内部で古びることもなく、欠けることもなく、枯れることもないのである。こういう物凄い国の道の神様に守られているのだからオレは大丈夫なのさ、と私はその後よく人に冗談をいったものだが、弾丸よけのアメリカ海兵隊の呪文をきざんだジッポのライターとこの老人がその後の一路平安を守ってくれたのだった。

（海兵隊のおまじないは次のごとし。

Yea Though I Walk
Through The Valley
Of The Shadow Of Death
I Will Fear No Evil
For I Am The Evilest

Son Of A Bitch In The Valley

そうヨ、たとえわれ
死の影の谷を
歩むとも
われ怖れるまじ
なぜって、われは
谷の最低の
ド畜生野郎だからよ）

《ここ以外ならどこへでも》とボードレエルは詩に書きつけたが、地上のすべてにたいする嫌悪を書きつづけた詩人としては、嫌悪の酸を浴びながらも不屈に顔をもたげてくる生への渇望をこの一語に濃縮したと見ていいだろう。それはいうまでもなく旅への望みを語っているわけだが、少年時代後半の私は焼跡を歩きながらこの句を呟きつづけていた。日本脱出というのがたった一つといっていいくらいの私の妄執であった。それにしがみついて飢えや、孤独や、潮のように迫ってくる恐怖をうっちゃろうと必死になっていた。その頃、私は町のパン工場でパンを焼きながら、夢中になって横文字の本を読んで英語の単語をおぼえにかかっていたが、神戸港へいってどこかの船にもぐりこんで、というのが夢であった。アメリカ、ブラジル、アルゼンチン、行先はどこでもよかった。とにかくも日本から逃げられさえすればいいのだった。しかし、英語の辞書は部厚くて、語数はとめどなくあり、栄養失調でたちぐらみがしてチカチカと暗いなかを眼華が光りつつ舞う体では、とても密航などできそうにないし、ろくに英語も喋れないのだから、そのことを考えると足のうらの砂を水に奪われるようであった。ずっとあとになって小説を書くようになり、海外へ自由にいけるようになって、はじめてパリへいったときは信じられなかった。歓喜が噴水のようにこみあげてきて、ホテルでおとなしく寝ていられたものではなかった。足の向くままに徹夜で歩きまわり、くたくたに疲れて夜明け頃、パンの香りや霧といっしょにホテルにもどった。壮大な石の森のような夜のパリを靴音たててさまよい歩き、暗がりから浮かびあがる紺地の町名板を読んで、これはどの本にでてきた町だ、あれは誰かが住んでた町だと記憶をまさぐるのは愉しみだった。そして、一にも信じられず、二にも信じられず、三にも信じられなかった。

プラハの薄暗い下宿にたれこめたきりで『アメリカ』を書いたカフカの例がある。しかし私は想像力が貧しいから経験という果実から酒をつくるしかないのである。経験から分泌されるものを書く。荒涼とした心の冷暗の箇処に瓶を寝かせて待つのである。忘れたそぶりをして待つのである。これはそぶりであって、忘れるのではない。しばしば作品は直視すると猫のように逃げていくから、ちょっとそっぽ向くふりをして、向うからよってくるのをじっと待つのである。そしてそれをつかまえて克服できたとき、私は空虚になるから、どこかへ出かけていって、靴を投げてみるのである。

旅は男の船であり、港である

こんな小話がある。

ある男が空港の片隅で、スーツ・ケースの上に腰かけて蒼《あお》ざめているんで、どうしたんですかと声をかけたら、オレはこの国へ旅行に来たんだけれども、体は着いたのに心がまだ着かない、それが追いついてくるのを待っているんだと答えた――っていうんだ。

この小話は、現代の旅行の本質を鋭くついているな。うっかりすると、文明の利器に体だけ運ばれて、心はうつろなまま文化と出会えないまま、旅をつづけてしまうことになる。

旅に出る理由と意味はいろいろあるだろうけど、結局は、別種の文化と出会いに行くことじゃないかな。俗にいう〝カルチュラル・ショック〟を求めるんじゃないか。

それでは、文化とはいったい何かということになる。その土地に固有の根ざしたもので、他に伝えようのないもの、これを文化と呼び、他の文化圏に容易に伝えられるものを文明という、そういう定義がある。一応、この定義に従っておこう。

たとえば、カイロへ行くとする。夕方のお祈りの時間になると、パリ大学を出た、オックスフォードを出たというすごい紳士が、やおらカーペットをとり出して、空港のカウンターにそれを広げて、床に伏してアラーの神に一所懸命、祈りはじめる。オックスフォード出身の浅黒い紳士が、ね。あの恰好を見ていると、私は突然、理解しがたいものに襲われて、むかし、箱根から向こうには化け物が出ると思ってた八ッつぁん、熊さんとあまり遠くない心境に落ちこんでしまう。が、これはいいことだな。固有の、ある別のものと衝突できる快感がある。抵抗感覚の快感がある。ぐずぐずとなし崩しに暮らしている日ごろの生活にない、新鮮な衝突感が味わえるんだ。旅の魅力は、ここだよ。

確かに、世界は狭くなった。情報も氾濫《はんらん》している。どこへも簡単に行けるし、日本の片隅でも世界のことがわかるような気もする。けれど、依然としてフランス人はフランス人でありつづけ、ヴェトナム人はヴェトナム人でありつづけ、アメリカ人はアメリカ人でありつづける。徹底的に固有なものの中で、みんな暮らしている。その固有なものの頑固さ、根の深さに衝突すると、その場所まで行くのが呆気《あっけ》なく行けるがために、その呆気なさのためにかえって逆に、いよいよ根が深く感じられるようになる。だから、地球は狭くなったと言われる分だけ、地球は広がっているんだとも言えるんじゃないか。

心はうつろなまま文化と出会えないまま、そういう旅をしてしまう危険は逆に多くなった。これは、だめ。いかんな。新鮮な驚きが生まれてこないもの。驚く心がなかったら、旅の意味はほとんどないものね。別種の文化と接することとは、驚くことなんだ。驚く心、見る目を持ちなさい。少年の心で、大人の財布で歩きなさい。

私の十代、二十代の感覚からすると、日本人が外国へのんのんずいずい、女の子もお婆さんも、行く気になればいつでも出かけていけるようになるとは、夢にも思わなかった。

私自身は、中学校三年生のときに戦争が終わって、まあ、焼け跡・闇市世代ということになるんだけれど、食う物がない、何もかもない。あれもない、これもない。見る物、聞く物ことごとく苦痛だった。たった一つの夢は、日本を脱出することだった。脱出するといっても、正規のルートで海外へ出られるわけじゃない。神戸あたりで貨物船にこっそり乗りこみ、密出国でもするしかないんで、夢というにはあまりに現実離れしてた。それでも、ともかく英語をすこしでも覚えておかなければ外国へ行かれないと、真顔に、白真剣《しらしんけん》に思いつめて、コンサイスのページを食って単語を詰めこんだりしたものだった。

しかし、十代から二十代いっぱい、英語でいう〝ハンド・ツー・マウス〟（手から口へ）という生活がつづいて、ハイキングやらピクニック、スキーでランランランとか、そんなことはやったことがない。生きていくため、食うために必死で、頭からのめっていた。外国旅行など、考える余地もなかったなあ。海外への旅は、私にとってはずっと〝密出国〟を意味してたんだ。

外国へ初めて行ったのは、六〇年の安保の年だった。中国からの招待で、日本文学代表団の一員としてね。団長が野間宏、以下、亀井勝一郎、松岡洋子、竹内実、大江健三郎、それに私というメンバーだった。二十九歳かな。

その年ルーマニアの作家同盟の招待もあって行き、その次がソヴィエトのやはり招待だった。当時、社会主義国は、招待でないと行かれなかったんだ。しかし、帰りにはパリに寄れる。パリに行きたいという一心で、招待でも何でもいい、ともかく出かけて行った。そして子供のときの夢をみたしにかかったわけだ。

そう、やはり一番行ってみたかったのは、パリだったな。初めてパリへ行ったとき、自分がパリにいることが信じられなくて、頬をたたいてみたり、オシッコをしてみたりしても現実なんで、毎晩毎晩、東西に歩いてみたり南北に歩いてみたり、徹夜でパリの街を歩き回った。夜中に歩いてて、街角へくるとブラックという町名を書いた標識板が張りつけてある。

「あっ、ここはバルザックのあの小説に出てくる街だ」

とか

「これはサルトルの『自由への道』のあそこにあった場所だ」

とか、そんなことを思い出して、わくわくしながら歩きつづけた。ぽつん、ぽつんと街角に、森の中のキノコの家みたいに深夜営業のキャフェが店に灯をつけていた。焼栗を買ってオーバーのポケットに入れ、それで手を暖めながら歩き、焼栗を食いながら歩き、キャフェに入ってその焼栗をさかなに白ぶどう酒を飲む。それが、うまいんだなあ。日本の栗のようにはねっとりしてないんだ、あの栗は。むしろ、ぱさぱさしてる。それが、白ぶどう酒のよく冷えたのの辛口にぴったりくる。パリの街ではいろいろ感心させられたけれど、学生街の一杯八十円か百円くらいの酒のうまいのには、びっくりしたり感心したりだったな。

けれど、こういうことがある。なにしろ初めて外国へ行ったとき、私にはすでに世帯があり子供があり、世間知も積み、サラリーマン生活もやり、いろいろな垢《あか》がついてしまっていた。だから、長い間、憧《あこが》れていたパリへ行って、キャフェの椅子にもたれて若い女の子のスカートが揺れるのを眺めてても、そのスカートの奥がどうなってて、何があって、それに手を伸ばしたらどうなるか、頭で先に組みたててしまう。ちっとも面白くない。やっぱり旅というのは、若くて貧しくて、心が飢え、感覚がみずみずしいときにすべきなんだと、つくづく思わされたな。

……まあ、そうして子供のときからの夢だった日本脱出——この場合は擬似脱出を部分的に一応、実現したわけなんだけれど、いまだに旅心がやまないというのは、どういうことだろうか？

三十すぎてから、私は何か熱病にとり憑《つ》かれたみたいに、チャンスがあれば外国へ出るようになった。出れば必ず、パリに寄る。帰るときは南回りにしてね。

なぜ、南回りで帰ってくるのか？

ヨーロッパ、それも北欧あたりの福祉社会主義の非常な発達ぶりを見せられて、日本はまだまだ駄目だと思ったりする。その後、南回りで帰ってくると、途中、貧しい国ばかりだよね。物産は豊かだけれども、社会生活はとことん貧しい。それで、東京へ帰り着いたころは、ちょうどバランスがとれている。出発するときは北回り、帰りは南回りという世界一周をやってごらんなさい。振り出しに戻ったようなかたちになって、まあ、こんなものかという気持ちになるな、日本を見る目がね。

先進国といわゆる開発途上国を旅行者の目から見て、何がいちばん違うかといえば、先進国では人びとの生活というものは扉の内側にある。窓の内側にある。ところが、南半球の国では、人生——誕生から死までが、食事もセックスも含めて、路上にある。この違いだね。日本は中進国だから、夏は野外で、冬は屋内かな。

北と南の差といえば、こんな経験をした。スイスのジュネーブにいたときに、用事が

あってタクシーを呼んだ。そのタクシーの運ちゃんが
「途中でちょっと、家へ寄ってもいいですか？」
と言うので
「どうぞ、どうぞ」
それで、その運ちゃんの家へ行った。そしたら彼の家、庭に桜桃の古い大きな木が二、三本立ってて、芝生がずっとあってスプリンクラーがくるくる回っててね、小ぎれいな二階建で地下室もあるんだ。そして車庫を見ると、ベンツが一台ともう一台、何かがある。自家用の車がベンツ、タクシーもベンツ。五百年平和がつづいて、火事もなく地震もなく、先祖のままに財産が受け継がれたなら、こんなに豊かになれるものなのかと思ったな。あれ見ちゃったら、その後、運ちゃんに「あっち行け、こっち行け」なんて言えなくなって、「すみません、あっちへ行っていただけませんか……」そんな感じの物の言い方になって、すっかりぐんなりしたの覚えてる。オレたち、貧しいんだな。
ところが一方、サイゴンで暮らしていて、たとえばサイゴン大学の学生を通訳に雇うでしょ。それで話をしてて、「私の家は二階家で、女房が二階、私が下で暮らしてる。女房は私を罵《ののし》りたいと、二階から怒鳴るんだけど、直接、私を罵るんじゃなく、階段の下にいる猫に怒鳴るかたちで、私に聞こえるようにやるんだ」
というような与太話をすると、相手は女房の作戦などにはさっぱり関心を持たないで、

「ああ、ミスター開高の家には二階があって、自分の部屋もあるんですねえ」

と言って、恍惚《こうこつ》とした憧れの眼差《まなざ》しで私を見てるのよ。ちょうど私が、ジュネーブの運ちゃんの横顔を仰ぎ見ていたみたいな調子でね。あの辺は家族は多いし、家は小さいし、自分の部屋なんてないしね、その大学生の言うのも無理ないなあと思ったりしたな。

北回り、南回りをやってると、そんなことが心の隅に引っかかってくる。引っかかるものがなかったら、旅はだめになる。

何かを取材するためにテーマを持って旅行しだしたのは、アイヒマン裁判のときからだった。裁判を傍聴して、そのレポートを文藝春秋に送るという仕事だった。

それ以後、大出版社やら大新聞社の移動特派員というライセンスをもって、外国旅行をすることが多くなった。移動特派員、ジャーナリストだというライセンスなり、名刺なりを持っていると、ふつうの観光旅行では行かれないような戦場へも行けるし、それから予約で満員になっているはずのオペラ座の席がにわかにとれたり、いろいろ特権があることがわかって、原稿を書かなければならないのは苦痛だけれど、特権で味わえる果実の方が大きいものだから、以後、そうして今日に至るんだけどね。

小説家が旅行する場合、たとえば何かの小説を書いているとする。それで、パリのあいまい宿の壁にあった南京虫の血の色はどんな具合いだったかしらとか、枕スタンドは裸電灯だったか、それともアール・ヌーボー式の朝顔型だったかしらとか、それがわからなくなって、調べに行こうとかというかたちでパリならパリへ行く。これならいいんだけれど、何か小説のネタはころがってないかという意識で、ネタ拾いに行くつもりでパリへ行っても、何も拾えないし、見えてこないものなんだ。

そんな意識なんぞ持たず、自然体の構えでふらふら、ぶらりッと出かけていくと、耳に入ってくる、目に見えてくる、心に残るものがいろいろ出てくる。いったい、これは何だ。猫に似てると思わないか。猫は黙っていると傍《そば》へ寄ってくる。ところが、タマやっと言って呼んで、声をかけて手を伸ばすとつっと逃げていく。そういうところがある。傑作というものの幻影と似てるんだな。胸の中で思ってるうちは、傑作がある。自分の体の中に入っている。書き出しにかかって、傑作をものしようと思うと、どんどんペン先から逃げていく。それに似ているな。

もっとも、自然体の構えでふらふら、ぶらりとはいえ、無目的というのとは違う。無目的な旅というのは、言葉として存在するだけだよ。つねに何か期待してるか目指してるか、そういう心の動きがどこかに何かあるんじゃないのかな？　それがバネにならないと、人間というのは旅に出ないんじゃないかしら――もちろん、流れていく雲が見たいためだという動機だっていいんだけど。

似たような意味で、私は人間嫌いのくせに、人間から離れられない。ただ、人間嫌いだけになってしまうと、小説なんて書く必要がないよね。小説家というのは、どんな悪魔的な文学、どんなに冷酷無残、どんなにニヒリスチック、ペシミスチックな小説を書こうとも、ものを書いてるかぎり、彼はヒューマニタリアンさ。なぜなら、彼の書く文字というものは人間につながっているから。彼が意識してないとしても、誰か他者に向かって何ごとかを訴えているんで、訴えているかぎり、彼は絶望者であるとはいえないわけだ。だから、絶望という名の希望をどこかに持っているんだということになる。これが認識論の出発やな。

だから、文学には絶望ということはあり得ない。もし、ほんとに彼が絶望するなら、何も書かないはずだ。そういうものだと思うよ。うん。ほんとの泥棒の名人、スリの名人というものは、ついに世間に名を知られることなく去っていく。それに似たところが、ちょっとあるんじゃないか。真の絶望者は、何も言わない、何も書かない……

元へ戻って、それでまあ、六〇年代に入ってからはあちらこちら、のべつ戦争を尻に火がついたみたいになって追いかけ回してた。こういう厄介ごとばかり追いかけ回す奴のことを、トラブル・シューターというそうだけど、私はだからトラブル・シューティングに耽《ふけ》ってたわけ。それで自分は、血の臭いのするところには必ず姿を現わすんだ、オレはハイエナだ、ハイエナは猛獣なんだゾ、と自分に言い聞かせて、ハイエナ振りに徹しようと努力してたこともあった。

ところが、日本人は本来が草食動物であるせいか、どうも腹にもたれていけないんだ。

戦争、テロ、軍事裁判、いろいろ見て歩いたけれど、ある日、突然、気がついてみると、それを描写するヴォキャブラリーの貧困にわれながら呆《あき》れてしまった。たとえば、サイゴンでテロがある。ホテルにいても下宿でも、ジャンと鳴ればさっと駆けつけられるようにしてて、そしていつでも駆けつけてた。どんな無残なレストランやバーの現場でも、私は必ず見に行った。のちにヴォキャブラリーの貧困に気がついたから、私はそれを文章にはしないことにしてたけど、自分の内心で書こうとすると、ほとんどのテロが、発想も形容詞もみんな同じになってしまうんだよ。これでは、いけない。交通事故を描写するのと同じじゃないか。交通事故を追っかけ歩いたってしようがないだろう。そういう気持になってきた。

難民収容所へ行ってみても同じだった。ガザストリップだとか、ビアフラのキャンプだとか、いろいろな難民収容所があったし、難民収容所と同じような村落もたくさんあったよ。それをまた描写する文章、ヴォキャブラリーも、これが貧困なんだなあ。結局、やっぱり日本人の精神がまだ草食動物的なところがあって、私にもそれがあるんじゃないか。血の臭いにすぐ飽いてしまうというのか、もたれてしまうというのか、くたびれてしまうんだな。

それと、自分は異邦人だ、よけい者なんだ、ハイエナなんだゾ……そう、いくら気ばってみても、たとえばヴェトナムの農村で朝、地雷に引っかかったとか、機関銃でやられたとかで、農民がごろごろ転がしてある。目の上を蠅《はえ》が這《は》い回っている。傷口の中にも、もう蠅が卵を産みにかかっている。それから、家を焼け出されて泣きながら逃げていく難民の親子がいる。傷ついて泣いているお婆ちゃんがいる。そういう光景を、私は五体満足のままで上から見おろしているわけだ。私の目は、あの人たちの目と同じ高さにはないわけなんだ。この一種のやましさが、どうしようもなく心にわだかまる。援助する目的もない、助ける手段もない。ただ、見るだけ。これは非常に胸苦しいよ。しかし、そのうちにあるとき、ゲーテの言葉を読んだ。ゲーテがやっぱり、戦争の現実のことをいろいろ書いてて、それをまた観察する人間の立場のことも書いている。こう言うんだ。

「戦い合う当事者は、人間的にはなれない。真に人間的なのは、第三者の傍観者である」

戦い合う人間は、悪魔にならなければ戦い合えない。殺し合いができない。だとすれば、人間的になれるのは傍観者だけではないか。ゲーテのこんな言葉があって、私はちょっと救いを感じた。が、おそらくゲーテも、どこかで自分の目の高さと犠牲者の目の高さとが違うことについて、苦しんだことがあったんでしょう。その言葉を知ってからは、犠牲者が見えないものも、観察者の目には見えることがある。それが胸苦しさを感じさせるんだ、と思うようになりましたね。

そんな風にして取材旅行がつづいていたけれど、地名、人名、数字など必要なことは、ちょっとポケットの中のマッチ箱の裏やハンカチの隅、ときには掌などに書きとめ、それから綿密なメモをとっていた。しかし、それを後から読み返してみると、非常に綿密ではあるけれど、何となくエッセンスが抜けているような気がする。絵に描いた餅のような気がする。竜を描いて目を入れてないような気がする。仏つくって魂入れずというところがある。

そこで考え直した結果、もういっさいメモはとらない。地名、人名、数字などでどうしても欠かせないものは、まあマッチ箱やハンカチに書きとめるけれど、後は自分の心に残ったもの、耳と目と頭、そこに引っかかって最後まで残されたもの、それだけを文章に書くようにしたわけだ。それがいいのか悪いのか、私にはわからない。読者が判断することだからね。しかし、私はそれでいいのだと思う。

旅でも同じだ、というのが私の考えだな。何でも記憶にとどめようと気ばって見て歩くと、物ごとの表面ばかり見ることになる。本質が見抜けなくなる。もちろん、触覚は敏感に働かさなくてはならないが、気ばれば触覚は動いてくれないんだ。自然体に構えて、それで触覚にひびいてきたもの、耳と目と頭に残ったもの、それがきみにとっての物ごとの本質だということになる。

もっとも、旅といっても、いろいろある。表通りと名所だけ歩いて、後は土産物屋というのも旅の一種だろうけど、私が言ってる旅はそういうものじゃない。外国人が日本にやって来て、神社仏閣とゲイシャ・ハウスを歩いただけで日本文化に触れたと言われたら、ちょっと困るなと思うのと同じで、たとえばパリで凱旋門《がいせんもん》とサクレクールとムーラン・ルージュを歩いて、シャンゼリゼを流したついでにフォーブール・サントノレのブティックで買い物をしただけでパリの文化にどれだけ触れられるか。

私の意見はこうだ。ルポルタージュを書くとか何かをどこかに発表するとか、そういう目的があろうとなかろうと、外国へ行ったらまずすべきこと――それはタクシーの運ちゃんの話に耳を傾けること。市場へ行くこと。それから土地の女と寝ること。寝なくてもいい、恋をすること。恋をしなくてもいい、買ってでもいいから寝るということ。それから、新聞の三面記事を読むこと。それから、その国の二流の小説を読むこと。これだな。その国の人びとのウェイ・オブ・ライフ、ウェイ・オブ・シンキング、ウェイ・オブ・フィーリング、それを知るためには二流文学の方がいい。一流の文学というのは、どんなにその土地固有のものを書いていても、普遍性に達している。その土地から離れ昇華されてるから、人間について悟れ、文学について悟れるけれども、その国、その土地を発見する助けにはなりにくいんだ。

私の場合、空港から街へ入ってホテルに入ると、まず水を飲むことにしている。それが水道の水であれ、ミネラル・ウォーターであれ、うまい水を飲むと、うむ、この旅はいいものになりそうだという、ほのぼのした実感に襲われるんだ。けれど、パリへ入って水道の水、飲んでごらん。これには、がっくりくる。がさがさだしね。全ヨーロッパがそうだけど……

ところが、街へ一歩出てエビアンでもヴィシーでもいい、よく冷えたのを買って、ごくごくと疲れた心で飲んでみる。のどの中が一瞬、光り輝くようになる。うむ、この街には何かいいことがありそうだという予感がしてくるな。

『オーパ！』行で初めてサンパウロへ着いたときも、まずホテルの冷蔵庫からミネラル・ウォーターをとり出して、飲んだ。カンポス・ジョルダンというやつだったが、あの水はすばらしかった。ああ、このブラジルは面白い、楽しい旅ができそうだと、ほのぼの期待が湧《わ》いてきたのを思いだす。

水の次が、屋台と露店。これが多い国というのは、人の心を、旅人の心をとても助けてくれる。あれがないと、淋しくていけない。シュペル・メルカード、つまりスーパー・マーケットというやつは、どこへ行ってもだめだな。あれは文明の産物で、文化の香りがないからだ。屋台、露店市、大道芸人、行商人、こういうのに出くわすと、立ちどまって食べたくなったり、いつまでも見とれてたくなる。そして、土地の人びとの肩と肩の間へ体をおしこんで、よくわからない言葉を聞きながら、同じものを食べる。あるいは、同じ芸を見ている。あるいは、同じ口上を聞いている。すると、人間というのは、どうしてこんなに同じなのかという気がする。そして同時に、人間というのは、どうしてこうも違うのかという気もする。その二つの認識が、旅の醍醐味《だいごみ》じゃないかな。

それと、酒だ。酒について言えば、やっぱりその国で飲まなければ、酒のよさはわからない。酒ひとつだって、あらゆるものが寄ってたかって造りあげてるんだから。蒸《じょう》溜酒《りゅうしゅ》でも、醸造酒でもそう。焼酎《しょうちゅう》であれ、ブランデーであれ、ピスコ、ピンガ、テキーラ、ウォツカ、ぶどう酒、セルベージャ、ビール、何を問わず、その国で飲むのが一番なんだ。

たとえばモスクワで、私はウォツカを毎晩飲んでたけれど、非常にうまかった。ポーランドではズブロヴカ、バイソン・グラスという香りの強い草の入ったウォツカだけど、これを飲んでいた。これが、うまい。けれど、その同じ酒を日本へ持ち帰ってから飲んでみると、三分の一も飲まないうちに悪酔いして、ベロベロになってしまう。原因はどこにあるのか。向うは空気が乾燥してるとか凜冽《りんれつ》でとか、いろいろな理由が重なってそうなるのだろうけどね。日本では、湿気と気圧がもたれかかって皮膚呼吸を妨げているのじゃないか、そのためアルコールが内にこもって腐るんだというような、自分流の勝手な美学を私はたててみたけど、そんな美学はともかくとして、酒はその気候・風土でもっとうまく飲めるように造られている。それだけは間違いないのだから、外国へ行ったら、まず土地の酒を飲むこと、これだな。

もひとつ、食事。もちろん、日本料理店へ駆けつけたり、ホテルの食堂ですませたりするのでは、旅に出かけた甲斐《かい》もない。屋台よし、それから裏街の食堂よしだ。こんなとき、例のタクシーの運ちゃんが役にたつのである。日本でも、長距離トラックやタクシーの運転手の集る店は、安くてうまいということになっている。それと同じで、どこでも連中のたむろするところは、安くてうまい。タクシーの運ちゃんに

「あんたのいつもめし食う店へ連れてってくれよ」

と言ってみることだ。むろん、旅行中に一度くらいは大枚はたいて、土地の最高の店でそこの料理の最高をやってみるのもいいが……

私が釣りを始めたのは、もっぱら運動不足を解消するためだったけど、外国旅行のときも釣りをしながら歩くのは、いくつかの理由からだ。

釣りをすると人間、心が穏やかになるというけれど、釣れないときの心のいらだちを覗《のぞ》いてみると、まるでもう魔女鍋《なべ》みたいにぐつぐつ煮えかえっていてね、妄想《もうそう》、絶望、ニヒル、怒り、嫉妬《しっと》、邪推、卑劣、下賤《げせん》、下劣、淫猥《いんわい》、煮えくりかえってるんだ。けれど、魚がかかった瞬間、それはいっぺんに蒸発してしまう。その後、すっと目が澄んでくる。その感じがいいんだ。外国ででも同じだね、それは。

それから、外国で釣りをしていると、いろいろな階層のいろいろな人と知り合える。じっさい、東南アジアには釣りを介して知り合った知人がたくさんいます。これも効用

のひとつだな。

それから、まだある。あるところで大岡昇平が俘虜記《ふりよき》ものを書いていて、捕虜収容所での感想の一つとして、現代文学のはなはだしい衰弱の一つの原因は、自然と人事とのコレスポンダンスを欠いているところにある。自然との照応のうちに人事を眺める、人事を自然の中に置いて眺めるという精神を忘れたがために、はなはだしき衰弱に落ちこんだのではないか、そう言っている。この説に私はまったく賛成で、日本の山川草木のようにくたびれ果てたものでも、やっぱり自然は自然なんだが、外国へ出たら、くたびれてない強い逞《たくま》しい自然の中に入ってみたいという気があるんだよね。それで、釣りをやる。ギリシャ神話のある英雄は、戦って全身、傷だらけになってばたッと倒れる。が、大地を手をついた瞬間、いっさいの力をとり返してまた立ちあがるでしょう。私自身が英雄であるかどうかは別にして、私にも手をつくその大地が要るんだ。大地、つまり自然がね。その自然に触れる手段が、釣りということでもあるわけなんだ。

自然を知れば、都会を見る目も変ってくる。都会だけしか知らないと、衰微していくだけだからね。

自然が近い都会という点で、私はいまニューヨークに興味があるな。あそこは一歩あのソドムの外へ出れば、キャッツキル・マウンテンがある、大西洋がある、オオマグロが釣れる、もの凄《すご》いスズキがマンハッタンの鼻先で釣れる。それと、あのソドム、ゴモラ、バビロン、その生活とが共存している。非常に若く、同時に非常に古い。新鮮さと腐敗とが、若さと老いとが、円熟と浅薄、軽薄とが、渾然《こんぜん》一体となっているかのように見えるんだ。もっとも、そう思うだけで、ほんとは違うかも知れないけど、私はまだアメリカ本土へ行ったことがないのだから、想像するしかない。アメリカなら、いつでも行けると思ってるうちに、うかうか今日までなってしまったわけだ。若いときに、ニューヨークのヴィレッジあたりで貧しい身分で住んでみたかったな、と痛切に思うね。パリもいい。パリもいいけど、ニューヨークの方が私の性に合うような気がするんだな、いまは。若いとき、独身で、貧しく住んでみたかったなあ……

年をとって悔いてみても、もう遅い。若い人は、私にとってのニューヨークやパリのようなところを探して、思いきってやってみることだろうと思う。いい旅、いい経験をしなさい、若いうちに。

旅について、こういう言葉がある。

「旅は船であり、同時に港である」

もう一つ、いい言葉があるんだけれど、いま小説の題にしているものだから、ここに書くわけにはいかないんだ。真似されると困るし。男の本質を告げ、かつ旅の本質をついているせりふなんだけれど。いいだろう。「漂えど、沈まず」

ラテン語で

FLUCTUAT NEC MERGITUR

という。古い、古い時代からのパリのモットーなのだ。言いえて妙だとは思わないか。パリが誕生してから五百年か六百年、あの街の歴史を見てごらんなさい。風にうたれ波にもまれ、しかしその歴史は、「漂えど、沈まず」という一言に、見事に要約されているじゃないか。男の本質、旅の本質は、まさにこれなのだ。

悲しき湿原

ワトスン君。君は事物を見ているだけだが、私は観察してるんだ。それだけの違いだよ。というのがシャーロック・ホームズ大先生の口癖である。ワトスン君から見ると、ただのひとつまみの灰にすぎないものが、ホームズ大先生にとっては無限の情報源となる。見ると観察する、〝それだけの違い〟が、無か全かというくらいの相違を生みだすわけである。

だれもいない、ひっそりとした渓谷で釣りをしていると、よくこのエピソードを思いだして、ニヤニヤしたくなる。ワトスン級の釣り師にはだれもいない、ひっそりとした、ただのすばらしい渓流も、ホームズ級の釣り師が観察すれば、上流にダムがあるかないか、それは新しいか古いか、森林が乱伐されているかいないか、農薬がまかれているかいないか、最近出水があったかなかったか、というようなことが一瞥してわかる。一瞥で無理であっても、しばらく川岸を上ったり下ったりすれば、体にひしひしとこたえてわかってくる。

水、苔、藻、岩、羽虫、小魚、岸の小道の踏みならされぐあい、さまざまなこれらの〝しるし〟から釣り師は川の声を聞き、川の顔を読む。絶望や歓びのそれを聞いたり、読んだりする。運よく一匹のイワナが釣れたら彼の眼はさらに大きくなる。その魚の錆びぐあい、肥りぐあい、寄生虫がいるかいないかというようなことを素早く谷のホームズは読みとる。そして、それが〝運〟で釣れたのか、〝腕〟で釣れたのかの分析と反省にふける。一匹の、やせた、くすんだ、元気のない、顔ばかり大きいイワナから、熟練の釣り師が、二十世紀技術文明の毒の浸透と展開を読みとるのはやさしいことである。すぐれた釣り師のこころのなかにはいつも一人のレイチェル・カースン（『沈黙の春』の……）が住んでいて、ただ悲傷を淡麗の名文で表現するすべを知らないことをくやしく思っているのである。

〝文明〟の最初のしるしは道である。陸の道もあるし、水の道もあるし、空の道もあるが、このうち陸の道が、もっとも大量に、精力的に、持続的に、疑わしいものを、谷、湖、湿原へはこびこんでくる。どこそこに道がついたと聞けば釣り師は最初に30パーセントよろこんで雀躍《こおどり》し、つぎに70パーセント悲観の覚悟をきめにかからねばならない。たとえばアラスカ大陸は北極圏からはるばる大陸を横断するパイプ・ラインという疑わしいものに切られたのだが、それよりずっと以前に、幹線道路がついていた。そこで一人のしぶといホームズ精神を持った釣り師が気の遠くなるほどの距離を野宿しながらハイウェイ沿いの川や湖をかたっぱしから釣って歩いてレポートを書いたことがある。それを読むと、道路のついた川や湖の〝野生〟は、小型水上飛行機で飛んでいくしかない奥地の川や湖のそれとくらべて、お話にならない衰退ぶりだとのことである。魚も、鳥も、小獣も、大型獣も、ことごとくである。

去年の夏に、私はブラジルへいき、アマゾン河やパンタナルで釣りをした。パンタナルというのはブラジルとボリビアの国境あたりにかけて広がる大湿原地帯で、日本全土の面積の約一・五倍ある。ここが地球上最後の大湿原だろうと専門学者たちに考えられているのだが、ワニ、水鳥、魚、サル、ヘビ、ヒョウ、バク、ダチョウなどの最後の天国である。

この水と草と木の無辺際の膨張のなかを毎日、ボートで、上ったり下ったりして私は釣りと観察に没頭していたのだが、すでにここにも〝トランス・パンタナル〟という横断道路がついてしまったのだ。たまたま知りあった一人のブラジル人の釣り師は、今日は人間大のナマズを釣りに三〇〇キロ川をさかのぼるのだ、昔はついそこで釣れたもんだが……といって未明にでていった。またこの大湿原の野生ぶりを記録映画にするのだといってくりこんできた撮影隊は、川を五〇〇キロさかのぼるのだといっていそがしがっていた。

私はパンナタルで、ワニや水鳥の大群を目撃して声をのむしかない清澄の陶酔をおぼえたけれど、おそらくこれは落日瞬前の恍惚ではあるまいかと思う。今後パンタナルへでかける人は、一年ごとに、三年ごとに、野生の減退と縮小と萎微を報告することになるのではあるまいかと思う。一九三〇年代にこの大湿原をさまよった一人のフランス人の若い学者がインディオの衰滅ぶりを『悲しき熱帯』という表題の書物で訴えた。しかし、悲しみは、インディオだけではなく、鳥、獣、虫、魚のすべてにしみこんでいくのである。

自然科学者、自然主義者としてこの大湿原にさまよいこんでくる釣り師は、いずれ〝現代〟のおこぼれをチマチマと釣るしかないのであろう。それでも彼は、しばらく、野生そのものだと叫びつづけ、都市へもどってホラをいきいきと吹きつづけることであろう。しかし、やがて、彼は、利根川やセーヌ川の釣り師とおなじように猫背になって一日じゅう黙りこんですごすしかなくなるのではあるまいか。ホームズ大先生もワトスン君とおなじ腕におちるのではあるまいか。

ウノートラ・セルヴェッサ

夏と冬にマドリッドへは二度いったが、二度ともトレド美術館でゴヤを見たいためで、ほかには何の興味もなかった。フランコのおならの匂いなんか嗅ぎたくもなかった。名物料理のパエラ・ヴァレンシアナ（オリーヴ油でいためた五目焼きメシ）も、ガスパッチョ（野菜入りの冷めたいスープ）も、評判ほどにはうまいと思わなかった。裏町でエビの鬼殻焼を立食いするのはうまかったが、七割近くは雰囲気の味であった。サングリア（安物の赤ぶどう酒を水で割ってレモンの輪切りを浮かべたもの）をがぶ飲みしながら仔牛のキンタマのフライを食べるのはよかったが、いま考えてもそれほどなつかしくはない。人びとはおそろしく貧しく、田舎へいけば、ただあの激烈な日光に灼かれた赤いぱらぱらの土を食べているだけなのではあるまいかと思われるほどである。ギリシアにちょっと似たところがあった。

闘牛の真打ちは春と秋なのだそうで、夏場はもっぱら観光客用の幕下力士のショウであるという評判であるが、ある日、見にでかけた。ホテルで切符をとってもらったら、マネージャーがすごい巻舌の英語で四十八手を説明してくれた。闘牛師のかざす赤い布は〝ムレタ〟といい、このふりかたが多種多様、そこを見わけなければ闘牛の面白味はわかるものではない。きっとあなたにはわかるまい。けれど一つだけ晴れ技を教えてあげよう。マネージャーはそういって床に軽く膝をつくと、ハンカチを頭ごしに背へふって見せ、これを〝ヴェロニカ〟というのだ。猛牛のまえに膝まずいてまったく無防禦《むぼうぎょ》でピタリと静止させるのだ。今日これがでるかどうか、よく見てきなさい。そういって、たいくつそうな顔つきでのろのろと帳場にもどっていった。

闘牛は黄昏からはじまる。三十分かかって一頭殺し、一回の興行で六頭を殺す。三時間の興行である。アレナの観客席に入って見物する。牛は槍で突かれ、えぐられ、銛《もり》を肩へ房のようにうちこまれ、すっかり戦意を喪失しても命は助からない。赤い布をふられ、尻を槍でこづかれ、無理矢理、殺される。しょうことなしに死んでゆく。人間がよってたかって逃げまわり逃げまわりしぶとくノミのようにとびついてそそのかすのである。私はまったくのしろうとだから、観客席が一見何の変哲もないことにごうッ、ごうッとわきたつのがどうしても理解できず、さびしかった。その日は〝ヴェロニカ〟は一回あったきりで、息を呑んで眺めたが、なにしろ三歳牛が尻ごみばかりしているので、いっこうにパッとしなかった。

けれど止めの一撃のすごさは特筆する必要があるようだ。牛が刺され、えぐられ、いびられたあげくに長剣を柄まで通れとズブズブッとうちこまれても死なない場合は、フランス語でいう〝クー・ド・グラース〟（慈悲の一撃）が加えられる。血泡を口から吹いてよろめき、佇む牛の後頭部（きっと延髄だろう）をめざして、闘牛師が、刃先の十字になった剣をゆっくり構えてから、呼吸を計って、ひょいと突く。ほんの軽く、ひょいと突くのだ。遠くからだと、まるで針を刺したくらいの動作に見える。けれど威力はすごいのである。どの牛もこの牛も、その瞬間、まるでゼンマイのきれた玩具のネズミのようにコロリとひっくりかえって、おしまいである。微動もしない。喘ぎ一つ洩らさない。ラッパが鳴りひびいて馬がかけだし、死体をひいてゆく。つづいておつぎのまっ黒の瘤牛が猛り狂ってとびだしてくる。

黄昏の微光のなかで眺めていると、やがてどの牛もこの牛もみんなおなじように見えてくる。薄青い夕靄のなかでたった一頭の牛が出たり入ったりして無言の演技をしているのではあるまいかと思えてくる。たったいま死んだはずの牛がゼンマイを巻きなおされてとびだしてくるのではあるまいかと思えてくるのだ。マタドールやトレアドールは必死になってかけまわり、汗を流し、逃げまわり、狡智をこらし、工夫をかさねてたたかうのであるが、いったい勝っているのは人間なのか、牛なのか、ふとわからなくなってくる。牛は黄昏のなかで血泡を吹きつつド、ド、ド、ド、ドッと砂蹴たてて生の渚へ追いおとされ、蒙昧と荘厳のうちに瞬間、死を完成する。しかし五分とたたないうちに暗黒からかけだして渚を突進し、ふたたび追いおとされてくるのである。

「オーレッ、オーレッ!……」

闘牛師が格闘のあとで帽子を高々とかかげてアレナをゆっくり一周する。人びとは狂ったようにたちあがって喚声をあげる。とりわけ闘牛師の出身部落の連中がかたまっているスタンドの騒ぎはすさまじい。帽子がとび、ぶどう酒の皮袋がとび、背広がとぶ。闘牛師はいんぎんに会釈して一つ一つ投げかえす。

「セルヴェッサ、セルヴェッサ!……」

よこにいたスペイン人の一人がそういって私にビール瓶をつきつけたので、〝セルヴェッサ〟とは〝ビール〟であろうと見当がついた。スペイン語はかいもくであるからニッコリ微笑し、手さぐりのイタリア語で〝グラーチェ〟(ありがとう)といったら、もう一本をズボンの腰からぬきだした。栓を歯でカリカリとこじあけ、一口ラッパ飲みしてから、

「ウノートラ・セルヴェッサ!」

と叫んだ。

ビールをもう一杯ということではあるまいか。さしだされるままうけとってラッパ飲

みし、ニッコリと笑って、グラーチェという。生ぬるい、ドロンとした、気のぬけた、おそろしくまずいビールであったが、私はニコニコ笑いながらおっさんの肩をたたいて、グラーチェ、グラーチェといった。

スペイン語で知ってるのはこれだけだ。

ウノートラ・セルヴェッサ（un otra cerveza）はスペイン語で「ビールをもう一杯」の意——編者

7　わが人物誌——人の世の海を渡る「舟」

夏目漱石

漱石の作品のなかで何が好きですかと聞かれて、『坊っちゃん』だ、『猫』だと答えたら、まずインテリとしては失格であろう。新聞社の学芸部、または文学雑誌の編集部からの電話やインタヴューに答える答としては、およそオカシなものとなるであろう。

おなじように太宰治の作品で何が好きですかと聞かれて、『ロマネスク』、『お伽草紙』などと答えたら、やっぱりうとんじられることと思う。中島敦の作品ではとたずねられて、『山月記』とか『カメレオン』などと答えないで河童の沙悟浄さと答えたら、やっぱり相手はたちどまることなくすぎていくことだろうと思う。

文壇の主流からはほとんど相手にされることのないこうした落ち穂のような作品をひろって歩くことが私は好きで、いつからとなく私の頭のなかの書棚には特別の棚が一つできている。いわば評判にならなくて面白くてタメになる本ばかりを集めた書棚である。いま落ち穂と書いたけれど、ほんとのところはこうした作品こそ読者に清浄な愉悦をあたえ、血となり肉となるものが多いのである。

たのしい作品は文壇ではまるで人眼をはばかる情婦のように扱われる。批評家たちは愚にもつかぬ二流の苦悩の作品をアアだ、コウだと論ずるが、よくよく眺めればその文字のうらに看板とはウラハラなあくびの音が聞える。そして私的な場所で話しあうと批評家はとつぜん日頃のおごそかな倦怠を捨てて眼を輝かし、いやじつは、といって、太宰治は『ロマネスク』がいちばん完成度が高くてたのしいんだよと肩の荷をおろしたような顔つきで語りはじめるのである。

こういうばかばかしい気風はわが国だけではなく、どこにでもあるように思える。モームの『昔も今も』を読むとハッキリそのことが書いてある。これはマキアヴェリとボルジアの知的格闘を描いた作品で、政治を主題とした小説ではけだし出色の作の一つだと思う。その最終場面でマキアヴェリが友人と酒を飲みながら、そろそろおれもくたびれてきたので小説でも書いてみようかと思うのだという。友人は、それはいい趣味だという。すると友人はとびあがり、バカなことをするんじゃない、あんたのたのしみのために書いた小説なんか、どこの批評家にもとりあげてもらえやしないよと忠告にかかる。マキアヴェリはせせら笑ってヒバリを頰ばりながら、もっぱら俺のたのしみのための小説だというので、マキアヴェリはヒバリを頰ばりつづける。

「あの連中はたのしんだあとで文句をつけるのが商売さ。考えても見ろ。古来傑作と称されるもので作者のたのしみのために書かれなかった作品があるかね。ペトロニウスの『サチュリコン』は何のために書かれたのだ。いい例だよ」

漱石を論ずるときに『坊っちゃん』や『猫』をまったく無視してもっぱら『心』や『それから』に議論を集中する手口のどこかにたいてい文学スノッブの蒼ざめた馬づらが感じられる。これはどこかお湯を流すのといっしょに赤ン坊まで流してしまうことになっているような気がする。そのことに気がついていないらしい鈍感さがよこから見ていてばかばかしい気がするのである。

或るフランス人の青年の日本文学研究家と話しあっていたときにもそういうことが起った。青年は漱石をよく読み、よく愛していた。彼は同時にフランス人にしては珍しくトーマス・マンを愛していて、『ブッデンブローク』や『魔の山』に魅せられたことを語り、日本語が読めるようになってからはじめて漱石を読んだときはマンを発見したのとおなじ感動におそわれたということを告白した。そしてその夜はえんえんと、マンの話をし、漱石の話をし、またマンの話をし、漱石の話をした。私はマンについては短篇に好きなものがあるけれど長篇は苦手で、ただし『フェリクス・クルル』は例外である。これは悪漢小説としてもなかなかわるくないものである。その夜の話もくたびれてきて酔いがいささか泥におちた頃、とつぜん私はフランス青年に、『坊っちゃん』や『猫』は漱石がほんとにたのしみながら書いた作品なのだ、君はああいう作品のことを語ると人にバカにされるのじゃないかと思っているのではないか、警戒しているのではないか、そういうことではいけない、『猫』をよく読んでみろ、後年の作品のモチーフはすべてあそこになにげなく登場しているのだゾ……といった。フランス青年は近眼の眼を瞠って、何やらおっくうそうに、ソウデスネ、ソウデスネといったが、それきりであった。

じっさいそのとおりなのである。『猫』をゆっくり読みなおしてごらんなさい。後年作者が悲劇として扱うことになったいくつものテーマが太平の逸民の茶飲話として、喜劇として、いささかの苦味をまじえることもなく晴朗な笑いのうちに語られているのである。たとえば、或る日、胃弱の苦沙弥先生は、粗茶などすすりつつ誰にいうともなくつぶやくのである。明けても暮れてもわれわれはよるとさわると自分の話をしている。どうもこれは異常なのではあるまいか。大変なことだ。どうもそんな気がする。こんなにも自分のことばかり話していていいのだろうか。自分のことでわれわれは頭がいっぱいになっている。自分、自分で、ハチ切れそうになっている。これではいまにどうかなってしまう。どうなるのかわからない。この世が自分で爆発してしまうのじゃなかろうか。苦沙弥先生はそう述懐するのだが、誰にもとりあげてもらえない。寒月はそれを聞いてもいっこう馬耳東風で、やはり粗茶などをすすりつつ、いや、じつは、先日、妙なことがありました……、といったぐあいに無駄話を開始するのである。苦沙弥先生は粗茶をすすりつつ、このとき、巨大な問題にふれているのである。密室に閉じこめられて燃焼の機会を失ってしまった現代の人間のエゴ、その行方知れぬ無限膨脹の悪夢にふれているのである。われわれはこのエゴのとらえようのない重量に深夜ひそかに苦しんでいる。苦沙弥先生はとほうに暮れて茫漠とした顔で、大変なことだ、大変なことだとつぶやくのだが、それは音なき洪水の轟音にかぼそく消されてしまう。現代の作家は東西を問わず一人のこらずこのつぶやきに浸されているのである。活字になったこのつぶやきの全重量、そのために使われた字母の全重量、そのすさまじい行列の長さを考えてみるといい。そしてその行列の果てにそれぞれ何が形をととのえてあらわれたことか。現代小説の一つ一つの最終場面を考えてみるといいのだ。漱石自身の後年の作品の最終場面を考えてみるといいのだ。

ときどき私は夢想することがある。漱石は『猫』を書きあげたときにペンをおいてしまったほうがよかったのではあるまいか。彼はエゴという巨鯨の体内にもぐりこんで悪夢に身をゆだねることとなるが、悪夢に形をあたえることでも自分を救う唯一の道としての芸は、ときには、『猫』のほうが、完成度が高いのである。悲劇としてはかならずしも充実しきれなかったところのある後年の作品よりは、おなじテーマが喜劇としては、初期のたわむれのほうにこそ、完成した形をあたえられているのである。蒼ざめた馬づらの文学スノッブたちはたちまち黄いろい声をあげて否定にかかるだろう。けれど彼らは喜劇のほうが悲劇よりはるかに強大な力を必要とするものなのだという初歩の原則に気がついていない。

江戸川乱歩

むかし乱歩氏はひどいヒポコンドリア（憂鬱症）にとりつかれていたらしい。雲水かなにかになるつもりで放浪したことがあるということをどこかで読んだ記憶があるし、宇野浩二氏の文章によれば会いにいったら居留守をつかわれたそうである。それも家にいるということがハッキリ自他ともにわかっているにもかかわらず留守だといわれた。妙な人もあるものだと思って帰ったら二、三日して遠い田舎からハガキがきて、乱歩氏の弁解が書いてある。

じつは先日お訪ね頂いたときは小生在宅していたがどうしてもお会いする気になれなかった。これはあなたに対する好悪の感情とはまったく別問題で自分の性分なのだから何卒お許し頂きたい。じつはそのことが気になって気になってしかたないものだから、いたたまれなくなって旅にでた。このハガキはその旅先から書いているのであるウンヌンと……

ご多分にもれず私も子供のときは乱歩氏の泥絵具的嗜虐趣味にヤワな脳味噌を虫食いだらけにされてしまったほうである。机のした、押入れのなか、教室のすみで、『盲獣』だの、『陰獣』だの、熱烈陰惨な外道美学に読みふけったあまり、頁を閉じるとすっかり眼つきがへんになってしまった。江戸川乱歩、山中峯太郎、海野十三。明智小五郎に本郷義昭に、それから火星人丸木というウェルズのエピゴーネンが跳梁バッコして夜も日もあったものではなかった。わけても乱歩氏の大ドロ、小ドロ鳴りひびく悪魔主義、カルニヴァリスム、南北的フェティシズムのケタはずれな異端妄執ぶりには脳味噌が蜂の巣になったかと思うような悩ましさを味わわされたものである。昭和生れの人間でこの乱歩氏の熱臭い憂鬱の糞をさけずに通ることのできたものが何人いるだろうか。

戦争中から乱歩氏はピタリと書かなくなり、戦後はブーキニストとして幻影城主になってあらわれることとなるのだが、いかに清らげな書痴の表情を氏の文章に読もうとも、とうてい私の脳皮にしみとなってのこったあのモノマニャック(偏狂)な肉感主義者、嗜虐者のおもかげは消せるものではなかった。

ただ氏がヒポコンドリアに憑かれていたということを知ったために氏の傾斜が厭人主義の衝動から発していたものであったらしいことを教えられ、その方向がすこしずれるとそのまま幻影城の大書庫、あるいは男色文献の大蒐集ということになって表現されるのであるかと、かねて遠くから眺めていたのである。

ところがいよいよ会ってみると、幻影城主は河内山宗俊のような大入道、癇癖のつよさ、依怙地めいた表情はときどき頬のあたりを影のように刷いてとおるが、おおむねはドッシリ、ニコニコと福徳円満の長者ぶりで、無器用を口にする大器量人、エルキュール・ポワロにいささかあぶらをのせたような、みごとな卵頭からはゆうゆうと〝大人《たいじん》〟のカスミがたなびくばかりで、ミザントロープ（人間嫌い）の鋭角は、ついにあらわれなかった。

いささか誤算の気味があった疑問は疑問なので往年のヒポコンドリアのことをたずねて、

「──なにがそんなに憂鬱だったたんです？」

と聞いてみると、

「ナニ、インフェリオリティ・コンプレックスです。自分の書いたものがいやでいやでしようがなかったんです。はじめ二、三年短篇を書いているあいだはまだよかったが、それから「朝日新聞」に「一寸法師」のようなものを書きだすようになってからイケなかった。はずかしくてはずかしくて、とても人とまともに顔をあわせちゃいられなかった。書いてる原稿用紙をワッと手でかくしてしまいたいような気持でね、それが厭人主義になったんです」

この返答はよく練られ、手ぎわよく整理がいきとどいて理屈をとおし、ためらいがない。つまり、乱歩氏はすっかりきれいになってしまった。〝円熟〟である。〝人柄〟、〝達人〟、〝肚芸〟の好きなタイコ持ちならいくらお世辞、お愛想の美辞麗句を捧げても自分がちっともいやにならないようなどうやらそのあたりまで乱歩氏は〝大人〟になってしまったらしい。どうやら私はおそく来すぎたらしい。

「……まアこのごろはすこしそいつが納まって酒もいくらか飲めるし、人とも話ができるようになって、自分では楽しいんですがね。だけどあんまり楽になると作品が書けなくなるということもあるから、よし悪しというようなもんですが、とにかくありがたいことはありがたい」

金子光晴氏とたいそう印象がちがう。光晴老は話してるあいだに人の手をにぎって〝こうしてる瞬間だけが真実です。手をはなせばつぎの瞬間はどうなるかわからない〟とたいへんなまぐさく切迫したことをいった。きだみのる氏なら〝女と寝るときはぜったい横になるんだよ〟といってナマコの卵巣の干したのをくれた（ききめはなかったが……）。三人ともおなじ明治二十七、八年生れでありながら、まったく方向はてんでばらばらである。

しかたないのでボソボソと変形譚や怪談や、ドイツ人が論理的でないとか、ポーの「アモンティラァドの樽」にでてくるアモンティラァドというシェリー酒は書かれているほど上等のものでもないのにあんなにホメて書いたのは大酒飲みのポーらしからぬ誤ちでありますとか、ジークフリード伝説はおもしろいよ、だとか、『カリガリ博士』は今見ても見られますよだとか、探偵小説はチェスタートンとポーにつきるようだねとか、初期の谷崎潤一郎と佐藤春夫はいまでも好きだよとか、ハードボイルドはどうだねだとか、ハードボイルドの本質は抒情なので禁欲主義を失うとセンチメンタリズムになると思いますだとか、おおむねそのような、いくらか真実で、いくらかあてずっぽうで、そして結局は毒にもクスリにもならぬ便利大工じみた雑学のやりとりをしているうちに話はオカマのことになった。

ところがあいにく私はオカマにあまり興味がない。自己省察癖のある人間なら誰でももっている程度の関心と、情緒の理解は私にもあるが、また美少年を見れば胸中安からぬものをおぼえる程度の、撫でたり、さすったり、抱いてみたいという発動機の用意はあるが、それはいわゆる〝カマっ気〟であって行動をともなうほどのものではなく、せいぜいがジャン・ジュネを〝悪〟の媒介なく美学的に享受する程度の浅薄さにすぎないから、斯学の大家をまえにして、まったく無欲恬淡であった。

人につれられて四、五回、ゲイ・バーへ行き、旅行中に二回ゲイ・ボーイと知りあったことがあるが、五、六軒のそのような酒場のほんの一人、二人をのぞけばとうていオカマなどといえるようなシロモノはいなかった。

たいてい肥桶かついでいるほうが似合いそうなイカツイのが顎骨張って早口の女言葉

でシナをつくる恰好は見られたものじゃない。その上そんな割れ鍋みたいなコンニャクにも結構とじ蓋がついて、名あり教養ある鼻低デブッチョのコンニャク紳士どもがダボハゼ二匹つるみあうように折りかさなって愚にもつかぬ嬉しがらせをささやいている光景はラブレかスウィフトに見せてやりたいようなものだった。下食、悪食はどこの世界にもあるものらしい。

オカマについて乱歩氏が美食趣味なのか悪食趣味なのかはよくわからない。白昼の光線のなかでアルコールぬきで会ったのだからそんな内緒話の聞けるわけがない。

「……イナガキ・タルホと知りあいになったのもホモ・セクシャルを通じてでね。ぼくの中学校は稚児さんが盛んだったからしょっちゅう追っかけたり、追っかけられたりしていたんで、むかしからその気《け》はぼくにあったわけだ。それで本を集めだしたんだよ。ワ印と外国のものをのぞけば相当集めたね。西鶴は全部ある」

「それで江戸川さんはどちらだったんですか？」

「なにが？」

「追っかけるほうですか、追っかけられるほうですか」

「ぼくは美少年だったからね」

「追っかけられつつ追っかけたんですか？」

「ギリシャと江戸時代ほど世界でホモの盛んな時代はなかった。スパルタがあんなにつよかったのはホモが戦友愛や武士道とむすびついたからなんで、つまり愛する男のまえで卑怯な真似をするとその場で切り殺されるというようなことがあったわけだね。時代がさがるとそういう精神的要素がぬけて肉欲が主勢力を占めるようになった。たとえば男は戦場で女が不足するからとか、女は女で男が戦争で少なくなっちゃったりするもんだから代償満足みたいな衝動が手伝ってね……」

ダメだ。こんな顔を洗ったような話をいくらつづけてもキリがない。私はピエール・ルイスの『ビリチスの歌』をご紹介申上げることにしてひきさがることとした。おまけに乱歩さんは『宝石』に小説を書けと、せわしいことをおっしゃりだしたので、コソコソ腰をあげた。幻影城へいくにはやっぱり夜でなければ話にコクがでぬということらしい。第一、読者よ、私の不手際を責められるまえにまずこの新聞の購読料の安さに思いを至されよ。やんぬるかな。出直しということに相成った。御免。

川端康成

一に批評家、二に劇作家、三に小説家。

三島由紀夫は自身を分析してよくそういっていた。そういうことを文章にして書いたこともあったし、よく口にしてもいたようである。たまたま彼の家のパーティーに招かれてグラスを片手に立話をしているときに、かなり辛味《からみ》のきいた笑いをまじえてじかに聞かされたこともある。作品が成功するのは主人公が作者からはなれて一人歩きをはじめたときで、そういうことは一人の作家の生涯に一度あるかないかというようなものではあるまいかということを私が口にすると、言下に彼は否定してちょっと高い声をだした。そして、そういうことは作者の恥だ。断じてそういうことは許せない、おれはいっさいがっさいを計算したとおりにはこぶのだ、と口早にいった。その作法は小説ではなくて芝居ではないかしらと私がいうと、彼は大きくうなずいて、まさにそのとおり、おれは劇を書くやりかたで小説を書くのだ、おれは一に批評家、二に劇作家、三に小説家……といった。

そういうふうにいい慣れてから永くになるという口調ではあったけれど、じかに本人の口から聞かされてみると、短すぎるくらい短く要約されてはいるものの、明晰さにうたれた。あらゆる意味での〝自然〟との融即を忌みきらって句読点のひとつひとつにおよぶまで徹底的に〝匂い〟らしい匂いをぬくことが故人の作品の特長の一つであったと思われるが、口調のうしろには満々の自信がひそめられているようでもあった。よくよく自身を知って、そのうえでつきはなしてしまわなければこうあざやかに裁断はできないだろうし、それはなかなか容易なことではないはずのものである。二、三度パーティーに招かれたほかに私は故人と私的に接触したことがまったくないし、ただ書かれたものを通じて知っているだけだった。グラスを片手の立話ではほかにもいくつかのことを話しあったけれど、このことがいちばんこころにのこっている。そのときの故人の笑声や辛辣そうな眼のキラめきをよくおぼえている。

〝一に批評家〟ということでは川端康成氏もそうではなかったかと思う。師弟ともに──いや、師弟であればこそ──この点ではじつにそっくりであった。二人とも嗅覚の鋭さ、無名の新人を推挙する公平さ、余白を読みとる透徹ということではまったくよく似ていて、みごとであった。晩年の言動が混濁し、逸脱していて、みんなあとになってからそのことに思いいたることとなったけれど、その点までがそっくりであった。この短い原稿を書くために二人からもらった二、三通の私信を机にならべてくらべてみると、川端氏のは巻紙に太い墨書で流暢に流して達筆であり、三島氏のは腺病質な少女のように針のように鋭いペンで一字一字切りはなして書かれてあるという正反対のものであるが、それぞれが〝肉筆〟である点では変りがないので、逆になったほうが正しいのではないかしらと思いつつも、あまりの相違のために、かえって故人たちの一致点のほうを、あれこれと、おぼろながらかぞえたくなってくる。

戦後のデビュー以後のある時期に三島氏は才にまかせて好短篇を書きまくったことが

あった。氏の文体と用語の好みはどちらかといえば長篇よりも短篇に適していたのではないかと私は思うのだけれど、これらの短篇群は作者の逆説好みの曲芸があざやかなドンデンを成功させていて、しばしば真空放電のように鮮烈なイメージをつくっている。おそらくこれは戦前の、若い川端康成氏が才と即興の赴くままに〝掌〟単位のショートショートを書きまくったことにはげましと、そそのかしと、ある教訓を得て、ここぞとばかりに書かれたものではあるまいかと私は想像することがある。初老の師が若い弟子にひっそりとした座敷で、ある午後、ひそひそとつぶやくようにして、暗示するのである。晩秋の午後の鋭い冷めたさをひそめてはいるけれどほのぼのとしたところのある明るい日光が白い紙障子に射し、ひそかな蘭の匂いの漂う青い畳におぼろな光斑ができている。

師「註文があればあるままに短篇を書きまくりなさい。メモがわりに書くと思えばいい。デッサンの勉強になるし、血を流さないで虚名が売れる。それで時間を稼いでから長篇を書くのだ。世間が何といおうとほっておきなさい」

弟子「昔おやりになった」

師「あの頃は不自由でした。フーカイ（風紀壊乱取締法）などと、野暮な禁圧がありましたしね。でも、禁圧があるほど書けるということも作家には一理だ。いまは何もないからかえって空中分解してむつかしいかもしれないけれどね」

弟子「短篇は居合抜きです。鍔鳴りを聞かせればいい。抜かなくても抜いたように見せかけるペテンもあります。私には合ってるかもしれない。日本の小説家には長篇が書けないというのが定説ですが、だといって短篇がさほど研究しつくされたわけでもない」

師「君ならできます。いまの君は何をしてもいい。失敗などということはない。何をしても、それがどんな出来でも、きっと血となり肉となる。そういう波にのってるんです。一度のったら、とことんのったらいい。どうですか」

弟子「軽佻浮薄にやってみますか」

師「書きたいままに書いてみるんです。書いたら読み返さないで渡しちゃいなさい。雑誌に発表されてからも読み返さなくていい。そんなことをすると、足をとられる」

若いときに波にのっていたときに師は即興の閃めくままにショートショートを書きつらねた。学者は〝歴史〟をさながらサイのような厚皮動物、またはダムのパイプの配置図のようなものとして扱い、そこには小賢しい〝必然の歯車〟の回転しかなくて、あくびがでるばかりだが、作家の即興になる〝同時代〟には、後代の読者も同棲するしかないのである。川端康成氏も長篇では成功した作家とはいいにくいし、事実、〝長篇〟といえるほどの規模のものはごくわずかしか——むしろ、皆無といっていいほど——書けなかった人であるけれど、短篇と評文には時代と魂がまざまざと分泌されているし、閃めいている。私のような昭和一ケタのはるかな後世代の人間も、それらを読みたどっていくうちに、何やらむらむらと迫ってくるか、沈澱させられるものがあって、変れば変るほど、いよいよおなじだと、感じこませられてしまうのである。〝感ずる〟ということばも浪費されてしまったために、細胞液も、核も、膜もなくなってしまった単語だけれど、それゆえにますます深くのめらずにはいられない。ある種の作家の作品はそれが軽薄な即興で書かれたものであろうと、重厚な沈思で書かれたものであろうと、いつものっぴきならず〝同時代〟をさしだしてくる。

三島由紀夫

たまたま私は谷崎潤一郎の『武州公秘話』を読んでいたところだった。あるエッセイのために必要があって読んでいたのだが、のびのびと陰惨を愉しんでいたところだった。戦国武将の生首を女たちが湯で洗って死化粧をしたり、早熟な少年がそれを盗み見て恍惚となったり、トイレにもぐりこんで女を口説いたり、その女のために亭主の鼻を闇のなかで削り落したりという怪異譚だが文章の妙技のためにたいへん感心しながらもゆうゆうとした気持でいたところだった。それは初版本であって里見弴が『天下第一奇書』

と題字を寄せ、正宗白鳥が〝跋〟を寄せている。それによると、白鳥は、もし谷崎潤一郎が平安朝古典の〝醇粋味《じゅんすいみ》〟だけにとどまっていたら〝無気力〟になったかもしれないが、さいわいに彼は江戸末期の濁った趣味を〝学ばずして身に具へてゐる〟としている。そしてこの作品の主人公が世の善悪美醜の規準をいっさい顧慮することなく自身のねじくれた衝動を衝動のままに解放していく猛烈ぶりに現代人の姿を読まれるがよろしいと、書きそえてもいる。その猛烈男が猛烈なままに陰険、邪智、奇怪、残忍をかさねていったあげく姦婦のはずの彼の恋人が彼の行動の結果として無類の貞婦と変ってしまったのサ、という結末を作者はさりげなく書きつけている。その痛烈な皮肉を痛烈のまま、皮肉のままさらけだすまいとする措置をとったあたりに、当時初老期にさしかかっていた作者の円熟ぶりがあるのだと察すべきものと思われる。モームは『昔も今も』で政治と情事にかけて稀代の辣腕家であったはずのマキャヴェリが雨のなかで女を待ちすぎて下痢と風邪を起し、しかも大願成就せず、すごすご宿に帰って寝こんでいたところ、人生修業につれだしてやったはずの召使いの少年にまんまとその女をしてやられてしまったという挿話を書いている。『武州公秘話』の結末の皮肉ぶりにはちょっとこれに似たものがあるようだ。これがストーリー・テリングというものだった。伊藤整が〝芸による救済〟と呼んだものだった。

白鳥の読みは正確であったと思われる。貪婪《どんらん》、放埒、旺盛、饒舌をつくした若年期から壮年期へかけての谷崎の、ときに〝支那趣味〟と呼ばれたものはこの作品で影をすっかりひそめ、むしろしばしば人の生の悲愁や沈痛に体をそえようとしているかのようである。〝醇粋味〟を一途にめざして緊迫を第一事としているかのようである。けれど、豊饒を忘れることのできなかった彼は、豊饒がしばしば下劣や放埒を介さなければ成立しないということを体得していたので、自然なままにふるまって、つぎのような文章も書いた。

いとしい人を側に置いて蕭々《しゅくしゅく》たる雨の音を聞きながらチビリチビリやると云ふのは、誰しも悪くないものだが、織部正もその晩は例になく酒がはずみ、大分平素よりも数を重ねて、珍しい上機嫌であつた。そしてとき〴〵夫人の方へ盃を廻しては、「どうかの、そなたも今すこし過さぬかの?——」と、さう云ふたびに、何処かだだッ児じみたところのある、好人物を丸出しにした眼元を細くして、はにかむようにしながら、じつと夫人の横顔へ微笑を送つた。織部正はいつもその夫人の姿を、燈火にくつきりと照らし出される彫刻的な鼻や唇の線を、惚れ〴〵とした眼つきで横の方から眺めながら、「己《おれ》も随分いろ〳〵な女を知つてゐるけれど、やつぱり育ちのいゝ上臈《じょうろう》は格別だなあ」と、さう思つては、さも感心したやうな溜め息を洩らしたり、又たまらない嬉しさが込み上げて来たやうに、急ににや

〳〵笑ひ出したりした。

この頃すでに谷崎はその平安古典の〝醇粋味〟によって一代を蔽う名文家とされていたのではあるまいかと思うが、このように放埒な文脈もときにまじえていたのである。無意識の、自然な、〝濁り〟を入れていたのである。この措置のために読者は白い枕のうえでくつろぐことができ、のびのびとなり、休憩し、つぎからはじまる緊迫を賞味できる力をたくわえることができた。

『武州公秘話』は血臭をみなぎらせているとしても細部においては精妙、繊巧な洞察と描写のある秀作であるが、読後にはのびのびとした愉しみのほかに両棲類の冷眼も感じさせられる。傲然としたもの、ある徹底的な不信に伝染される。この人の作品はいつでもそうなのである。この人の生にのぞむ態度それ自体が分泌するものなのである。官能以外には何も信じず、粘膜からぜったいに夢をのばそうとせず、しかし皮膚内に生起することについては秒を争うようにしていっさいを熟視しようとするその非情さにはしたたかなものがある。純文学用語として〝ハードボイルド〟という言葉を使うとするならこの人だけがわが国でそう呼ばれるにふさわしいのではあるまいかと思われる。

敗戦後に谷崎は一首モノしている。

国は破れ人はすさみし春ながら
都は嵯峨の花ざかりかな

私は短歌のことがよくわからないし、趣味もないけれど、これがかなりの駄作であるらしいとは見当がつく。モンダイは歌としてこれが凡か非凡かであるよりは、数百トン、数千トンの焼夷弾を浴びせられて茫漠とした赤い沙漠と化した都会を人びとが背骨にヒリつきそうな空腹をかかえてさまよい歩いているさいちゅうにゆうゆうと、または傲然とこのような一首をひねりだす態度である。大谷崎がそういう歌を詠んだそうだと教えられたのは私が十七歳か十八歳のときで、笑っていいのやら泣いていいのやらわからず、空腹につきあげられてただもうカッとなってしまったことをよくおぼえている。いまでは激動のさなかで粉末にならないで一つの完璧の世界を現出するためにはときにこういう傲然の非情も必要なのだ、いやむしろそれこそが必要なのだと考えるようになり、呆れながらも讃嘆をさえおぼえるようになったが、当時はひたすら憎くてならず、お酒を飲んではくそ、あのタヌキおやじ、とぼけやがってと叫んだものであった。その赤い憤怒のうしろにはすでに一種間のぬけたふてぶてしさ、奇妙なユーモアへの嘆息がまじっていた。

こういうことを書くのは彼が割腹した日の夜、さまざまなことを考えさせられて、よく眠ることができず、眠れないままに二人の質の相違をあれこれと数えることにふけったからである。ふつうならさほど深くあざやかに浮きあがってこないはずのことがこの夜は痛烈に閃くように思われ、またとない機会であった。二人は精神におけるシャム兄弟だと私は眺めていたけれど、そしておそらくそうだと思われるが、このときぐらい両者の相違がクッキリと眼に映ったことはなかった。まず彼には『武州公秘話』のさきにあげたような文章はどうころんでも書けなかったし、書くまいとする態度でもあった、ということがあるだろう。彼は徹底的な意識家であったから一語一語洗滌《せんじょう》して透明にした。自然や肉を放埒なままで導入することを彼は徹底して拒んだ。ぬらぬらした不分明の融即に彼は耐えることができなかった。混濁が活性汚土であること、それがなければコトバという生物は他の微生物同様に生きることができず、繁殖もできず、真の豊饒も出現しないのだということを彼は知りぬいていながら拒みとおし、その結果として作品をかなり損傷してしまった。谷崎潤一郎は作品のなかで自身ぬらぬらと遊びつつ読者をも遊ばせたが、彼はストイックだったので、作品のなかでも人生でもついに遊ぶことができなかった。遊ぼうとすればするほど、また、混濁猥雑をめざそうとすればするほど、いよいよ彼は透明になるしかなく、無重力状態に陥ちこんでいくしかなかった。しばしば谷崎は同時代に完全に背を向けて平然としていることができたが、彼は時代に直面するよりほかに顔をどこへ向けることもできなかった。何よりも谷崎は終生健全そのものであったが、彼は崩壊しきっていた。谷崎はむきだしていたが、彼はほとんど鎧そのものであった。そしてその中は悲痛な空洞であったと思われる。一人は空前の大崩壊を目撃しながら、悠々と、

国は破れ人はすさみし春ながら
都は嵯峨の花ざかりかな

と詠んで、畳の上で自然死した。一人は空前の元禄ぶりにいらだって、ぬるま湯と叫び

散るをいとふ世にも人にもさきがけて
散るこそ花と吹く小夜嵐

と詠んで腹を裂いた。

ウィスキーをすすりながらこの二首を頭のなかで暗誦していると、動機と意図は何であれ、二首ともひどい月並なので、それぞれの状況の凄さとの落差から、どうしても奇怪な哄笑がこみあげてこずにはいられなかった。けれどその哄笑のうらには名状に苦し

む怪異の気配もこもっていて、やがて黙ってしまわずにはいられなかった。人みなシメールを負えりと読んだ詩人がいたはずだが、すべての男の胸のなかには一匹の名のない怪物が棲んでいて、おそらくそれは形にしてみると多頭の蛇に近いものかと思われるのだが、いつもはうずくまったり、うなだれたりして、ただうごめきの気配がつたわってくるだけなのに、その夜はすっくとたちあがり、慓悍《ひょうかん》な憂鬱の顔をこちらに向けたのがまざまざ見えるようであった。

私は生前の彼とはほとんど擦過したといっていいくらいの交渉しか持たなかった。ある大きな国の出版社の編集長が私の作品に興味を抱いていると知って彼はその編集長を招くパーティーに何人かの作家といっしょに私も招いてくれたのだった。そういうことが二、三度あって彼の白い家へいった。それからヒトラーの無名時代やマダム・ゴー・ジン・ヌーや贈られた彼の本についての感想などで二、三度手紙をやりとりした。ヒトラーについて私の持っている資料を提供したり感想を呈したりするには高橋睦郎君を介したのではなかったかと思う。パーティーの席では彼は眼をいきいきとさせ、豪快に笑い、鋭い警句をとばし、自身を戯画化してみせることに寛容なユーモアを見せ、何人かの外人が「ユキオ！」と呼びかけると「ヤー！」と答え、いささか崩れてはいるが有能なアメリカ英語を巧みに駆使していた。いまから思えばパーティーの立話としてはマジメすぎる意見や質問を私は発したけれど彼は何を聞かれても率直、寛容、公平にうけとめて返答をしてくれ、たいへん気持のよいものだった。むしろ翌朝になって酔いがさめてから私は自分の非礼を恥じる気持に襲われて彼の家におわびの電話をかけたほどだった。このような優しさをまったく切断して彼が内部に自身のためだけの夜の小部屋を保存しているであろうことは作品を三行読めばわかることであったが、しかしそうかといってその頃の彼にはもう表情の政治学が完成していたらしく、無理な演技臭は糸ほどにも匂わなかった。私もまたまんまとだまされ、手のつけようのないドンデンを喰らわされて、一敗地にまみれたと感じたものの一人であった。

その頃私は書きおろしの仕事をはじめていて、毎日家にたれこめ、どうしたものかと不安でならない頃だった。たまたま彼の家に招かれたときにその不安をうちあけると、彼は直接に解決法は教えてくれなかったが、

「連載はビジネスだが書きおろしだと遊べるんだよ。まんなかぐらいまでくると遊べる。自由にね。それが書き手にとっての魅力なんだよ」

といった。これは至言で、あとから思いあたらせられるところがシカとあった。ただ、彼の〝遊び〟と私の〝遊び〟とがちがっているので、彼の書きおろしのまんなかあたりを読んでも〝遊び〟らしいアトモスフェールはまったくつたわってこない。けれどこれは書きおろしの精神生理そのものの真髄をついた定言だといまでも思っている。

わが文壇の業界用語によると、主人公が一人歩きをはじめたらその作品は成功だとい

う定言がある。そのような作品は二十年に一作あるかないかというようなもので、どれだけ至難なことであるかということをさとらされるばかりである。にもかかわらず私はそれをめざさなければならない。ジィドはこの無意識の分娩のことを〝悪魔との握手〟と呼んだか、〝悪魔の協力を待たねばならない〟と呼んだか。どうでもこうでもどこかで一行飛翔しなければ一篇は仏作って魂入れずということになってしまうのだが、これはどうお考えなのであろうか。

「私は認めないな。開高君。それは小説家にとって許しがたい怠慢、堕落だ。そんなことは認められない。私は最後の一行がきまってからでないと書きだせないし、そのままで進めるんだ。主人公の一人歩きなんか許しません」

彼は峻烈《しゅんれつ》な声をだしてそういった。

しばらく考えてから私は、それは小説ではなくてドラマの書きかたではないだろうか、という意見を口にした。すると彼は、ふいに微笑してうなずいた。

「そのとおりだ。そのとおりだよ。芝居の書きかたなんだ。私は小説家じゃなくて、プレイライトだよ。プレイライトなんだ」

それはわかった。何やら、わかった。けれど、それにもかかわらず、やっぱり私は、主人公を一人歩きさせたい。そのような瞬間を持ちたい。オシャカさまの掌でソンゴクウがかけまわるようなぐあいに終らせたくない。どうあがいたってそうなるしかないとしてもそこからとびださせてやりたい。無意識の悪魔と握手したい。だけどあなたの小説では悪魔が棲みつけそうにない。

もう一度彼は峻烈な声をだした。

「だから私は意識の悪魔しかいないのだと昔からいいつづけてるんだ。わからないかな。私には意識の悪魔しかいないのだよ」

しばしばあなたはこういう文章の書きかたをする。たとえば〝放埒な美徳〟とか、〝純潔な頽廃〟とかいったぐあいだ。いたるところにそれが見つかる。相反する両極の概念をまったく無媒介で結合してみせる。それはしばしば閃光のようなポエジーを生みだす。感心しないではいられない。けれどあなたはそのまま無限に自動的に繁殖させていくようだ。するとこれはポエジーではなくなって、ホンコン・フラワーになってしまう。精巧そのものだけれど何かしらニセモノになってしまう。その点はどうお考えになるか。

彼は沈んだ声でひとこと答えた。

「それは私の根本的なコムプレックスなんだ」

声が低まり、眼が沈み、それまでの挑むような、安堵した口調が消え、彼は黙ってロココ式の椅子にすわって、一瞬どこかに眼を凝《こ》らしていた。

いっさいを予定してから小説を書きだしにかかり、無意識の悪魔のちょっかいを断乎としてこばみぬき、主人公には絶対一人歩きさせず、そのような形の、作家と主人公の馴れあいのうえでの独立は微塵も容赦することができず、ひたすら物語または劇の法則のみにあわせて混沌を氾濫させながら、かつ、それを徹底的に定形化することによって、ある火花を出現させ、出現させたその瞬間に無慈悲に消してしまう。効果についての、このようなたくらみぬいた効果の意図は、それが徹底すればするだけ、いよいよ効果としての迫力を削《そ》いでいくものとなりはしないだろうか。両極を一瞬に、しばしば思いっきで無造作に結合させ、まったく無媒介であること、無媒介でしかあり得ないと自覚しぬいていること、そのこと自体が悲痛を失ってしまうとなると、無類の博大な言語家であった彼は、いくつもいくつもの長篇で、とどのつまりは鬱蒼として果てしないホンコン・フラワーのジャングルをつくりあげることに精進していたのだということになりそうではないか。徹底的に人工をかさねることで、つまり徹底的に仮面を氾濫させることで現実よりかえって現実的であるアトモスフェールを出現することができたものの地上の例として、能とディズニーランドが想起されるが、ニセモノの完璧へのあくことない嗜慾《しよく》からして彼は自身の作品を内心のどこかでこの二つに擬すことがあったのだろうか。（能について彼との関係はよく知られているし、彼の実作もあるのだから、あらためていうことは何もないようなものだが、あとの一つの、徹底的に人工で自然を模すことで悪魔を生みだそうとする、あの努力についてはどうであろうか？……）

ある本を贈られたとき、そこに収録されている文章のうちで、ジェット戦闘機に搭乗したときの経験を書いたエッセイを一読し、私は感心させられた。これは彼のスローガンの反共主義や陽明学や武士道精神と何の関係もないエッセイだが、透明な空無である彼が金属の箱に密封されて亜成層圏まで上昇し、具体といっては音響と振動と圧力変化と呼吸困難だけしかない状況で秒ごとに変っていく視野の変化が精神とどう相関しあうかを記述したものである。抽象としての透明と具象としての透明が分裂の苦悩もなくレトリックの軽業もなくて極度の密度のなかではじめてとけあい、認識そのものがみごとな詩となり得たと思われるのである。私はそれに感動したのだが、読後に本の裏を見ると、彼が西洋フンドシ一つになって日本刀を青眼に構えてつったっている写真がでているのである。私はそれを見て仮面の哲学と美学について一連の思考をまさぐったのだが、かりに〝相反併存〟の感性を仮託するとしても、ジェット機とフンドシというのはあまりに絶妙すぎて、どうにも納得できなかった。そこで手紙を書き、感動と当惑を述べたところ、すぐさま彼から返書があり、それを読むと、文士から自著について読んだうえでの手紙をもらうのは稀有のことなので感謝に耐えないが、あの写真がわからないようでは残念ながらあなたは何も読みとっていないのだ、とあった。私はもう一度本をとりだして、よくよく写真を眺め、かつ考えようとし、かつ感じようと努力したのだが、行動主義が論理としてはわかるようではあるとしても、実感としては何やら奇怪なユーモァをおぼえるばかりであった。それを超える啓示はいつまで待ってもついに閃きそうになかった。朦朧を抱いたまま私は寝床にもぐりこみ、おもむろに眼を閉じて、バカといわれたさびしさを埋没させることとした。

ずいぶん以前のことになるがコリン・ウィルソンの『アウトサイダー』が出版されたとき彼が新聞に短評を寄せ、〝アウトサイダーとはけだし自身も他者もいっさい信ずべきものを失って、空疎な観念をあたかも信じているかのように捧げて生きていくしかない、たとえばヒトラーのような人間のことであろう〟という意味のことを書いていたと思う。その短評が口数少いのは自身のことだからだと私は読んだ。『仮面の告白』以後彼は短篇でも長篇でも、主題として、またそうでないときは文脈のどこか細部で、繰りかえし繰りかえしふいに襲いかかってくる人格剝離のあの非現実の瞬間を描いていたのだから、いまさらいうことはあるまいと感じているのだろうと私は共感をもって読んだ。ずっとそうだし、いまでもそうだが、私は彼を〝屋根裏の哲学者〟と見ていた。彼の肉声を借りれば〝意識の悪魔〟だが、それに憑かれたり、ふりおとされたり、襲われたり、剝奪されたりして格闘しつつ何とかしてそれを追いこし、うっちゃり、ドンデンを喰らわし、復仇《ふっきゅう》しようと苦慮しぬいている人であるかと見ていた。戦争が敗北に終っていてもいなくても彼は意識家の苦しみを負っていただろうと思われるので、敗戦を彼は〝完成〟と呼ぶ習慣にあったが、たしかにそれはそうだとしても、一面では絶好の口実として仮託し、利用していたのではあるまいかとも私は見ていた。意識家には善もなく悪もなく、戦争もなく平和もなく、家庭もなく放浪もなく、仮面もなく素顔もなく、生きるための情熱はことごとく迷蒙である。それを迷蒙と呼ぶこともまた迷蒙である。凝視すればするだけ自我は解体するばかりだから内界もなく外界もまたない。梶井基次郎は肺病の熱にたてこもることで、ひたすら直覚の瞬間のそよぎに耳を澄ませ、この荒涼を生への讃歌に転化した。中島敦はかろうじてこの病いから一歩よこへよることで西遊記を借りて絶妙なパロディーと化した。〝芸による救済〟である。サルトルはかなり稀薄だがロカンタンに小説家になる決意をさせて泥の町から出発させることとしたが、『一指導者の幼年時代』では〝自己の眺める自己は存在しないのだ、他者に眺められる自己があるばかりなのだ〟という啓示を主人公にあたえ、それをついの帰結として、脱皮と転生を計らせた。仮面による救済である。ある分野ではそれは〝表情の政治学〟とでも呼ばれるべき舞台上の生だが、そこにあるのは〝役割〟だけである。しかも生きているかぎりは不定形な混沌の渇望にさらされるままであるから、生とは何であるかを知りぬいていながら同時に、いかに生くべきかに苦慮のかぎりを尽さねばならず、いっさいの肉なるものを抹消、抹殺するその衝迫力においてのみいっさいの肉以上のものを発揮しようと計らねばならない。スローガンは左翼だろうと右翼だろうと、何だっていいのだ。ボディービルだろうと、フンドシだろうと、何だっていいのだ。それは趣味の問題にすぎないのだ。一度着手したらあとは変化があるだけのことなのだ。悪魔の最大の詐術は悪魔なんていないのだと思いこませることだが、詐欺師の最大の詐術はまず自分を徹底的に騙すことである。真の迫力は正説からしかでてこないのだ。逆説や反語はシャープだがついに野暮な正説の私生児にすぎない。信念は力なのだ。信ずるものこそ救われるのだ。正真が最善の策とはマキャヴェリズムの極致なのだ。天皇陛下万歳?!……

　おびただしく野蛮に要約して私は彼の生前の言動をそのように眺めていて、十人中まず九人の文学者が同様であったように思われるが、ときには面白がり、ときには顔をそむけていた。まさかやるまいと思いこんでいたのである。何故なら彼の言動は詐欺師として見るとあまりに手の内をさらけだしすぎているというふうに私には見え、じつはそこに最大のトリックが冷静執拗に秘められ進行させられているのだということにまったく私は気がついていなかったのだ。私は活字と観念にすれっからしになっていて直感力というものを失っていたのである。私は彼が徹底的に生きのびられないよう冷静執拗に何段もの工夫を講じておいてから事を敢行したと知らされて、したたかに頰を張りとばされたように感じた。夜おそくになってから、『仮面の告白』のなかに、たしか、〝私は一個の完璧な無駄なのだ〟という言葉があったはずだと想起し、さしあたって事態のいっさいはその一語で解《と》かれるかと思いこみ、さまざまなことを帰納してみたり、演繹してみたりした。まさにそれはそのとおりであるようであったが、痛烈な不定形もまたおびただしく部屋にみちて、ゆっくりと静かにうごいていた。

〝愚直〟というコトバで呼びたくなるようなものが彼にこれほど強くあったとはまったく思いもかけないことであった。狂気、正気、仮面、素顔、回避できなかったのか、進行させたい一心だったのか、その動機と原因が何であれ、自身にこれほどまでに執せずにいられない衝動はさしあたって〝愚直〟と呼ぶしかあるまいと思われる。彼についてかつて私は埃ほどにもそんなコトバを感触したことがなかった。残念ながら私は何も読みとっていなかった。読みとってもいず、考えてもいず、感じてもいなかったようだ。そしていまから読みとろうとし、あれを考え、これを感じようとすると、いっさいがっさいとっくに彼が無類の批評家として書いてしまっていたことに気がついて、とどのつまり、黙りこむしかないのである。そして、あれだけのことをやってのけながらふいに出現した轢死体をまざまざと目撃するような種類の陰惨は感じさせられるが、どこまでいっても奇妙な稀薄、欠落がついてまわるばかりで、いったいこれはどうしたことだろう。ひとこと私はそういいたいのだけれど、これもすでに彼がどこかに書いていることなのだろうか。

秋元啓一

毎年、二月十四日には人にも会わず、電話にもでず、秋元啓一と二人で部屋にこもり、さしむかいで酒を飲むことになっている。部屋は私の家のときもあるが、ホテルや旅館のときもある。今年は御茶ノ水の旅館にこもっているので、そこの部屋で飲んだ。二日酔い、三日酔いになるくらい、徹底的にこの日には酒浸しになる習慣なので、翌日、翌々日がつらくてつらくてたまらないのだけれど、年に一度だというので、朝から肚に覚悟をたたきこんでおいて夜を待つのである。秋元啓一は朝日新聞の出版写真部のデスクをしていて夜もおそくにならないと体があかないから待ちどおしくてならない。今年は横井さんと札幌オリンピックの二つで厖大な数の写真をふるいわけて特集をださねばならないので彼はとっぷり夜になってからくたびれきった顔をしてあらわれた。しばらく会わないうちに日頃からやせているのがまたメッキリとやせ、眼のしたがたるみ、憔悴した様子である。

帳場に電話をしてコップ、氷、水などをとりよせ、まずヴェルモットの辛口《からくち》からはじめることとする。ウィスキーを飲む年もあり、コニャックでやる年もあるのだが、今年は私も部屋にこもったきりだし、心身ともに疲れてもいるので、おとなしいヴェルモットでぽちぽちと、とりかかった。氷と淡い金いろの酒に灯がうつる。

「七回忌だ」

「そうだね」

「七回忌なんだ」

「もう七年になるか」

コップが鳴る。

一九六五年の二月十四日の深夜に私たちはジャングルを脱出し、沼地をわたり、ゴム林をぬけ、水田をこえて小さな村にたどりつくことができた。村の道のうえにとけこむように倒れ、何も敷かないで眠りこけた。翌朝ヘリコプターがやってきて私たちはビエン・ホア空港まではこばれ、そこからジープでサイゴンのマジェスティック・ホテルへはこばれた。村の道で野宿したときはいつ夜襲があるかわからないし、ヘリコプターで飛んでいるときもいつ対空火器でやられるかわからなかったし、ビエン・ホア空港からサイゴン郊外をぬけてホテルへ私たちをはこんでくれたジープもフロントのガラスが狙撃されたために大きくヒビ割れていたり、穴があいたりしていた。《助カッタ！》という短い言葉が全身にくまなくキラキラ輝くさざ波となって走り、いきわたったのは、ホテルのベッドへとびこんでからだった。乾いて、バリバリした、爽やかな、白いシーツのうえを、靴、野戦服、泥をつけたまま私はころげまわった。手と足であたりをたたいたり、にぎったり、日なたでネコがよくやるように全身をこすりつけ、うねらせ、もだえたことをおぼえている。そうしたのだと私は思いこんでいる。

去年は『サムシング・スペシャル』といううってつけの銘のウィスキーを飲もうと思ったが入手できなかったので、やむなく『パスポート』というのを飲んだ。私と秋元啓一はよくコンビででかけていたからこのウィスキーの銘は気に入った。いつかの年には『ジャック・ダニエル』の黒を飲んだのだが、これには深くて柔らかい記憶がしみこんでいる。ベン・キャットの前哨陣地で作戦があるのを待って明けても暮れてもただ寝たり、起きたり、食べたり、おしゃべりをしたりというだけの日をすごしていた頃、ヤング少佐が一本くれたのである。これはすすって飲む唯一のバーボンです、嚙んで飲むバーボンですと教えられた。このテネシー・サワー・マッシュを知ったのはそのときがはじめてだったのだが、噂は聞いても頭からバーボンぎらいだった私は飲んだこともなかったし、飲もうと思ったこともなかったのに、これ以後は親しい仲となった。ホテルや酒場で見おぼえのあるこの瓶を見かけると、どうしてもたちどまってしまう。椅子に腰をおろさずにはいられなくなる。そしてゴム林とジャングルの展開や、そのうえにひろがる壮烈、華麗な熱帯の夕焼や、どこかでクルミの実をうちあわせるような音をたてて鳴っている野戦電話や、夜の小屋の壁で鳴くヤモリや、ひきかえせ、まにあうぞと寝言で絶叫していた特殊部隊の将校の声や、それらのほうへ重錘《おもり》が沈むようにゆっくりと降りていきたくなる。このウイスキーをみたした一杯のショット・グラスのなかにはおびただしいものがこめられている。

秋元啓一は一芸の達人といってよい腕と肚を持ったカメラマンであるが、写真というものはフィルムを浪費すればするだけいい作品の生まれる率が高くなるようである。人の眼はかげろうのように一瞬の休みもなくゆれうごいているのだから、光、影、事物、心象、角度、主題といったものもまた一瞬の休みもなくゆれうごいている。だから彼はシャッターを切る気がうごくと、いつも、けっして一度だけではなく、何度も何度も切りつづける習慣である。少しずつ角度を変えたり、大きく角度を変えたりしながら、何度も何度もおなじものを撮りつづけるのである。けれど、彼ほどの人物でも、たった一度しかシャッターを切らなかったことがある。二月十四日に大酒を飲んでいるうちに舌がほぐれてきて、毎年毎年くりかえししゃべっているのにまたしても飽きもせずにああだったな、こうだったなと話しあっていくと、きっとそれが話題にでる。ジャングルのなかで戦闘が一段落し、マシン・ガン、ライフル、手榴弾、ピストル、迫撃砲、空からのロケット、後方からの一五五ミリ榴弾、命令、悲鳴、呻吟、叫び、いっさいの人と事物の音がしなくなったとき、ある大きな木の根かたにもたれて彼が私の写真をとり、そのあとでカメラを私にわたしたので、私が彼の写真をとった。ハッキリとした声でも、よく聞きとれる声でも話しあわず、おたがいに口のなかで何かひとこと、ふたことつぶやいただけだったのだが、これが〝遺影〟をとりあっているのだということは痛烈な透明さのなかでわかっていた。

その写真のネガがおたがいに一枚きりしかないのである、彼はしばしば品のわるい、えげつないことを口にする癖があるけれど、心の優しい男で、帰国してから私がたのむと、すぐにその写真を伸ばしてパネルにしてくれた。べつに命日の二月十四日でなくても私はよくこのパネルをとりだしてきて壁にたてかけ、そのまえでゆっくりとひとりでグラスをすする癖がある。何年かあとに二人でビアフラ戦争を見るためにナイジェリアへいったとき、バラクーダを釣りにでかけてラゴスの湾から雨の大西洋へ流されてしまい、もうダメかと思って肚をきめかけたところへパイロット・ボートがたまたま通りかかって奇蹟的に救われるということがあったが、そのときは二人で沈みかかる舟から水を汲みだすやらエンジンの発火紐をひっぱるやらでとてもカメラにまで手がとどかなかったので、ざんねんだが、写真は一枚ものこっていない。だから私は一枚きりの遺影にむかって酒を飲むのである。自分の遺影にむかって自分で酒を飲むのは不思議なものだけれど、いつも何がしかの新鮮な味がある。ときどき飲みながら頭のなかで弔辞を読むということもしてみる。あのとき弾丸がもう五センチ右か左を走っていたら、ということは何度もあったのだから、私にとってはこれは至極当然のことである。ちょっとヒリヒリした味のする酒の飲みかたである。

「……自分の遺影を見ながら自分の弔辞を自分で読むのかね。あまり聞いたことのない飲みかただね。酒のサカナとしちゃ妙なもんじゃないかな」

「酒を飲んでいるとたいてい昔のことを思いだす。昔のことを思いださずに酒を飲むというようなことはあり得ないね。ということはダ、なつかしいか、にがいか、それは人によるとして、つまり弔辞を読んでいるということなんだよ。弔辞と意識しているかどうかの別はあるけれど、みんな酒を飲むときはそれと知らずに弔辞を読んでいるのだよ」

「そういえばお通夜の晩は飲むね」

「君なんか毎晩お通夜してるようだナ」

「あんたもだ」

「それにだネ。これをハッキリ意識する習慣をつけておくと、しのぎやすくなることがある。たとえばパーティーにいってイヤなやつと顔をあわせたときとか、気のすすまないやつと話をしなければいけないときとか。そういうときには酒を飲んでニコニコしながらそいつの顔を見て頭のなかでこいつが死んだらどういう弔辞を読んでやろうかと、あれこれ考えてると、気がまぎれるんだヨ。おれもいつもそうすることにしてるんだ。其角の句に、あれも人の子樽拾い、というのがあるが、そんなのじゃとても物足りないというくらいのヤツと顔をあわせたら、弔辞だ。これにかぎる」

「そうか。いいことを聞いた。今度からひとつやってみよう。それと、アレだな。あんたが酒を飲んでニコニコしだしたら、ハハァ、おれの弔辞を読んでやがるなと思ったらいいんだね」

「君といっしょに旅行したらジャングル戦でも生きのこれた。アフリカで遭難しても助かった。タイで桟橋から転落しても足の骨を二本折るくらいですんだ。君の顔を見るとニコニコしたくなるばかりだ。とても弔辞を読んでるゆとりなんかないな」

秋元啓一はやせた顔に不吉な精力を漂わせ、フ、フ、フとうれしそうに笑う。笑うと右と左の頰にひとつずつ、かわいらしいえくぼができる。私が女ならふとんのなかから指をだしてポンとつついてみたくなるのかもしれない。どこかですでにおさらいずみなのじゃないか？

秋元の顔を見るか、パネルの自分を見るか、こうして酒を飲んでいると、ヴェルモットであれ、ウィスキーであれ、コニャックであれ、じつにさまざまなことがよみがえってくる。《アルコール》はアラビア語が語源だそうだが、それには〝ひきだす〟という意味があると聞く、そこへ《スピリッツ》という言葉をかけて、酒を飲むということは、つまり、人の魂《スピリット》をひきだしてくることなのだというのが古今の万国のドリンカーたちの信条である。酒を飲まない人、酔ったことのない人はとらえようのない魂をひきだしてきて手にとってつくづく眺めたり、そのとらえようのなさにまたまたふりまわされたり、めちゃくちゃにされたり、一瞬で峰から雲へかけあがったと思うとつぎの一瞬に奈落へ転がり落ちたりということを知らない。つまり魂と自身の、おそろしさ、広大さを知らない。と思いたくなるので、ときどき、話のしにくい人だと思ってみたり、うらやましい人だと思ってみたりする。

二月十四日に秋元は昔の荷物をひっくりかえしていたらでてきたといって日ノ丸の小旗を持ってあらわれた。それにはマジックでヴェトナム語で《私ハ日本ノ記者デス。ドウゾ助ケテ頂戴》と書いてある。私が書いたのではない。詩人でもあれば僧でもあって日本へきて阿頼耶識をテーマに論文を書いたティク・マン・ジャック師がわざわざ書いてくれたのである。私たちはこれを持ってサイゴンを出発し、十七度線からカマウまで、あの国の北から南までを歩いたのだった。ときどきキナクサイなと思うとこの旗をとりだしてその場にいる人びとに見せたが、深くうなずく人もあり、ゲラゲラ笑う人もあり、何かさびしそうに考えこんでいる人もあった。この旗がどれだけきいたか、きかなかったか、どうであればキナくさくて、どうでなければキナくさくないのか、私たちには何もわからなかった。

旗を眺めていると錆びや垢や苔にまみれて意識の倉庫のすみっこにほりだされたままになっていたスピリットがキラめくような顔をしてでてきた。凄壮な黄昏の空や、黄いろい大河や、そこをゆっくりと流れていくちょっとした島ほどもあるウォーター・ヒヤシンスや、うねるようにからみつくように空に流れていた女の唄声が明滅しはじめる。あれらの人びとはいまどうしているのだろうか。いまでも食事のときには洗面器のまわりにしゃがみこみ、トリの骨はしゃぶったあとでものうげだが軽い手つきでポイと肩ごしにうしろへ投げているのだろうか。それとも、すでに土に埋められて髪や骨などの分解しにくいものまで跡形もなく分子に還元されてしまったのだろうか。ある陣地の塹壕で朝になってから這いだし、大きな無線機を背負っている蒼い顔だちの子供みたいなヴェトナム兵に手真似でトイレをたずねたら、その兵はだまってどこかへ消えた。そしてしばらくすると迫撃砲弾の紙蓋にフランス語で『隊長殿。森へ行クコトヲ許シテ頂キタイノデアリマス。メルシ！』と書いたのを持ってきた。その裏をかえしてみると、『隊長殿。アナタガ好キデアリマス。メルシ！』とあった。フランス語のできる将校のところへ行って日本人をからかいたいからといって書いてもらったのであろう。兵はそれを私にわたすと、だまって地雷原のむこうのゴム林を指さし、淡く笑って、どこかへ消えた。そのいたずらっぽそうな眼と、くたびれた、静かな微笑を、私はじつに久しく忘れていたのを、すみずみまで思いだした。

これも弔辞である。ことごとく弔辞である。すでにヴェルモットを二本飲み、三本めとして秋元の持ってきたウィスキーの栓を切った。あの日、ホテルへ帰りついてからか、その翌日だったか、それとも香港へでてきてからか、あるいは東京へ引揚げてきてからか、一度か二度、昂揚とも墜落ともつかぬものにおそわれ、はずかしいので冗談の口調を借りたけれどその一瞬は本気で、これからあとの人生はオマケだ、といったことがあった。今夜もその放埒なスピリットが顔でもなく言葉でもなく、まったく未知の新しいものを見るような、キラめく顔で登場してくる。けれど私にはわかっている。一夜明ければスピリットも顔もなくなり、人生はオマケでも何でもなくなり、やりたいことを私はやりたいようにやることができず、しらちゃけきって苛酷な時間と贅肉を持てあまして茫漠としゃべったり、書いたり、何やら笑ったりする。二〇〇人の一大隊のうちであの日戦闘のあと、のこった兵を眼でかぞえてみたら、十七人しかいなかった。私は十七分の一だったのだ。その事実だけが弔辞なのだ。

サルトル

一昨年の十二月に会った。

モンパルナス大通りのゆるい坂をのぼってゆくと、向かって右側に有名な「クーポール」というキャフェ・レストランがある。テラスはふつうのブールヴァール・キャフェだが、内部は高級料理店になっている。地下鉄のヴァヴァンの駅からそれほど遠くないところだったと思う。

パリには何度もいってるが、いつも遊ぶのはサン・ミシェル通り近辺の学生街で、そのあたりにはあまりいったことがない。「クーポール」に入るのはそれがはじめてというわけではないが、いつもテラスでぶどう酒を一杯か二杯飲むぐらいで、なかに入ったことはなかった。入ってみると、壁は赤や金や鏡で輝き、静かな話声やグラスのひびきなどがひくい潮騒のように流れていた。ブルジョアの男女が口説いたり、放心したり、食事したりしている。頭も眼も鼻も手も、どこもかしこも磨いて丸まっちくした、トマトのように血色のよい、中年や初老の紳士が、肉の色を皿のうえでつぶさに吟味するのにふけっている。〝食通〟である。一目でわかる。くちびるがグラスのふちの型になっている。

マルチニを飲んで待っていると、やがて時間が来て、サルトルがやって来た。外套に手足を生やしたみたいな小男であったのにはおどろかされた。たちあがって握手すると、私の胸までぐらいしか背がない。小男だということは聞いていたが、まさかこれほどだとは思いもよらなかった。それがまたニコニコしておそろしく愛想がいいのには二度おどろかされた。ものすごいヤブニラミの眼に〝無邪気〟といっていいくらいの、優しい微笑をいっぱいに浮べて、チョークほどもある太巻きのタバコをすすめてくれる（〝ボヤール〟という彼の愛用のタバコである。あとで何度もタバコ屋で買ってふかしてみたが、安物で、まずかった）。

ベッドから大急ぎで這いだしてそのままかけつけたというような恰好をしていた。髪は薄くなっているが、細い海藻みたいに乱れ、頰やくちびるのまわりには白いぶしょうひげがめだつ。小さい手はインキでよごれ、爪には垢がつまっている。眼のしたやのどには肉袋がたるんでいる。地中海青の眼だけが若く、精悍で、いきいきと輝いているが、あとはどこもかしこも老齢と激労の無残な傷跡に蔽われた初老の小男という印象であった。

「……昨夜、シモーヌは靴を一つなくしましてね、はだしで帰ってきましたよ」

反右翼抗議集会のあったバスチーユ広場へボーヴォワールといっしょにでかけ、パリ国警の非道きわまる棍棒に追いまわされた経験を彼は笑いながらそのように説明した。

　大江君と私はモスクワから質問状をパリの田中良君宛に送り、田中君はそれをモニク夫人といっしょにフランス語に翻訳して、サルトルの秘書にとりつぎ、ほとんど不可能と思われた会見ができたのだった。インタヴューの内容については、その詳細は旅行記(『声の狩人』岩波新書)に書いておいたとおりで、ここに再紹介する紙数のないのがざんねんである。私たちは核武装と核実験のこと、個人と現代社会との関係、現代文学の衰弱とその回復の方法などについて質問した。先進国における社会変革の見通しについても質問した。核実験については絶対反対であるが議論はつねに完全軍縮とからみあわせながらすすめなければならないこと、〝個人主義〟は私有財産制の基礎にたつ資本主義体制の観念であってそれは現代では爆発的な危機を内蔵していると思うこと、かつて若い頃に画期的なショックを与えてくれたアメリカ文学にかわる文学はいまどこにも見つからないと感じていること……そのほかさまざまな主題について、サルトルはツバをとばし、タバコの灰を胸にちらし、四十分間、しゃべりにしゃべりつづけた。そして、基本的なことについてはつねに正面から基本的に答えようと努めた。わからないことはハッキリわからないと答えた。モスクワの郊外の別荘で会ったエレンブルグは、若い放浪時代のパリで会ったサルトルを回想して、たいへん内気なはにかみ屋の青年であったと言ったが、私の見たサルトルは陽気で精力的な雄弁家であった。そして、玄関にプラスチック爆弾を投げこまれてもひるむことなく抗議の声をあげる、孤独だが果敢な、誠実な狼であった。厖大な博識と精緻きわまる感覚の持ち主であるにもかかわらず、根本的な、単純な正義の感情を遂行しようとする。深い内面へ井戸掘りのようにもぐりこんでいって鳥の影にも似た神経の一瞬のふるえをも見逃さない作家だが、同時に人権の根本原則も忘れないのだ。複雑さのなかで行方を失ってしまうということがない。やっぱり私はそのことにうたれた。やっぱり、それは、たいへんなことなのだ。どんな織巧さと分析の妙と才智を誇ってみたところで、そのことを忘れてはどうしようもない。汚ならしい陽気な小男に私は感嘆した。

権力と作家──ジョージ・オーウェル

私の英語の読解力や鑑賞力は怪しいかぎりですし、ましてや英文学専攻者ではないので、オーウェルその人の書いたものをあくまで気ままな散策者として読むだけで、全部を読みとおしたわけではありません。それが〝解説〟めいたことを書くハメになったのは、何年か以前に躁鬱病者の鶴見俊輔氏がたまたま躁期にあるときに何度かオーウェルの話を始め──彼はどんな話でも始められますが──それに私が応じ、その声がちょっと大きかったので、覚えられてしまったのが原因です。

『カタロニア讃歌』やこの著作集四巻が出版されるようになってからオーウェルは日本でもいくらか読まれるようになりましたが、文壇や論壇で論じられることはほとんどありません。会話のなかに持ちだす人もほとんどありません。私が接触した範囲では武田泰淳、丸谷才一、小松左京、丸山真男、鶴見俊輔氏等ぐらいでした。この人々は〝オーウェル〟といったとたんに鋭い反応を起こし、そして深い思慮のある理解を示されました。丸山真男氏と鶴見俊輔氏は別々の場所でしたが、たしか『鯨の腹のなかで』というエッセイ集のある部分を、ここが大事なんだといって指摘され、それが二人ともピタリと一致していたので、思わず愕然としたことを、よく覚えています。

　武田泰淳氏は昭和二六年の『文學界』に〝小説家とは何か〟というエッセイを寄せ、『一九八四年』について触れています。この頃この作品は日本で翻訳、出版されはしたものの、時代の雰囲気からして〝反共作家〟の一語で葬られるのがオチでした。いまだにこの作品についてはそうであるでしょう。そういう匂いのことを思えば泰淳氏の評価は果敢なもの、あくまでも自身の感性に立ったものとして貴重だと思われます。

　オウエルもゲオルギウも、ケストラアも奇をてらつてことさらに人類をおびやかす政治的小説をでつちあげたわけではない。一躍名声を博したいといふ処世の念だけで、あれだけ痛切な問題を提出できるはずはない。小説家としてのつぶやき、どこの試験場でも通過しさうもない答案を自分ひとり永いこともてあつかひかね、いぢくり廻してゐるうちにあれらの作品は自然と成立した。製作した当人がそのおどろ〳〵しい形相に顔をしかめずにはゐられぬ鬼子が、知らず〳〵生み落されてしまつたのである。世の試験官をすべて見はなして自ら試験官になつたことを得意がるひまもない。（中略）悪しき独裁主義に対する善き個人主義の批判であると解説したところで、それだけでは、未知の航海にあてどなく乗り出した作家的情熱がうまく表現できるはずもない。

銀座の洋書店に行っても見つからないか、発註はしたものの入荷に時間がかかるとかの場合、私は高校生や大学生向きの英語のテキスト・ブックとしてオーウェルのエッセイや短篇が出版されているのを発見し、それを買ってきて読んだことがあります。これはていねいな註解がついているのでまことに便利重宝でした。久しぶりで学生気分になれるうえ、それも試験ぬきなのですから、のびのびと愉《たの》しみ、味わうことができました。どんな名作も教室の講壇で論じられると、そのとたんにつまらなくなるとテーヌがいったと思いますが、名文や名作を学校で教えられるものですから、卒業後もう一度全部読みかえさなければならないというのは私たちの不幸、阿呆らしさです。

《種において完璧なものは種を超える》というコトバがありますが、これをオーウェルについて見れば、やっぱり『動物農場』ということになるかと思えます。動物たちが人間に反逆してひき起こす革命のスローガンが社会主義のそれに酷似しているし、作者自身の意図もそうであったので、ふつうこれは十月革命の栄光とその後の悲惨、スターリンとその体制に対する簡潔だが完璧な諷刺の見取図と目されています。事実そのとおりなのでしょう。さまざまな役割をするイヌやブタやウマたちにレーニン、スターリン、トロツキー、トハチェフスキーの姿が読みとれます。もし自分が動物だったら何になるだろうかと思いつつ読む愉しみ、または恐怖というものもあります。しかし、もう少し冷静に考えてみると、孫文と蔣介石や、ヒトラーとレームの姿などもまた、ありありと浮かんでくるのです。右翼革命、左翼革命、社会革命、宗教革命、〝革命〟と名のつくものすべてがたどる命運をこの作品は教えているのではあるまいかと思えてきます。これは寓話なのですが、寓話は諸性格の最大公約数を抽出し、しかもそれを類型としてではなく典型として活躍させるために個性を与える話法で、ある事態に対するただの見取図として終らせないためにはなみなみならぬ才腕、博識、精力、冒険心が必要とされます。語り口の易しさから受ける印象で判断されるほどイージーなものではありますまい。むしろ至難なものです。

『動物農場』は完璧な作品となったのでスターリン批判を超えてしまいました。悲惨をいきいきしたユーモアの微光で包んだこの作品を私たちは暗澹としつつ愉しみます。革命は権力の樹立直後から潮のように確実に後退を開始する。ちょっとした目だたぬことから全面的崩壊を導く崩壊が始まる。ユートピアは実現された瞬間から決定的にデトピアへの道をたどりはじめる。それは時間が経《た》てば経つだけ、かつて〝敵〟と目して打倒を叫んだものにいよいよ酷似してゆく。人民は餓死することとさえなければ後退、堕落、頽廃を体でさとっているくせに、新しいスローガンを掲げられればまたぞろその後ろについていく。そして、頽廃をまざまざと目撃しながら、あげくは、かつてこんなもののために生死を賭けて闘ったのだろうかという後悔に苦しむ気力も失い、ただ当惑と恐怖のうちに、何ガ何ヤラワカラナイという唄をうたうだけです。天候と肥料のほかに真に依拠すべき、信ずべき何物をも持たない、また持てない、万国の心優しい農民の胸のうちにはめったに口をきくことのない一人の絶対的自由主義者が棲《す》みついていて、たえまなく、ただひとこと、オ上ハ顔ガ変ルダケノコッタとつぶやいているように私には思えます。貧しい人や苦しんでいる人をだまって見すごすことのできなかった、教義で自身をだまし、酔わせ、安心させることを頑《かたく》なに拒みとおしたオーウェルは、見るに見かねてその農民のつぶやきを闇から体外へ引きずりだしてやりたかった、その一心かもしれません。内なる自身との密語、密話のために自身の足で体が運べないまでに肥満した二十世紀の繊細蒼白な作家たちの大群のなかで、これほど率直、赤裸、野暮、正面から事態に立ち向かったのは彼一人だといっても過言ではないでしょう。

『動物農場』のケースはナポレオンというブタの個人的な恣意のために小共同体が地獄に落ちていく物語なので、それによって与えられるいくつもの教訓の一つとしては、指導者さえ善良であったらこうはならなかっただろうにという感想が浮かんでくる余地があります。指導者の個性、肉性によって体制の質が決せられるのだというふうにこの感想をとらえると、独裁者の性格の解剖学としてはまことにみごとな作品だとしても、やはりそれは〝悪政〟一般についての古典的な物語、その完全なるもの、と考えていいかもしれません。ここを突破して、どこでどう泣いていいものやら、読んでいてただただ途方に暮れるばかりの底知れぬやりきれなさに事態を持ちこんだのが『一九八四年』です。この作品と『動物農場』は双生児と考えられやすいのですが、指導者の肉性を徹底的に排した、体制そのものが独裁者であることを痛感させられる、アリの這いだす穴もない巨大社会の悪夢の実現という点で『一九八四年』の顔は一変してしまいます。率直、赤裸、野暮、正面からの直視、という美徳は文脈に同じようにまざまざ感じられますが、この暗澹の手のつけられなさは動物たちの悲傷に味わうことのなかったものでした。この作品のある箇所は、読んでいて思わず知らず抑圧への抵抗ということを考えると、いきなり胸をワシづかみにして刃をつきつけてくるような、肚《はら》の底から〝覚悟〟を決めなければなるまいかというような迫力を帯びています。

指導者〝偉大なる兄弟《ビッグ・ブラザー》〟の肖像画は全土のあらゆる場所に氾濫し、その眼と声はテレスクリーンから全人民一人一人を一秒のすきもなく監視しつづける。しかし、その実在はきわめて疑わしい。つまりいたるところに存在するゆえにかえってどこにも存在しないのだと感じられる。こういう独裁の本質のえぐり出しかたを、オーウェルはザミャーチンの『われら』から学びとったものと思われます。『われら』に登場する指導者〝恩人〟は、作品中の一箇所で主人公と会話をかわすところがあるので人間なんだなと察しはつきますけれど、読後感からすると、まったく透明で、象徴とも感じられず、偶像とも感じられない点にまで抽象化されています。

現代のデトピア物語作法には何箇条かがあって、かつてのスウィフトやサド侯爵や、エルドラドや、シャングリ・ラや、桃源郷などのユートピア物語と比べ、どう相違するか。

一、昔は山奥や絶海の孤島や砂漠のかなたなどにユートピアがあったが、今は開巻第一ページの第一行目からデトピアがはじまる。つまりそれは、眼前に現存するものである。

二、昔は小さな国なので、そこに行なわれている制度、思想、建物、感受性などは、さまよいこんだ旅人が立ったまま見わたすだけで体のなかにすっぽり納まったが、今は大人口、大量生産、大社会、大抑圧である。何を見ても同じだが何も見えないともいえる。

三、昔は何が幸福であるかを考えるのに作者は頭をしぼったが、今は何が不幸であるかを考えるのに夢中で、これでもかこれでもかとギュウギュウ住民をいじめるのに作者は熱中し、そろそろそのネタも尽きかけてきた。

四、善は普遍で悪は個性だとドストイェフスキーがいい、昔は善を考えるのに熱心で、読者は実人生では善に出会いたがっているのにユートピア物語を読むと何やら失望する。さりとて不幸の大殿堂である今のデトピア物語中で数々の悪に出会っても何やら個性が感じられない。どうしたわけであるか。

五、昔になくて今にある作者の苦心は大人口をどう養うかということと異端者をどう扱うかという点である。

ザミャーチンの『われら』を読んでオーウェルとハックスリーは、その影の下で作品を書きだしにかかったのだと伝えられますが、異端者の扱いかたではザミャーチンはズバぬけた知恵を発揮しました。拷問や洗脳ぬきで、悲鳴も議論もぬきで、異端者は台に乗せられ、恩人がレバーを引くと、一瞬煙が立ち、分子に分解され、異端者は一杯の水に還元してしまうのです。〝消ス〟の語源はこの作品からきたのではあるまいかと思われるほどです。異端者は殺すか、改造するか、どちらかしかなく、その〝改造〟なるものが殺戮と同程度の密度、圧力を帯びるものであるのなら、いっそ水にしてしまったっていいわけです。血を見せないだけ趣味がいい。

『一九八四年』は『動物農場』に比べて文学作品としてははるかに破綻の多い、どちらかといえば失敗作に近いものと思われるのですが、にもかかわらず私にはその名状しがたいほどの気魄《きはく》の激しさゆえに、本棚からいつでも下ろしてきたくなる書物の一冊です。失敗作だが貴重な作品だと評価したくなる本がときたまあるものですが、これはその一冊です。指導者を変えたところで、独裁体制そのものが完成されてしまった社会にあっては、人民の叛乱は一揆に終るしかないのではないかという底深い絶望を、彼はセックス、権力衝動、言語問題など、あらゆる点で周到に考えぬいて完備していきます。ことに誰が抹殺され、誰が生き残れるかということについての触手の動きの精緻さは、架空譚を書いているはずなのに、まるで現実のどこかの国で作者が経験してきたのではあるまいかと思えるくらいです。想像を現実として生きよとは文学の絶対的要請の一つですが、これは高く叫ばれるほど容易なことではありません。そしてどれだけ追いつめても〝想像〟の質と〝現実〟の質には、ついにどうあがいても超えられぬギャップがあり、それを知覚すればこそ、ときあってサルトルほどの人物までが、〝文学ニ何ガデキルカ〟と問いかけずにいられなくなるのではありますまいか。

古今のあらゆる独裁国はセックスを封じてきました。『一九八四年』のオセアニア国においても封じられています。子供を産むためのセックスはいいが、愉しむためのそれは厳禁されているのです。〝個人〟の最終のよりどころは自宅のベッドのなかにしかないのですから、完璧な管理社会を実現するためには、ザミャーチンの『われら』のように日決めで住民を〝解放〟するべく政府はセックス・クーポンを配給するという措置に出ることもあるでしょう。およそセックスくらい人間を濃密に個別化させる衝動はありません。それはしばしば個人犯罪の衝動になぞらえられるほどです。タブーが重ねられれば重ねられるだけそれは濃化し、沈潜し、ねじくれ、叛乱、氾濫、溢出を求めずにはいられず、それゆえ封じられたら封じられるだけその本来の質を腐らせ、歪曲《わいきょく》してゆく。オーウェルはオセアニア政府機構の一部門に〝ポーノセック〟（猥《わい》本課）を設け、禁欲の美徳をわめきたてる政府自身が官製の猥本を秘密に配布して、人民に、禁断を犯すひそやかな快味を味わわせてやる。障害のないセックスはつまらないから、官製の禁書を読んで人民はあたかも地下の叛乱に参加したがごとき昂揚をひととき味わうわけです。つまりそれは活字の阿片です。

「あいつらを汚してやれるなら何でも！」ウィンストンの恋人は生き生きと森のなかでそう叫んで〝反性同盟〟のベルトを腰から解いて放棄し、いさぎよい全裸となり、不義、淫蕩におぼれることを晴朗に宣言します。あらゆる時代の、鋭敏な娘たちが叫びつづけてきたことです。たとえそれが不良少女の、だだっ児のはねかえりにすぎないとしても、少なくともその一瞬、社会の全体系はそこで飛散します。

　貧困、密告、空襲、大演説会、集団興奮、監視、捏造《ねつぞう》、証拠、破棄、階級差、投獄等、ありとあらゆる災禍に満たされ、全篇にわたって一語一語くまなく硫酸をぶちまけ、食いこませたようなこの物語のなかでは森のなかの合歓だけが——それ自体きわめてぶきっちょで野暮なものではありますが——かろうじて一条の微光を投げかけているかのようです。小川には少女の髪のような藻がゆらめき、ウグイが泳ぎ、女はすれっからしの不良少女だが全身くまなく発光し、男は中年の静脈瘤がうずくのを気にしながらも、やっと射した反抗の情熱で息がつまりそうになる。このあたりを書いていたときだけオーウェルは濁水をかきわけて空気を吸いに上がってきた魚のように、自然なるものへのおだやかな歓びに満たされていたことと思えます。女はズベ公みたいにふるまいますけれど、その破廉恥ぶりの健康、晴朗なことといったらありません。読んでいてうらやましくなるくらいです。

　セックスにはまだかなり未分明の領域が残されていると思われますが、闇の力としての権力衝動、権力欲の根源的な部分は、ほとんど手つかずといってもいいくらい闇のまま残されています。実害としてのそれが及ぶ範囲の広大さ、深刻さとなると、ときにセックスの力が加担していることはあっても、とうていセックスどころの騒ぎではありません。この力を抱いてしまった個としてのヒトが、やがて個と群れとしてのヒトに対してどうふるまうことになるか、誰を殺し、誰を生かし、何をし、または何をしないか、それらをどのように遂行するかということについては、これまでに無数の本が無数の事件と無数のイデーについて述べてきましたが、それではいったい、これは何なのだ、また、なぜなのだ、ということになると、いつもわかっているようではありながら、夜ふけに一人になって考えてみると、まるで何も手をつけられていないということに気がつきます。生の本質は不定形なのだ、薄明のアナーキーなのだ、それは穴だらけの渾沌という巨獣、中獣、または小獣なのだというおぼろな察しをつけることはできないことはありませんが、しかしそれなら、なぜヒトハヒトヲイジメタイノカという質問に対しては、朦朧としてしまって、ほとんど、どう答えようもありません。オーウェルはその短い苦しみに満ちた生涯の後半期になってこの問いを凝視することに憑《つ》かれ、悶えました。

ウィンストンは異端の情熱を抱いたがために老獪なオブライアンの罠にみごとにひっかかり、拷問台に乗せられ、昼となく夜となく電圧を浴びせられたり、飢えたネズミを鼻先につきつけられたりして、やがて〝個〟を放棄することに無限の自由を覚え、政府の叫ぶままに〝二プラス二は五だ〟と叫ぶようになる——ただし硝酸のような安物ジンのショックのなかで涙を流しながらですが――のですが、この二人の哲学的対話のなかでも権力は苛烈な、ある純粋志向の、絶対の探求の、その一変種であるらしい苛烈さをもって論じられる。そこでオブライアンが開示してみせた定言は、権力ノ目的ハ権力ソレ自体ダということであった。オブライアンはビッグ・ブラザーの侍従の一人なので、はたして彼が自身のいうことをそのまま心から信じこんでいるのかどうかについては、罠師としてのふるまいと発言についてあまりにそれがみごとであるので、異端糾問官としてのそれのみごとさも手伝い、あまりに完璧なものは常にどこかに無慈悲さと欠落を感じさせるものだから、彼もまた一箇の激烈な、かつ空虚な仮面者なのではあるまいかという一抹の疑いが読後に残される。それは心弱くておびえてばかりいる私個人の深読みのしすぎ、または彼を仮面者と感ずることで、あてどない救済を覚えたいとする心の動きであるかもしれませんが、いつも読みかえすたびに、何やらそう感じてしまいます。これがもし誰しもが感ずるところであるのならば、オーウェルは一つの謎を、指紋をつけないで残していったことになります。

権力ノ目的ハ権力ソレ自体ダ。つまり、ヒトはヒトをいじめたいからヒトをいじめるのだ。この物語ではこの定言をめぐってオブライアンが、いかにそれによって一九八四年代のオセアニア国の党組織、社会の全体系、全人民の監視機構の完備、〝個〟のＤＤＴ的抹殺等の諸行政が顕微鏡的でありながらかつ宇宙的でもある規模において進行されつつあるものであるかを説くのですが、その無慈悲で徹底的な論証の雄弁は、異端者を粉砕したいための破壊の情熱であるのか、それとも変型された創造の情熱であるのか、キメ手になるそのあたりのことをやっぱり不分明なままに残しています。おそらくそれは、逮捕前のウィンストンが権力の氾濫を観察、思考して、〝いかに〟はわかるが〝なぜ〟はわからないと考えあぐねていることを、逮捕後に〝いかに〟の部分を分析しながらついに円周を拡大することに止まってしまったからだ、ということからでしょう。そうではありませんか。いじめたいからいじめるのだ、というだけでは、それが何であるか、なぜであるかの核心の問いに対する終局的な答えとはならないはずです。サルトルは権力欲のひき起こす惨害を考究するエッセイのなかで、ヒトには〝不浸透性への欲望〟があるのだと規定したことがありましたが、ではなぜヒトはヒトに浸透されたくないと感じるのかということについては放棄の気配の沈黙がありました。あれほどまで明晰周到をきわめた意識家であり、かつ頑固にヒトの本能の損傷されることなき開花を主張するというタイトロープの演技にふけっているはずの人物にしても、この闇の力に対してはやっぱり闇のままで残しておくしかなかったのではあるまいかと思われる気配がありえます。おそらくこの闇の力の探究ほどに現代作家にとっての未耕の沃野はないのではないか。それは暗黒の溟々《めいめい》のなかに沈んでいるようではあるが、ある意味では完全に〝白き処女地〟でもあるはずだと私は感じます。諸国を放浪して街路や田んぼのあぜ道に流れた血や、開きっぱなしでハエに這われるままとなっている眼などを目撃する経験を重ねれば重ねるだけそう感ずるのですが、今まだ私はペンをとり上げるにいたらないまでの状態にあります。おびえ、分裂し、錯迷し、それを苦痛と感じながらそのままで保ちたいとも思っています。体系がどうしても立てられないから、体系を立てたいとそそのかされるものを、それ自体の状態において、せめて保持したい。それすら編集室や飲屋でのうたかたの、心優しかったり、それに飽いてかえって不意に心きびしからんと欲したりする片言隻句のやりとりのうちに、ふと崩れ、荒涼たる家の寝床のなかでも崩れるままになり、音すらも聞こえず粉末になっていくのです。あたたかな灯や、あたためられた酒や、クサヤの干物の匂いのなかで、ついつい私は不分明に融即していき、タハ、オモチロイなどと大声でむなしく口走ったりしているのです。

近頃、おぼろに私が眼を開いて読んでいった本の一冊にザミャーチンの『われら』がありま す。この本は先に書いたようにオーウェルの『一九八四年』やハックスリーの『すばらしい新世界』の原本となった先駆的作品で、基本的命題の部分ではあらゆるものを、かならずしも執念深い散文作家としてではなくても閃光的な詩人としてほのめかし、予言し、暗示し、開示していると思われます。これはコミュニズム臭ぬきの一つの未来の全体主義国家についての見取図としての書なのですが、作者の母国の当時の状況は四面楚歌で、慟哭《どうこく》をこらえてパリへ亡命するしかなく、そこでついにはノタレ死にしてしまうこととなります。この書のページごとにひらめく閃光の詩や、洞察や、痛烈な批判を読みとれば、エセーニンやマヤコフスキーの自殺と同じように彼の亡命を眺めざるを得なくなります。すでにプラトンは共和国から詩人を追放する措置をとっていますが、アブとなって眠れるウマである祖国を刺そうとしたソクラテスが結局は毒を仰ぐしかなかった命運を考えあわせると、ザミャーチンについても、結局は同じことだと思わずにはいられません。しかも詩人を支持する私たちが、そのいっぽうでは、ソクラテスを抹殺したブタどもが一社会の保持という点では決して嫉妬深いバカだけであったのではなくて、むしろなみなみならぬ敏感な本能者、現実家であったことをも感じさせられて当惑してしまうという事情があります。

『われら』は極度の権力の集中による極度の統制が住民にとってはもはや歓びと感じられるまでになった全体主義社会を透明に描いているのですが、ここでも権力は〝いかに〟が描かれ、〝なぜ〟または〝何〟は謎のまま残されています。しかし、極度にまで追いつめられた透明のゆえに、察せられるようではあるみたいです。たとえばその一つは舞台装置です。この架空国の首都です。それがどう構想されているかです。この都は恩人の君臨する膝下にあり、徹底的に管理され、統制され、監視されているのですが、ガラスと金属で作られていて、かなたに〝緑の長壁〟を設けて原始が浸透することを防圧し、住民はその壁の向こうに何があるかをのぞいたこともありません。都市がガラスと金属で構成されている点ではボードレールに現われる理想の都、壁で原始を防圧しようとする点では始皇帝の築いた万里長城、それぞれを連想させられるのですが、これから察すれば、権力衝動とは人工または文明の異名にほかならないのだと作者はいいたがっているように思えてきます。統治の手段としての権力をいましばらくおき、それを行使したい情念の本質は、まず自然、または自然なるいっさいのものへの叛逆であり、挑戦であるのではないでしょうか。統治は効率の問題ではありますが、同時に必要悪としてかならずなんらかの抑圧、禁制、切断をもたらさずにはいられないのですから、それを自然なるものへの叛逆、挑戦と考えれば、ヒトが二本足で地表に立ち上がって二本の手を解放した瞬間のエネルギーの解放量の膨大さは無類のものであり、以後に続く無数のスローガンによる無数の革命のどれひとつとしてこれをしのげるものはあるまいと思われます。そのときの闇のなかでの爆発がいまだに継起しつづけていて、およそ一瞬としてやむことがない。文学が政治を問うときは権力とは何かを問うことから始まりますが、同時に、常にそれは自然なるものを問う。

『一九八四年』は失敗作かもしれないが、ひたすらその気魄において貴重であると先に書きましたが、たとえば次の問答はきわめて古風ながら私に迫ってこずにはいません。

ウィンストンが抑圧に反抗するための地下運動体《兄弟同盟》に参加するとき、オブライアンから査問を受ける箇所です。


「あなたは自分の命を投げ出す覚悟ができていますか？」

「はい」

「あなたは人殺しをする覚悟ができていますか？」

「はい」

「何百人という罪のない人々まで殺すような破壊工作を実行する覚悟も？」

「できています」

「祖国を外国に売り渡す覚悟は？」

「できています」

「あなたはだますこと、偽造すること、恐喝すること、また子供の心を腐敗させ習慣性の薬物をばらまき、売春を奨励し性病を蔓延させること——風俗を壊乱し党の力を弱めるようなことなら何でもやれる覚悟がありますか？」

「はい」

「たとえば、もし子供の顔に硫酸をかけることがわれわれにとってなんらかの利益になるとしたら——あなたはそこまでやれる覚悟がありますか？」

「あります」

「あなたは自分の身元証明を失っても、残りの生涯を給仕とか波止場人足として過ごす覚悟がありますか？」

「あります」

「もしわれわれが命令した場合、あなたはいつでも自殺する覚悟がありますか？」

「あります」


引用しただけではおどろおどろしく見えますが全篇を満たす凄惨な抑圧の現実のなかではさほど異様には感じられません。もしこの作品を啓蒙、警世の書と読み、また一歩進んでなんらかの指針を読みとりたいと思う心で読むのなら、私たちは殺人鬼になる覚悟を決めなければならないのです。崩壊寸前の肺をかかえ、血を吐き吐き書きつづっていったオーウェルの覚悟と気魄にはそれだけのものがあります。《兄弟同盟》の叛乱には明晰な権力体系の分析がありますが、革命後に樹立すべき異なれる体系の計画は何一つとしてありません。よしんば彼らの凄惨な純潔が現実化を見たとしても、ふたたび同じ抑圧体系の樹立にいそしむ結果となるかもしれないのです。一言も述べてはありませんがその予感は濃厚です。ウィンストンたちはひたすら現状への絶望から一歩踏みだしたい一心なので、未来の青写真など持とうにも持ちようがないのです。だからこれは究極的には底知れぬ絶望の書ではあるが同時に情念の書でもあるので、その情念を読みとるかぎり、読者はベッドから本を伏せて出たあとあとまでも自問自答しつづけなければなりません。〝自由〟のために、命が投げ出せますか。人が殺せますか。何百人と罪のない人が殺せますか。祖国が売れますか。子供の顔に硫酸をかけられますか。命令ひとつで自殺できますか……

解説　「人生ハ矛盾ノ束デス」

小玉武

編集顧問室

晩年の開高健は、都心にあるT出版社の編集顧問として、瀟洒な個室を構えていた。顧問に就任する半年ほど前の出来事だったろうか。小説家にとって大きな転機となりかねない、同社の〝出版ビジネス〟への勧誘をめぐって、いかにも開高健らしい機知にとんだやりとりがあって、その顚末がエピソードとして残っている。

一九八四年の晩夏のことであった。

茅ヶ崎市東海岸の空気の澄んだ松林に隣接する一郭に開高邸はあった（とはいえ豪壮な邸宅ではない。気鋭の小説家が起居する、どこかシャンとした緊張感を漂わせた洋館で、金属製の門扉《もんぴ》と石段のあるファサードに特徴があった）。書斎の前庭は、広さこそないが、開高の興趣で「哲学者の小径」と名づけられた建物を取り囲むようにめぐらした小道があり、凝った造りであった。

この日、北欧風のガーデン・チェアには、編集顧問就任の件で、開高に会いにやってきたT出版社の取締役でもある某出版局長が、雑談を交えながら、時々、ワイングラスを傾けていた。出版局長の表情には、経験に裏付けられた交渉術のベテランらしい鷹揚なゆとりがみえ、絶えず微笑をうかべている。能弁家だ。

それでも話の接ぎ穂が、一瞬とだえたとき、開高はそれを見計らったかのように、やや時間を掛けて背を反らし、徐《おもむろ》にこう言った。その委嘱について、婉曲に、そしてまた、かなり具体的に望むべき条件を示したのだ。

「サルトルやカミュも、パリのガリマール書店に顧問室を構えていたと言いますな。まあ、ぼくもね、ガリマールとはいいませんけど（笑）……、御社のなかに居心地のいい顧問室をつくっていただければ……。心して、お引き受けしたいと思いますがね！」

と、満面に笑みを湛えて、まずは開高自身の要望、いや条件が、契約料の多寡ではないというサインをおくったのだ。いかにも開高健らしい芸である。

この出版社は、都内の千代田区三番町にあって、ここで社名を明記すると、TBSブリタニカという。一九六九年に設立され、新しい潮流を齎《もたら》す翻訳書や教養書の刊行で、当時から高い知名度があった。その分野での名門出版社であった。

辺りには、大妻女子大学や二松學舍大学があり、英国大使館もそう遠くはない都心の一等地で、めぐまれた環境だった。その頃、ホテルオークラ別館（霞友会館）が、すぐ近くにあり、宿泊にも至便だった。

一九八一年、サントリー（佐治敬三社長）はTBSから、この出版社の株式の五一％を譲り受け、サントリー傘下の出版社として活発な経営（出版）活動を展開していた。翻訳ものや教養書、児童文学ものを得意とする出版社であったが、大英百科全書「ブリタニカ」で知られる国際的な出版社グループの一翼を担う日本国内の出版社という位置にもあり、複数の外国人の取締役もいてサントリーのグローバル化の文化的戦略拠点でもあった。

さらにいえば、同社から硬派のハードカバーでありながら数十万部とも言われるベストセラーとなった『不確実性の時代』（ジョン・K・ガルブレイス）や『ジャパン・アズ・ナンバーワン』（エズラ・F・ヴォーゲル）が出たのもその頃のことだ。注記しておくと、同出版社は佐治敬三が会長を務めていたが、後に阪急グループに経営譲渡し、阪急コミュニケーションズという社名になった。社屋を目黒に移転し、二〇一四年以降は、経営がCCCメディアハウスに移行している。

しかながら、今も開高健が編集顧問、総指揮官として創刊に関与した『ニューズウィーク日本版』や『フィガロジャポン』などは、厳しい出版環境のなかで伝統を引き継ぎ、しっかりした編集活動が続いている。

さて。——ここまでは前置きである。

小説家・開高健は、超多忙の中を、なぜ出版社の編集顧問などに就任したのか。同社の会長を務める佐治敬三に対する配慮はあったであろう。だが、偽らぬところ開高は、本気で編集がやりたかったのだ。雑誌づくりが好きだった。小説家・開高健の胸中には、若い頃からエディター・シップが、マグマのように激しく渦巻いていた。

旧制天王寺中学からの畏友だった谷沢永一は、一緒にやっていた同人雑誌『えんぴつ』時代の回想のなかで、開高の雑誌狂《マニア》ぶりをつぶさに綴っている。十代の頃から、編集への情熱は募《つの》るばかりだった。谷沢は、開高健についてこんな一文を書き残した。

「あらゆる雑誌を手にとるたびに、編集、その神経に、眼を光らせるのがつねである。たのしそうに月旦するのだが、いつも単なる批評ではない。かならず代案をもちだすのである。若き日の彼は、意気ごみとしての、編集者、であった。」

（『回想　開高健』新潮社、一九九二年）

開高は大学を卒業した後、一時勤めた倒産寸前の出版社をやめて失職中に、佐治敬三によって、壽屋（現・サントリー）宣伝部に中途採用された。ここで初めて開高の夢はかなった。

考え抜いた企画が受け入れられて、ＰＲ誌『洋酒天国』の編集を任された。創刊（一九五六年）直後から、同誌は爆発的な人気を得て、九年間発行を続けた。今も、『洋酒天国』は、ただのPR誌としてではなく、雑誌編集の奥儀をおさえた見事なモデルとして、伝説的な存在として知られている。

そしてその間に開高は、小説『パニック』と『巨人と玩具』を発表して注目され、『裸の王様』で芥川賞（一九五八年）を受賞。小説家としてデビューを果たした。開高は、編集者としての眼をも、あわせ持ったいわば〝複眼の作家〟となって、一九六三年まで、俗にいう〝二足の草鞋〟を履きつづけた。

この時期開高は、小説ばかりでなく『過去と未来の国々』『声の狩人』、週刊誌に連載した『ずばり東京』など、それこそ複眼的な振幅の大きさを感じさせる作品を精力的に次々と書いた。

初期のノンフィクションの手法を生かした『日本三文オペラ』や『ロビンソンの末裔』などは、事件と史実に寄り添って書かれた長篇小説だった。こうした開高の志向は、やがてベトナム戦争への従軍となり、ルポ『ベトナム戦記』、さらには長篇小説『輝ける闇』、『夏の闇』へと結実してゆく。

作品の数は多く、ここでは辿りきれないが、いずれも秘術のようにキラリと光る小説家の眼が捉えた一行が、つねに刻まれている。これこそが、今なお読者を惹きつける開高健の魅力ではなかろうか。宜《む》べなるかな、と言いたいのである。

振幅と熱量

一九八五年一月、編集顧問を引き受けた最初の二年間、開高は長篇小説『耳の物語』を、雑誌『新潮』に連載中であった。三年がかりの大作で、一九八六年八月に単行本『破れた繭　耳の物語*』と『夜の陽炎　耳の物語**』として刊行され、第十九回日本文学大賞を受賞している。

自伝的小説の総集編とでもいうべきこの長篇を書きながら、『ニューズウィーク日本版』の創刊準備の総指揮官として週に二日、あるいは三日、編集顧問室（通称、開高ルーム）に、開高はやって来た。

ところで――。

その個室、開高ルームは、壁には密林のように樹木が生い茂った特製デザインの壁紙が使用され、ローズウッドの執務机と脇机、書架などの他、談話用ソファと大きな木製の作業台が部屋の中央に置かれていた。

またさらに、窓の両サイドには、開高がアラスカで釣り上げた見事なキング・サーモンの剝製が飾られている。コーヒーを飲まない開高のために、デンマーク製の茶器セットと、英国ブランドの高級紅茶が数種類、日本橋高島屋から届けられ、部屋の一郭にあるサイドボードに用意してあった。そして二人の女性編集者が、兼務の秘書として、開高のために何くれとなく、交互に世話をやいていた。開高は、「ガリマール書店より、ここは待遇がええな！」と、ご機嫌だった。

そんなこともあって、開高ルームには他社の編集者が、しばしばやって来た。

開高は編集顧問として、人材の交流も自分の仕事と考えていた。エディターばかりでなく、若手の評論家、時には霞が関のキャリア官僚まで現れて、談論風発。折々、開高ルームは三番町の知的サロンとなった。出版社としての一つの理想的な姿であったろう。あれから数十年、今、名前をあげれば、誰もが目を見張るばかりの人々の若き日の素顔が、ここ開高サロンで見られたのである。むろん、こうした人材交流で社内が刺戟を受けて、編集活動に大いにプラスになったことは言うまでもない。

この間にも、『オーパ！』の続編の海外取材は断続的に続いていた。

開高は、日本文藝家協会やサントリー文化財団の理事に就任し、サントリー・ミステリー大賞を発案して運営にかかわり、他に原稿依頼や講演を受けることも多かった。さらに編集顧問としては、『ニューズウィーク日本版』の監修ばかりでなく、単行本の企画にもタッチして、『ナチュラリスト・シリーズ』など、開高らしい個性的な出版物が、続々と刊行され始めるのであった。

創作活動はどうなっているのかと、周囲が心配するほどの行動力をみせていたが、たしかにこの時期が、四年後の一九八九年に五十八歳で早世する小説家・開高健の最晩年の活動となったのだ。詳細は評伝（拙著『開高健——生きた、書いた、ぶつかった！』筑摩書房、二〇一七年）に譲るが、言うまでもなく、開高健が踏み込んだ数々の領域における活動の振り幅の大きさと、その熱量の豊かさは、今もなお驚きを禁じ得ないのである。

ふり返ってみると、開高は二十八歳で芥川賞を受賞して小説家デビューを果たして以来、ベトナム戦争への従軍をはじめ、行動派作家として縦横に国内外を飛び回り、その体験を題材にしては、小説を書き、ぼうだいな数のエッセイを綴り、独自のルポルタージュをものして、多くの読者に達見を示し、楽しませてきたのだった。

虚実論再考

ところで、『開高健ベストエッセイ』の正編で書かずにはいられなかった迷路、すなわち開高文学をめぐる虚実論に、編者は今回も作業をしていて、ふたたび、みたび、迷い込んだのである。

そして実に平凡な、しかし実に忽《ゆるが》せにできないことに気がついた。

開高健のエッセイは、創作として、あるいは創作のつもりで読んだ方が、断然おもしろいということであった。本書で編んだエッセイ・アンソロジーは、おそらく全篇にわたって、そのような開高健の煌《きら》めきが見て取れる名品だと思う。

然《さ》は然《さ》りながら、その日夜遅く、アンソロジーを編む作業を続けているとき、旧知のジャーナリストから電話があった。用件のあと、彼はこう続けた。

「それはそうと、開高健のエッセイ集はおもしろいね。ひと捻りある知的な短篇小説みたいだと思った。あれは関西人の〝血〟かもしれないね……」

と、いう受話器から聴こえてくる一言は、率直な感動であり、高い評価であった。彼はわたしとは同世代で、京都生まれ。経済の分野を専門にしているベテランである。

そうだ、とそのとき思ったのだ。

開高健のエッセイのおもしろさは、森羅万象に向う旺盛な好奇心のためばかりではないだろう。その博識多才の裏付けとなるのは、低い位置からの彼の視線であり、彼自身がおのずから、人生百般を映す鏡となっているからなのだ。人の世の苦しみや、悲しみや楽しみや、あるいは矛盾やら悲惨やら韜晦《とうかい》やら驚愕やら、そして哄笑やら……。ともかく日頃、人が見逃している、生きていることの様々な現実に、開高の文章によって、ふと目覚めさせられるのだ。

時に、その意外性に驚き、呆気とられ、そして納得するのだが、その発見こそが貴重な楽しみ、というべきだろう。しかしながら、それは心地よさでもあるが、どこか裏悲しい。きっとそれは文章のためなのだろう。捻りや反語や比喩が、さりげなく文体のなかに隠されている。開高が見たもの、感じたものは、そのまま彫のふかい文章となって、読むものの心にひびく。

むろんバイブルの話ではない。もとより、開高の文章が、バイブルであるはずはないのだが、しかしこの作家の文章には、実は一途な思いが込められていて、決して古くならない真実が〝信仰〟であるかのように、繰り返し語られている。それはどこか、魂の拠り所を暗示していて、現代の〝黙示録〟のようにも伝わってくる不思議さが感じられる。開高のエッセイは、やや大げさであるが、たとえば現代の〝予言の書〟であると言ってみたい。

＊

開高健のエッセイを楽しく読むためには、自己満足的な拘《こだわ》りを棄てて、素直な気持ちで味わうべきなのであろう。第6章に「短い旅　短い眼」という掌篇エッセイがある。この作品は、目立たなかったとはいえ実に愉快な旅行記であり、苦味の効いた文明論だ。一九六三年夏、開高がアジア・アフリカ作家会議に出席のためジャカルタとバリ島での会議に列席したときのことを、『アジア・アフリカ通信』十二月号に寄せた小品である。たしかに目立たない。

日本を代表して、同会議の執行委員を務めていた開高は、会議の報告書的なものを書くべき役割をあてがわれていたようだ。文章の冒頭から、そんな内容とはおよそ違う方向に行くだろうという、開高の気分が伝わってくる。

「もともと私は居酒屋の一隅とか、一人旅とか、深夜の原稿書きとかいったようなことに向いている人間で、会議や演説や挨拶には不向きなのである」と、かなり悲痛な叫びであるが、ここを読んで、わたしは少しほっとする。それが、稀な〝傑作短篇〟に仕上がっているからである。ずばり「人生ハ矛盾ノ束デス」と。ここでチェーホフのほろ苦さとモームのストーリーテラーぶりを、合わせて連想した読者も多いに違いない。

だからさらにいえば、この一篇に登場する一人の人物について、開高は、「バリ島で会ったセイロン代表の老作家はおもしろい人物であった」と書くのだが、これは実在の人物ではなく、想像上の人物、あるいは開高自身であっても、何ら不思議ではない。不都合もない。むしろ開高が、創造した「老作家」が語っているとした方が自然であるようにさえ思われる。これが開高健のエッセイに共通して流れる〝風〟であり〝花〟であろうから。

なにせ、エッセイの冒頭の一行で、ぽつりと「カラカラにひからびた文章しか書けなかった」と惨めな独白を吐露しながら、旅の宿で出会った人物を素材にして、一篇の味わい深い〝人生の真実〟を語る掌篇《エッセイ》にしてしまうのだ。この作家こそ、間違いなく昭和時代のニッポンを生きたジョージ・オーウェルであったのではなかろうか。

さらに特筆しておきたいのは、最初の章に、ごく若いときから三十代にかけての、敬愛する有名作家、評論家宛てに書いた開高の書簡三通を取り上げたことだ。これは発表するために書かれた文章ではない。しかも、特定の個人にだけ読まれるためのものだ。手紙の趣旨内容は異なるが、どの文章も、内心の揺らぎが正直に表れている。これは書簡だから当然で、誰にも心当たりがあるだろう。むろん書簡体だから整序されたものではなく、また、ただ一人の相手に向けて書かれたものだけに、行間に微妙な意識の流れが見え隠れしているようだ。

三通の書簡の宛先は、埴谷雄高、中村光夫、広津和郎という、いかにも開高好みと言ってよい作家ばかりだ。素朴に心情を綴った書簡は、小説やエッセイの文章とは本質的に異なるけれど、いずれも開高スタイルが濃厚であるところが興味ぶかい。

投函時の開高の年齢をみると、埴谷宛は二十四歳、中村宛は二十八歳、広津宛は三十四歳である。これまで神奈川近代文学館に〝秘蔵〟されていたこれら三通の手紙は、先の評伝で初めて紹介できたのだが、ぜひ本文庫にも収めたいと思った。

さらに作家以前の若き日の開高健が、二十歳のときに習作として書いた、珍しい素描《スケッチ》集からも抄録した。ここにも〝原初〟の開高スタイルが色濃く滲み出ているからである。

＊

前後するが、最後に補足しておかなくてはならないのは、第5章の「輝く石に魅せられて」である。これは一九八六年、開高健が自身もかかわったPR誌『サントリー・シスターズ・クォータリー』秋号に〈久里須笹美〉という女性名で寄稿された。むろん単行本にも未収録で、ほとんど知られていない。没後三十年にして再掲載することにした。

　この時期、開高は中南米旅行から数多くの宝石の原石を持ち帰り、熱心に翫賞しており、ぜひこの一文を、と編集部に持ち込んだ。文体といい、構成といい、まことに珍しいスタイルだが、宝石への熱い情念が込められていよう。

　開高は三年後、他界する一九八九年に、遺作として連作短編集『珠玉』を完成させている。この作品は、宝石に寄せる開高のひたむきな気持ちが、生涯の最後の年に、三つの物語として紡がせたものであった。

　本書の表紙は、『オーパ！』の同行取材が契機となって、被写体としての開高をその最晩年まで追うことを許されたカメラマン、故高橋曻《のぼる》氏によるものである。私にとっても馴染《なじ》み深い写真で表紙を飾ることができ、心からうれしく思っている。

　最後になったが、テキストの収録に際しては、初出を確認するとともに以後の刊本を参照し、さらに読みやすさを考慮して適宜ルビを付したことをお断りしておきたい。

初出一覧

＊作成に当たっては、『開高健書誌』（浦西和彦編、1990年10月、和泉書院）を参照した。

1 初めての“自己紹介”――若き日の手紙から
・昭和29年　埴谷雄高あて　（神奈川近代文学館蔵）
・昭和33年　中村光夫あて　（神奈川近代文学館蔵）
・昭和39年　広津和郎あて　（神奈川近代文学館蔵）
・印象採集――デッサン集（抄）（『えんぴつ』第4号、1950年4月）

2 都市で呟き、荒野で叫ぶ――「足」で書いた断章
・大阪　（『婦人画報』667号、1960年2月）
・声の狩人　（『世界』1962年4月号）
・荒野の青い道　（『文藝春秋』1973年6月号）
・サ・エ・ラ　（『海』1970年1月号、中央公論社）
・マンモス・プール　（『週刊朝日』1963年7月26日号）
・頁の背後（『叫びと囁き』〔開高健全ノンフィクションⅡ〕1977年2月）

3 あぁ人生、思った通り？――飲んだ・食べた・笑った
・食いだおれ（『週刊朝日』1963年7月12日号）
・珍酒、奇酒秋の夜ばなし（『サンデー毎日』1975年11月30日号、12月7日号、12月21日号）
・食べる地球――開高健の快食紀行（『スチュワーデスの旅情報』1981年1月23日、日本航空）
・芭蕉の食欲（『諸君！』1978年1月号、文藝春秋）
・酒瓶のつぶやき（「朝日新聞」1977年9月25日）
・食談はポルノという説（「毎日新聞」1983年1月1日）

4 「男」だけの世界――仕事＆遊び＆冒険
・男の顔（『文學界』1978年6月号、文藝春秋）
・二本の指（『新潮』1976年10月号）
・銃声と回心（『新潮』1975年3月号）
・人工乳坊や（ラクトーゼ・ベイビー）（『オール讀物』1963年11月号、文藝春秋）

・芸術家の肉体（『新潮』1960年2月号）
・悪態八百の詩人——“円熟”を考えない金子光晴老（「日本読書新聞」1958年8月18日号）

5「女」がみえる場所——人間を造るもの
・男と女（『週刊読売』1959年1月18日号）
・「可愛い女」のオーレンカ（『婦人公論』1963年3月号、中央公論社）
・夢のない女はやりきれない（『マドモアゼル』2号、1960年2月、小学館）
・娘と私（「毎日新聞」1969年4月16日）
・おなごを語る（『JUNON』1982年2月1日号、主婦と生活社）
・メリー・ウィドゥの集い（『オール讀物』1978年10月号、文藝春秋）
・輝く石に魅せられて（『サントリー〔シスターズ〕クォータリー』第1巻秋号、1986年8月、サントリー株式会社）
＊但し、雑誌掲載時の筆名は久里須笹美となっている——編者注

6旅を書いた——“定点”をもつ重さ
・短い旅 短い眼（『アジア・アフリカ通信』2巻15号、1963年12月20日）
・阿鼻叫喚の闇《やみ》が無邪気を生む（『サンデー毎日』1976年3月28日号）
・靴を投げて（『自選作家の旅』1977年3月1日）
・旅は男の船であり、港である（『PLAYBOY』1979年9月号、集英社）
・悲しき湿原（「讀賣新聞」1978年1月13日）
・ウノートラ・セルヴェッサ（『世界カタコト辞典』1965年、文藝春秋）

7わが人物誌——人の世の海を渡る「舟」
・夏目漱石（『夏目漱石全集』第10巻月報、1966年9月24日、岩波書店）
・江戸川乱歩（「熱烈な外道美学」、「日本読書新聞」1958年9月8日号）
・川端康成（「この師この弟子」、『川端康成全集』第18巻月報、1974年1月30日、新潮社）
・三島由紀夫（「一個の完璧な無駄」、『新潮』1974年2月号）
・秋元啓一（「弔む」、『潮』1972年4月号、潮出版社）
・サルトル（「サルトル会見記」、『世界文学大系』第88巻月報、1963年4月5日、筑摩書房）
・権力と作家——ジョージ・オーウェル（『オーウェル著作集』第4巻解説、1971年3月25日、平凡社）

＊本書は文庫オリジナルです。

＊＊本書のなかには今日の人権意識に照らして不当・不適切な語句や表現がありますが、時代的背景と作品の価値にかんがみ、また、著者が故人であるためそのままとしました。

吉行淳之介ベスト・エッセイ 吉行淳之介 荻原魚雷 編
創作の秘密から、ダンディズムの条件まで。「文学」「男と女」「紳士」「人物」のテーマごとに厳選した、吉行淳之介の入門書にして決定版。（大竹聡）

田中小実昌ベスト・エッセイ 田中小実昌 大庭萱朗 編
東大哲学科を中退し、バーテン、香具師などを転々とし、飄々とした作風とミステリー翻訳で知られるコミさんの厳選されたエッセイ集。（片岡義男）

山口瞳ベスト・エッセイ 小玉武 編
サラリーマン処世術から飲食、幸福と死まで。——幅広い話題の中に普遍的な人間観察眼が光る山口瞳の豊饒なエッセイ世界を一冊に凝縮した決定版。

色川武大・阿佐田哲也ベスト・エッセイ 色川武大／阿佐田哲也 大庭萱朗 編
二つの名前を持つ作家のベスト。文学論、落語からタモリまでの芸能論、ジャズ、作家たちとの交流も。もちろん阿佐田哲也名の博打論も収録。（木村紅美）

開高健ベスト・エッセイ 開高健 小玉武 編
文学から食、ヴェトナム戦争まで——おそるべき博覧強記と行動力。「生きて、書いて、ぶつかった」開高健の広大な世界を凝縮したエッセイを精選。

中島らもエッセイ・コレクション 中島らも 小堀純 編
小説家、戯曲家、ミュージシャンなど幅広い活躍で没後なお人気の中島らもの魅力を凝縮！ 酒と文学とエンターテインメント。（いとうせいこう）

文房具56話 串田孫一
使う者の心をときめかせる文房具。どうすればこの小さな道具が創造力の源泉になりうるのか。文房具の想い出や新たな発見、工夫や悦びを語る。

ぼくは散歩と雑学がすき 植草甚一
１９７０年、遠かったアメリカ。その風俗、映画、本、音楽から政治までをフレッシュな感性と膨大な知識、貪欲な好奇心で描き出す代表エッセイ集。

快楽としてのミステリー 丸谷才一
ホームズ、００７、マーロウ——探偵小説を愛読して半世紀、その楽しみを文芸批評とゴシップを駆使して自在に語る、文庫オリジナル。（三浦雅士）

超発明 真鍋博
昭和を代表する天才イラストレーターが、唯一無二のＳＦ的想像力と未来的発想で〝夢のような発明品〟１２９例を描き出す幻の作品集。（川田十夢）

ちくま文庫

葡《ぶ》萄《どう》酒《しゅ》色《いろ》の夜《よ》明《あ》け
――（続《ぞく》）開高健《かいこうたけし》ベスト・エッセイ

二〇一九年四月十日　第一刷発行

著者　開高健（かいこう・たけし）
編者　小玉武（こだま・たけし）
発行者　喜入冬子
発行所　株式会社　筑摩書房
東京都台東区蔵前二―五―三　〒一一一―八七五五
電話番号　〇三―五六八七―二六〇一（代表）
装幀者　安野光雅
印刷所　中央精版印刷株式会社
製本所　中央精版印刷株式会社

ISBN978-4-480-43585-9 C0195